U0940059

目录

第一辑 风雨百年

第二辑 流年碎影

不是序

老爷子对于人生有许多参悟，可谓极其深刻。这些参悟，绝不是空洞的理论，而是他自己生命的总结。这些参悟十分宝贵，大多写于他的晚年，可以说是用生命换来的，希望大家仔细读读，以吸取其中有益的东西，作为指导自己人生的参考。

我并不敢为先父的著作写序，但青岛出版社的盛情难却，只好写点不是序的序，以应所求。正好前些时，我也充数加入了谈人生者的行列，胡乱写了一篇短文，题目是《也谈人生》。我想把这篇短文抄在下面，就算交卷了吧。

也谈人生

谈论人生者多矣。

然而究竟什么是人生？答案必定众说纷纭。以我之见，人生是人的生命的一个过程。有始有终，有头有尾，明确无误。对每个个人来说，人生只有一次，而且为时甚短。而对于人的集合体的人类来说则不同，它也有生命，也有始有终。不过，它的周期要长得多。至于人类的生命是否只有一次，现在还不好说。

人生有没有意义？人类又有什么意义？我说，人生是有意义的，而人类则是没有意义的。询问人类的存在有没有意义，就等于询问地球或宇宙的存在有没有意义一样，是得不到答案的。

人生的意义是什么呢？它的意义就在于为没有意义的人类工作、服务等等，其目的不外乎是使人类生活得更好并得以延续。我这样说，恐怕会遭到反对，可是你细想一下，或许就会同意我的这种说法。

人生既有这样的意义，我们就要把它过好。如何过好一生，道理多了去了。几千年的人类文明史中探讨出来的人生之道也多了去了。我觉得，不管道理有千条万条，人生的最大意义在于劳作，也就是劳动、工作。因为，只有每个人都劳作，个人才能生存，血脉才能延续，社会也才能生存、延续。所以，一个人既然获得了生命，活在世上，就要劳作，就要辛勤劳作，使自己得以生存，使家庭得以繁衍，使社会得以昌盛，使国家得以富强，使世界得以发展，也就是使人类得以存在并很好地延续。

所以说，劳作的人生意义大矣！

至于说人类的存在是没有意义的，或许会有许多人不赞成这种说法。我们不必为此展开辩论，更不必给对方扣什么大帽子。因为有意义也好，没有意义也好，反正人类是现实的存在，你又是其中一员，你有义务使它发展延续。你只要这样做了，你的人生就具有了意义，或者说价值，并不一定要去理会人类存在的意义。如此而已。阿门！

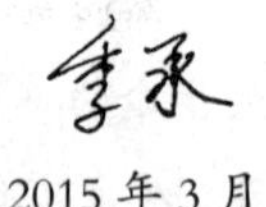

2015 年 3 月

一蓑烟雨任平生

季羡林◎著

青岛出版社
QINGDAO PUBLISHING HOUSE

图书在版编目（CIP）数据

一蓑烟雨任平生 / 季羡林著. -- 青岛：青岛出版社，2019.1

ISBN 978-7-5552-7540-4

Ⅰ. ①一… Ⅱ. ①季… Ⅲ. ①散文集－中国－当代 Ⅳ. ①I267

中国版本图书馆CIP数据核字（2018）第188951号

书　　名　一蓑烟雨任平生
著　　者　季羡林
出版发行　青岛出版社
社　　址　青岛市海尔路182号（266061）
本社网址　http://www.qdpub.com
邮购电话　13335059110　0532-68068026
策　　划　郑红峰　张　晓
责任编辑　刘　迅
特约编辑　王　伟
封面绘画　齐白石
封面设计　余　微
印　　刷　北京德富泰印务有限公司
出版日期　2019年1月第1版　2019年1月第1次印刷
开　　本　32开（880mm × 1230mm）
印　　张　7.5
字　　数　180千
印　　数　1-5000
书　　号　ISBN 978-7-5552-7540-4
定　　价　30.00元

编校印装质量、盗版监督服务电话：4006532017　0532-68068638
建议陈列类别　文学名著

第一辑　风雨百年

童年时光

最穷的村中最穷的家

20世纪初期的中国，刚刚推翻了清朝的统治，神州大地，一片混乱，一片黑暗。我最早的关于政治的回忆，就是“朝廷”二字。当时的乡下人管当皇帝叫“坐朝廷”，于是“朝廷”二字就成了皇帝的别名。我总以为朝廷这种东西似乎不是人，而是有极大权力的玩意儿。乡下人一提到它，好像都肃然起敬，我当然更是如此。总之，当时皇威犹在，旧习未除，是大清帝国的继续，毫无万象更新之象。

我就是在这新旧交替的时刻，于1911年8月6日，生于山东省清平县（现改临清市）的一个小村庄——官庄。当时全中国的经济形势是南方富而山东（也包括北方其他省份）穷。专就山东论，是东部富而西部穷。我们县在山东西部又是最穷的县，我们村在穷县中是最穷的村，而我们家在全村中又是最穷的家。

每天最高的享受

我出生以后，家境仍然是异常艰苦。一年吃白面的次数有限，平常只能吃红高粱面饼；没有钱买盐，把盐碱地上的土扫起来，在锅里煮水，腌咸菜；什么香油，根本见不到。一年到底，就吃这种咸菜。举人的太太，我管她叫奶奶，她很喜欢我。我三四岁的时候，每天一睁眼，抬腿就往村里跑（我们家在村外），跑到奶奶跟前，只见她把手一卷，卷到肥大的袖子里面，手再伸出来的时候，就会有半个白面馒头拿在手中，递给我。我吃起来，仿佛是龙胆凤髓一般，我不知道天下还有比白面馒头更好吃的东西。这白面馒头是她的两个儿子（每家有几十亩地）特别孝敬她的。她喜欢我这个孙子，每天总省下半个，留给我吃。在长达几年的时间内，这是我每天最高的享受，最大的愉快。

大概四五岁的时候，对门住的宁大婶和宁大姑，每到夏秋收割庄稼的时候，总带我走出去老远到别人割过的地里去拾麦子或者豆子、谷子。一天辛勤之余，可以捡到一小篮麦穗或者谷穗。晚上回家，把篮子递给母亲，看样子她是非常喜欢的。有一年夏天，大概我拾的麦子比较多，她把麦粒磨成面粉，贴了一锅死面饼子。我大概是吃出味道来了，吃完了饭以后，我又偷了一块吃，让母亲看到了，赶着我要打。我当时是赤条条浑身一丝不挂，我逃到房后，往水坑里一跳。母亲没有法子下来捉我，我就站在水中把剩下的白面饼子尽情地享受了。

现在写这些事情还有什么意义呢？这些芝麻绿豆般的小事是不折不扣的身边琐事，使我终生受用不尽。它有时候能激励我前进，有时候能鼓舞我振作。我一直到今天对日常生活要求不高，对吃喝从不计较，难道同我小时候的这一些经历没有关系吗？我看到一些独生子女的父母那样溺爱子女，也颇不以为然。儿童是祖国的花朵，花朵当然要爱护；但爱护要得法，否则无异于坑害子女。

开始认字

不记得是从什么时候起我开始学着认字，大概也总在四岁到六岁之间。我的老师是马景功先生。现在我无论如何也记不起有什么类似私塾之类的场所，也记不起有什么《百家姓》《千字文》之类的书籍。我那一个家徒四壁的家就没有一本书，连带字的什么纸条子也没有见过。反正我总是认了几个字，否则哪里来的老师呢？马景功先生的存在是不能怀疑的。

虽然没有私塾，但是小伙伴是有的。我记得最清楚的有两个：一个叫杨狗，我前几年回家，才知道他的大名，他一字不识；另一个叫哑巴小（意思是哑巴的儿子），我到现在也没有弄清楚他姓甚名谁。我们三个天天在一起玩水，打枣，捉知了，摸虾，不见不散，一天也不间断。后来听说哑巴小当了山大王，练就了一身蹿房越脊的惊人本领，能用手指抓住大庙的椽子，浑身悬空，围绕大殿走一周。有一次他被捉住，是十冬腊月，赤身露体，浇上凉水，被捆起来，倒挂一夜，仍然能活着。据说他从来不到官庄来作案，“兔子不吃窝边草”，这是绿林英雄的义气。后来他终于被捉杀掉。我每次想到这样一个光着屁股游玩的小伙伴竟成为这样一个“英雄”，就颇有骄傲之意。

离开故乡

在故乡只待了六年，我能回忆起来的事情还多得很，但是我不想再写下去了。已经到了同我那一个一片灰黄的故乡告别的时候了。

我六岁那一年，是在春节前夕，公历可能已经是1917年，我离开父母，离开故乡。是叔父把我接到济南去的。叔父此时大概日子已经可以了，他兄弟俩只有我一个男孩子，想把我培养成人，将来能光大门楣，只有到济南去一条路。这可以说是我一生中最关键的一个转折点，否则我今天仍然会在故乡种地（如果我能活着的话），这当然算是一件好事。但是好事也会有成为坏事的时候。“文化大革命”中间，我曾想：如果我叔父不把我从故乡接到济南的话，我总能过一个浑浑噩噩但却舒舒服服的日子，哪能被“革命家”打倒在地，身上踏上一千只脚还要永世不得翻身呢？呜呼，世事多变，人生易老，真叫作没有法子！

到了济南以后，过了一段难过的日子。一个六七岁的孩子离开母亲，他心里会是什么滋味，非有亲身经历者，实难体会。我曾有几次从梦里哭着醒来。尽管此时不但能吃上白面馒头，而且还能吃上肉，但是我宁愿再啃红高粱饼子就苦咸菜。这种愿望当然只是一个幻想。我毫无办法，久而久之，也就习以为常了。

叔父望子成龙，对我的教育十分关心。先安排我在一个私塾里学习。老师是一个白胡子老头儿，面色严峻，令人见而生畏。每天入学，先向孔子牌位行礼，然后才是“赵钱孙李”。

小学记忆

进入一师附小

我于1917年到济南投靠叔父那一年，念了几个月的私塾，地点在曹家巷。

第二年，我就上了一师附小，地点在南城门内升官街西头。所谓“升官街”，与升官发财毫无关系。“官”是“棺”的同音字，这一条街上棺材铺林立，大家忌讳这个“棺”字，所以改谓升官街，礼也。

附小好像是没有校长，由一师校长兼任。当时的一师校长是王士栋，字祝晨，绰号“王大牛”。他是山东教育界的著名人物。民国一创建，他就是活跃的积极分子，担任过教育界的什么高官，同鞠思敏先生等同为山东教育界的元老，在学界享有盛誉。当时，一师和一中并称，都是山东省立重要的学校，因此，一师校长也是一个重要的职位。在一个七八岁的小学生眼中，校长宛如在九天之上，可望而不可即。可是命运真正会捉弄人，十六年以后的1934年，我在清华大学毕业后到山东省立济南高中来教书，王祝晨老师也在这里教历史，我们成了平起平坐的同事。在王老师方面，在一师附小时，他根本不会知道我这样一个小学生。他对此事，绝不会有什么感触。而在我呢，情况却迥然不同，一方面我对他执弟子礼甚恭，一方面又是同事，心里直乐。

我大概在一师附小只待了一年多，不到两年，因为在我的记忆中换过一次教室，足见我在那里升过一次级。至于教学的情况，老师的情况，则一概记不起来了。唯一的残留在记忆中的一件小事，就是认识了一个“盔”字，也并不是在国文课堂上，而是在手工课堂上。老师教我们用纸折叠东西，其中有一个头盔，知道我们不会写这个字，所以用粉笔写在黑板上。这事情发生在一间大而长的教室中，室中光线不好，有点暗淡，学生人数不少，教员写完了这个字以后，回头看学生，戴着近视眼镜的脸上，有一丝笑容。

我在记忆里深挖，再深挖，实在挖不出多少东西来。学校的整个建筑，一团模糊。教室的情况，如云似雾。教师的名字，一个也记不住。学习的情况，如海上三山，糊里糊涂。总之是一点儿具体的影像也没有。我只记得，李长之是我的同班。因为他后来成了名人，所以才记得清楚。当时对他的印象也是模糊不清的。最奇怪的是，我记得一个叫卞蕴珩的同学。他大概是长得非常漂亮，行动也极潇洒。对于一个七八岁的孩子来说，男女外表的美丑，他们是不关心的。可不知为什么，我竟记住了卞蕴珩，只是听这个名字我就觉得美妙无比。此人后来再没有见过。对我来说，他成为一条神龙。

做过一次生意

此外，关于我自己，还能回忆起几件小事。首先，我做过一次生意。我住在南关佛山街，走到西头，过马路就是正觉寺街。街东头有一个地方，叫新桥。这里有一处炒卖五香花生米的小铺子。铺子虽小，名声却极大。这里的五香花生米（济南俗称长果仁）又咸又香，远近驰名。我经常到这里来买。我上一师附小，一出佛山街就是新桥，可以称为顺路。有一天，不知为什么，我忽发奇想，用自己从早点费中积攒起来的一些小制钱（中间有四方孔的铜币）买了半斤五香长果仁，再用纸分包成若干包，带到学校里向小同学兜售，他们都震于新桥花生米的大名，纷纷抢购，结果我赚了一些小制钱，尝到做买卖的甜头，偷偷向我家的阿姨王妈报告。这样大概做了几次。我可真没有想到，自己在七八岁时竟显露出来了做生意的“天才”。可惜我以后“误”入“歧途”，“天才”没有得到发展。否则，如果我投笔从贾，说不定我早已成为一个大款，挥金如土，不像现在这样柴、米、油、盐、酱、醋、茶都要斤斤计算了。我是一个被埋没了的“天才”。

还有一件小事，就是滚铁圈。我一闭眼，仿佛就能看到一个八岁的孩子，用一根前面弯成钩的铁条，推着一个铁圈，在升官街上从东向西飞跑，耳中仿佛还能听到铁圈在青石板路上滚动的声音。这就是我自己。有一阵子，我迷上了滚铁圈这种活动。在南门内外的大街上没法推滚，因为车马行人，喧闹拥挤。一转入升官街，车少人稀，英雄就大有用武之地了。我用不着拐弯，一气就推到附小的大门。

转入新育小学

然而，世事多变，风云突起，为了一件没有法子说是大是小的、说起来简直是滑稽的事儿，我离开了一师附小，转了学。原来，当时已是五四运动风起云涌的时候，而一师校长王祝晨是新派人物，立即起来响应，改文言为白话。忘记了是哪个书局出版的国文教科书中选了一篇名传世界的童话“阿拉伯的骆驼”，内容讲的是：在沙漠大风暴中，主人躲进自己搭起来的帐篷，而把骆驼留在帐外。骆驼忍受不住风沙之苦，哀告主人说：“只让我把头放在帐篷里行不行？”主人答应了。过了一会儿，骆驼又哀告说：“让我把前身放进去行不行？”主人又答应了。又过了一会儿，骆驼又哀告说：“让我全身都进去行不行？”主人答应后，自己却被骆驼挤出了帐篷。童话的意义是非常清楚的。但是天有不测风云，这篇课文竟让叔父看到了。他大为惊诧，高声说：“骆驼怎么能说话呢？荒唐！荒唐！转学！转学！”

于是我立即转了学。从此一师附小只留在我的记忆中了。

我从一师附小转学出来，转到了新育小学，时间是在1920年，我九岁。我同一位长我两岁的亲戚同来报名。面试时我认识了一个“骡”字，定在高小一班。我的亲戚不认识，便定在初小三班，少我一年。一字之差，我争取了一年。

新育小学的校舍

新育小学坐落在南圩子门里，离我们家不算远。校内院子极大，空地很多。一进门，就是一大片空地，长满了青草，靠西边有一个干涸了的又圆又大的池塘，周围用砖石砌得整整齐齐，当年大概是什么大官的花园中的花池，说不定曾经有过荷香四溢、绿叶擎天的盛况，而今则是荒草凄迷、碎石满池了。

校门东向。进门左拐有几间平房，靠南墙是一排平房。这里住着我们的班主任李老师和后来是高中同学的北大毕业生宫兴廉的一家子，还有从曹州府来的三个姓李的同学，他们在家乡已经读过多年私塾，年龄比我们都大，国文水平比我们都高。他们大概是家乡的大地主子弟，在家乡读过书以后，为了顺应潮流，博取一个新功名，便到济南来上小学。他们还带着厨子和听差，住在校内。令我忆念难忘的是他们吃饭时那一蒸笼雪白的馒头。

进东门，向右拐，是一条青石板砌成的小路，路口有一座用木架子搭成的小门，门上有四个大字：循规蹈矩。我当时不知道是什么意思，但觉得这四个笔画繁多的字很好玩。进小门右侧是一个花园，有假山，用太湖石堆成，山半有亭，翼然挺立。假山前后，树木蓊郁。那里长着几棵树，能结出黄色的豆豆，至今我也不知道叫什么树。从规模来看，花园当年一定是繁荣过一阵的。是否有纳兰词中所写的“晚来风动护花铃，人在半山亭”那样的荣华，不得而知，但是，极有气派，则是至今仍然依稀可见的。可惜当时的校长既非诗人，也非词人，对于这样一个旧花园熟视无睹，任它荒凉衰败、垃圾成堆了。

花园对面，小径的左侧是一个没有围墙的大院子，没有多少房子，高台阶上耸立着一所极高极大的屋子，里面隔成了许多间，被校长办公室，以及其他一些会计、总务之类的部门分别占据。屋子正中墙上挂着一张韦校长的炭画像，据说是一位高年级的学生用“界画”的办法画成的。我觉得，并不很像。走下大屋的南台阶，距离不远的地方，左右各有一座大花坛，春天栽上牡丹和芍药什么的，一团锦绣。出一个篱笆门，是一大片空地，上面说的大圆池就在这里。

出高台阶的东门，就是“循规蹈矩”小径的尽头。向北走进一个门极大的院子，东西横排着两列大教室，每一列三大间，供全校六个班教学之用。进门左手是一列走廊，上面有屋顶遮盖，下雨淋不着，走廊墙上是贴布告之类的东西的地方。走过两排大教室，再向北，是一个大操场，对一个小学来说，操场是够大的了。操场上有双杠之类的设施，但是，不记得上过什么体育课。小学没有体育课是不可思议的。再向北，在西北角上，有几间房子，是教员住的，门前有一棵古槐，覆盖的面积极大，至今脑海里还留有一团蓊郁翠秀的影像。校舍的情况就是这个样子。

新育小学的教员和职员

按照班级的数目，全校教员应该不少于十几个的，但是，我能记住的只有几个。

我们的班主任是李老师。我从来就不关心他叫什么名字，小学生对老师的名字是不会认真去记的。他大概有四十多岁，在一个九岁孩子的眼中就算是一个老人了。他人非常诚恳忠厚，朴实无华，从来没有训斥过学生，说话总是和颜悦色，让人感到亲切。他是我一生最难忘的老师之一。当时的小学教员，大概都是教多门课程的，什么国文、数学（当时好像是叫算术）、历史、地理等课程都一锅煮了。因为程度极浅，用不着有多么大的学问。一想到李老师，就想起了两件事。一件是，某一年初春的一天，大圆池旁的春草刚刚长齐，天上下着小雨，“沾衣欲湿杏花雨，吹面不寒杨柳风”。李老师带着我们全班到大圆池附近去种菜，自己挖地，自己下种，无非是扁豆、芸豆、辣椒、茄子之类。顺便说一句，当时西红柿还没有传入济南，北京如何，我不知道。当时碧草如茵，嫩柳鹅黄，一片绿色仿佛充塞了宇宙，伸手就能摸到。我们蹦蹦跳跳，快乐得像一群初入春江的小鸭。这是我一生三万多天中最快活的一天，至今回想起来还兴奋不已。另一件事是，李老师辅导我们英文。认识英文字母，他有妙法。他说，英文字母 f 就像一只大马蜂，两头长，中间腰细。这个比喻，我至今不忘。我不记得课堂上的英文是怎样教的，但既然李老师辅导我们，则必然有这样一堂课无疑。好像还有一个英文补习班。

另一位教员是教珠算（打算盘）的，好像是姓孙，名字当然不知道了。此人脸盘长得像知了，知了在济南叫 Shao qian，就是蝉，因此学生们就给他起了一个外号，叫 Shao qian，我到现在也不知道这两个字怎样写。此人好像是一个“迫害狂”，一个“法西斯分子”，对学生从来没有笑脸。打算盘本来是一个技术活，原理并不复杂，只要稍加讲解就足够了，至于准确纯熟的问题，在运用中就可以解决。可是这一位 Shao qian 公，对初学的小孩子制定出了极残酷不合理的规定：打错一个数，打一板子。在算盘上差一行，就差十个数，结果就是十板子。上一堂课下来，每个人几乎都得挨板子。如果错到几十个到一百个数，那板子不知打多久才能打完。有时老师打累了，才板下开恩。那时候体罚被认为是合情合理的，八九十来岁的孩子到哪里去告状呀！而且“造反有理”的最高指示还没有出来。

那时候，新育已经男女同学，还有缠着小脚去上学的女生，大家也不以为怪。大约在我高小二年级时，学校里忽然来了一个女教师，年纪不大，教美术和音乐。我们班没有上过她的课，不知姓甚名谁。除了她新来时颇引起了一阵街谈巷议之外，不久也就习以为常了。

至于职员，我们只认识一位，是管庶务的。我们当时都写大字，叫作写“仿”。仿纸由学生出钱，学校代买。这一位庶务，大概是多克扣了点儿钱，买的纸像大便用的手纸一样粗糙。山东把手纸叫草纸，学生们就把“草纸”的尊号赏给了这一位庶务先生。

在我的小学和中学中，新育小学不能说是一所关键的学校，可是不知为什么，我对在新育三年的记忆特别清楚。一闭眼，一幅完整的新育图景就展现在我的眼前，仿佛是昨天才离开那里似的，校舍和人物，以及我的学习和生活，巨细不遗，均深刻地印在我的记忆中。更奇怪的是，我上新育与上一师附小紧密相连，时间不过是几天的工夫，而后者则模糊成一团，几乎是什么也记不起来。其原因到现在我也无法解释。

新育三年，斑斓多彩。

在新育小学学习的一般情况

我是不喜欢念正课的。对所有的正课，我都采取对付的办法。上课时，不是玩儿小动作，就是不专心致志地听老师讲，脑袋里不知道在想些什么，常常走神儿，斜眼看到教室窗外四时景色的变化：春天繁花似锦，夏天绿柳成荫，秋天风卷落叶，冬天白雪皑皑。旧日有一首诗：“春天不是读书天，夏日迟迟正好眠，秋有蚊虫冬有雪，收拾书包好过年”，可以为我写照。当时写作文都用文言，语言障碍当然是有的，最困难的是不知道怎样起头。老师出的作文题写在黑板上，我立即在作文簿上写上“人生于世”四个字，下面就穷了词儿，仿佛永远要“生”下去似的。以后憋好久，才能憋出一篇文章。万没有想到，以后自己竟一辈子舞笔弄墨，逐渐体会到，写文章是要讲究结构的，而开头与结尾最难。这现象在古代大作家笔下经常可见。然而，到了今天，知道这种情况的人似乎已不多了。也许有人竟以为这是怪论，是迂腐之谈，我真欲无言了。有一次作文，我不知从什么书里抄了一段话：“空气受热而上升，他处空气来补其缺，遂流动而成风。”句子通顺，受到了老师的赞扬。可我一想起来，心里就不是滋味，愧悔有加。在今天，这也可能算是文坛的腐败现象吧。可我只是个十岁的孩子，不知道什么叫文坛，我一不图名，二不图利，完全为了好玩儿。但自己也知道，这样做是不对的，所以才愧悔。从那以后，一生中再没有剽窃过别人的文字。

小学也是每学期考试一次。每年两次，三年共有六次，我的名次总盘旋在甲等三四名和乙等前几名之间。甲等第一名被一个叫李玉和的同学包办，他比我大几岁，是一个拼命读书的学生。我从来也没有争第一名的念头，我对此事极不感兴趣。根据我后来的经验，小学考试的名次对一个学生一生的生命历程没有多少影响，家庭出身和机遇影响更大。

我一生自认为是一个性格内向的人。可是现在回想起来，我在新育小学时期，一点儿也不内向，而是外向得很。我喜欢打架，欺负人，也被人欺负。有一个男孩子，比我大几岁，个子比我高半头，总好欺负我。最初我有点怕他，他比我劲儿大。时间久了，我忍无可忍，同他干了一架。他个子高，打我的上身。我个子矮，打他的下身。后来搂抱住滚在双杠下面的沙土堆里，有时候他在上面，有时候我在上面，没有决出胜负。上课铃响了，各回自己的教室，从此他再也不敢欺负我，天下太平了。

我却反过头来又欺负别的孩子。被我欺负得最厉害的是一个名叫刘志学的小学生，岁数可能比我小，个头差不多，但是懦弱无能，一眼被我看中，就欺负起他来。根据我的体会，小学生欺负人并没有任何原因，也没有什么仇恨，只是个人有劲儿使不出，无处发泄，便寻求发泄的对象罢了。刘志学就是我寻求的对象，于是便开始欺负他，命令他跪在地下，不听就拳打脚踢。如果他鼓起勇气，抵抗一次，我也许就会停止，至少是会收敛一些。然而他是个窝囊废，一丝抵抗的意思都没有。这当然更增加了我的气焰，欺负的次数和力度都增加了。刘志学家同婶母是拐弯抹角的亲戚。他向家里告状，他父母便来我家告状。结果是我挨了婶母一阵数落，这一幕悲喜剧才告终。

从这一件小事来看，我无论如何也不能算是一个内向的孩子。怎么会一下子转成内向了呢？这问题我从来没有想到过。现在忽然想起来了，也就顺便给它一个解答。《三字经》中有两句话：“性相近，习相远。”我认为，“习”是能改造“性”的。我六岁离开母亲，童心的发展在无形中受到了阻碍。我能躺在一个非母亲的人的怀抱中打滚撒娇吗？这是不能够想象的。我不能说，叔婶虐待我，那样说是谎言；但是在日常生活中小小的歧视，却是可以感觉得到的。比如说，做衣服，有时就不给我做。在平常琐末的小事中，偏心自己的亲生女儿，这也是人之常情，不足为怪。一个七八岁的孩子对于这些事情并不敏感。但是，积之既久，在自己潜意识中难免留下些印记，从而影响到自己的行动。我清晰地记得，向婶母张口要早点钱，在我竟成了难题。有一个夏天的晚上，我们都在院子里铺上席，躺在上面纳凉。我想到要早点钱，但不敢张口，几次欲言又止，最后时间已接近深夜，才鼓起了最大的勇气，说要几个小制钱。钱拿到手，心中狂喜，立即躺下，进入黑甜乡，睡了一整夜。对一件事来说，这样的心理状态是影响不大的，但是时间一长，性格就会受到影响。我觉得，这个解释是合情合理的。

看捆猪

新育小学的西邻是一个养猪场，规模大概相当大，我从来没有进去过。大概是屠宰业的规定，第二天早晨杀猪，头一天下午接近黄昏的时候就把猪捆好。但是，捆猪并不容易，猪同羊和牛都不一样，当它们感到末日来临时，是会用超常的力量来奋起抵抗的。我和几位调皮的小伙伴往往在放学后不立即回家，而是一听隔壁猪叫就立即爬上校内的柳树，坐在树的最高处，看猪场捉猪。有的猪劲儿极大，不太矮的木栅栏一跃而过，然后满院飞奔。捉猪人使用极其残暴的手段和极端残忍的工具—— 一条长竿顶端有两个铁钩——努力把猪捉住。有时候竿顶上的铁钩深刺猪的身躯上的某一部分，鲜血立即喷出。猪仍然不肯屈服，带血狂奔，血流满地，直到筋疲力尽，才被人捆绑起来，嘴里仍然嚎叫不止，有的可能叫上一夜，等到第二天早晨挨上那一刀，灵魂或者进入地狱，或者进入天堂，除了印度相信轮回转生者以外，没有人能够知道了。这实在是极端残忍的行为。在高级的雍容华贵的餐厅里就着葡萄美酒吃猪排的美食者，大概从来不会想到这一点的。还是中国古代的君子聪明，他们“远庖厨”，眼不见为净。

我现在——不是当年，当年是没有这样敏感的——浮想联翩，想到了很多事情。首先我想到造物主——我是不相信有这玩意儿的——实在是非常残酷不仁。他一定要让动物互相吞噬，才能生活下去。难道不能用另外一种方法来创造动物界吗？即使退一步想，让动物像牛羊一样只吃植物行不行呢？当然，植物也是生物，也有生命；但是，我们看不到植物流泪，听不到它们嚎叫，至少落个耳根清净吧。

我又想到，同样是人类，对猪的态度也不尽相同。我曾在德国住过多年。那里的农民有的也养猪。怎样养法，用什么饲料，我一概不知。养到一定的重量，就举行一次 schlachs fest（屠宰节），邀请至亲好友，共同欢聚一次。我的女房东有时候就下乡参加这样的欢聚。她告诉我，先把猪赶过来，乘其不备，用手枪在猪头上打上一枪，俟其倒毙，再来动手宰割，将猪身上不同部位的肉和内脏，加工制成不同的食品，然后大家暂时或长期享用。猪被人吃，合乎人情事理，但不让猪长时间受苦，德国人这种“猪道主义”是颇值得我们学习的。至于在手枪发明以前德国人是怎样杀猪的，我没有研究过，只好请猪学专家去考证研究了。

看杀人

济南地势，南高北低。到了夏天下大雨的时候，城南群山的雨水汇流成河，顺着一条大沙沟，奔腾而北，进了圩子墙，穿过朝山街、正觉寺街等马路东边房子后面的水沟，再向前流去，济南人把这一条沙沟叫“山水沟”。

新育小学坐落在南圩子门里，圩子门是朝山街的末端。出圩子门向右拐，有一条通往齐鲁大学的大道。大道中段要经过上面提到的山水沟，右侧有一座小小的龙王庙，左侧则是一大片荒滩，对面土堤很高，这里就是当时的刑场，是处决犯人的地方。犯人出发的地方是城里院东大街路北山东警察厅内的监狱。出大门向右走一段路，再左拐至舜井街，然后出南城门，经过朝山街，出南圩子门，照上面的说法走，就到了目的地。

朝山街是我上学必经之路。有时候，看到街道两旁都挤满了人，就知道，今天又要杀人了。我于是立即兴奋起来，把上学的事早已丢到九霄云外去了。挤在人群里，伸长了脖子，等候着，等候着。此时，只有街道两旁人山人海，街道中间则既无行人，也无车马。不久，看到一个衣着破烂的人，喝得醉醺醺的，右肩背着一支步枪，慢腾腾地走了过去。大家知道，这就是刽子手。再过不久，就看到大队警察，簇拥着待决的囚犯，一个或多个，走了过来。囚犯是五花大绑，背上插着一根木牌，上面写着他的名字，名字上面用朱笔画上了一个红叉。在“十年浩劫”中，我的名字也曾多次被“老佛爷”的鹰犬们画上红叉，表示罪该万死的意思。红卫兵们是很善于学习的。闲言少叙，书归正传。且说犯人过去了以后，街上的秩序立即大乱。人群纷纷向街中间，拥拥挤挤，摩肩接踵，跟着警察大队，挤出南圩子门，纷纷抢占高地制高点，能清晰地看到刑场的情况，但又不敢离得太近，理由自明。警察押着犯人走向刑场，犯人面南跪在高崖下面，枪声一响，仪式完毕，警察撤走。这时一部分群众又拥向刑场，观看躺在地上的死尸。枪毙土匪，是没有人来收尸的。我们几个顽皮的孩子当然不甘落后，也随着大家往前拥。经过了这整个过程，才想起上学的事来。走回学校，免不了受到教员的斥责。然而却决不改悔，下一次碰到这样的事，仍然照看不误。

当时军阀混战，中原板荡。农村政权，形同虚设。县太爷龟缩在县城内，广大农村地区不见一个警察，坏人或者为穷所逼铤而走险的人，变成了土匪（山东话叫“老缺”），横行乡里。从来没听说，哪一帮土匪劫富济贫，替天行道。他们绑票勒索，十分残酷。我的一个堂兄林字辈的第一人季元林，家里比较富裕，被土匪绑走，勒索巨款。家人交上了赎票的钱，但仍被撕票，家人找到了他的尸体，惨不忍睹，双眼上各贴一张狗皮膏药，两耳中灌满了蜡烛油。可见元林在匪穴中是受了多么大的痛苦。这样的土匪偶尔也会被捉住几个，送到济南来，就演上一出上面描写的那样的悲喜剧。我在新育三年，这样的剧颇看了不少。对一个十一二岁的孩子来说，了解社会这一方面的情况，并无任何坏处。

旧社会有定期举行的买卖骡马的集市。新育小学大门外空地上就有这样的马市。忘记是多久举行一次了。到了这一天，空地上挤满了人和马、骡、驴等，不记得有牛。这里马嘶驴鸣，人声鼎沸，一片繁忙热闹的景象。骡马的高低肥瘦，一看便知；但是年龄却是看不出来的，经纪人也自有办法。骡、马、驴都是吃草的动物，吃草要用牙，草吃多了，牙齿就受到磨损。专家们从牙齿磨损的程度上就能看出它们的年龄。于是，在看好了骡马的外相之后，就用手扒开它们的嘴，仔细观看牙齿。等到这一些手续都完了以后，就开始讨价还价了。在这里，不像在蔬菜市场上或其他市场上那样，用语言，用嘴来讨价还价，而是用手，经纪人和卖主或他的经纪人，把手伸入袖筒里，用手指头来讨论价格，口中则一言不发。如果袖筒中价钱谈妥，则退出手来，交钱牵牲口。这些都是没有见过世面的"下等人"，不懂开什么香槟酒来庆祝胜利。甚至有的价格还抵不上一瓶昂贵的香槟酒。如果袖筒空谈没有结果，则另起炉灶，找另外的人去谈了。至于袖筒中怎样谈法，这是经纪人垄断的秘密，我们局外人是无法知道的。这同中国佛教禅宗的薪火相传，颇有些类似之处。

九月九庙会

每年到了旧历九月初九日，是所谓重阳节，是登高的好日子。这个节日来源很古，可能已有几千年的历史。济南的重阳节庙会（实际上是并没有庙，姑妄随俗称之）是在南圩子门外大片空地上，西边一直到山水沟。每年，进入夏历九月不久，就有从全省一些地方，甚至全国一些地方来的艺人会聚此地，有马戏团、杂技团、地方剧团、变戏法的、练武术的、说山东快书的、玩猴的、耍狗熊的等等等等，应有尽有。他们各自圈地搭席棚围起来，留一出入口，卖门票收钱。规模大小不同，席棚也就有大有小，总数至少有几十座。在夜里有没有"夜深千帐灯"的气派，我没有看到过，不敢瞎说，反正白天看上去，方圆几十里，颇有点动人的气势。再加上临时赶来的卖米粉、炸丸子和豆腐脑等的担子，卖花生和糖果的摊子，特别显眼的柿子摊——柿子是南山特产，个大色黄，非常吸引人——这一切混合起来，形成了一种人声嘈杂、歌吹沸天的气势，仿佛能南摇千佛山、北震大明湖、声撼济南城了。

我们的学校，同庙会仅一墙（圩子墙）之隔，会上的声音依稀可闻。我们这些顽皮的孩子能安心上课吗？即使勉强坐在那里，也是身在课堂心在会。因此，一有机会，我们就溜出学校，又嫌走圩子门太远，便就近爬过圩子墙，飞奔到庙会上，一睹为快。席棚很多，我们先拣大的去看。我们谁身上也没有一文钱，门票买不起。好在我们都是三块豆腐干高的小孩子，混在购票观众中挤进去，也并不难。进去以后，就成了我们的天地，不管耍的是什么，我们总要看个够。看完了，走出来，再钻另外一个棚，几乎没有钻不进去的。实在钻不进去，就绕棚一周，看看哪一个地方有小洞，我们就透过小洞往里面看，也要看个够。在十几天的庙会中，我们钻遍了大大小小的棚，对整个庙会一览无余，一文钱也没有掏过。可是，对那些卖吃食的摊子和担子，则没法钻空子，只好口流涎水，望望然而去之。虽然不无遗憾，也只能忍气吞声了。

看戏

我们住的佛山街中段一座火神庙前，有一座旧戏台，已经破旧不堪，门窗有的已不存在，看上去，离倒塌的时候已经不太远了。我每天走过这里，不免看上几眼；但是，好多年过去了，没有看到过一次演戏。有一年，还是我在新育小学念书的时候，不知道是哪一位善男信女，忽发大愿，要给火神爷唱上一天戏，就把旧戏台稍稍修饰了一下，在戏台和大神庙门之间，左右两旁搭上了两座木台子，上设座位，为贵显者所专用。其余的观众就站在台下观看。我们家里，规矩极严，看戏是决不允许的。我哪里能忍受得了呢？没有办法，只有在奉命到下洼子来买油、打醋、买肉、买菜的时候，乘机到台下溜上几眼，得到一点儿满足。有一次，回家晚了，还挨了一顿数落。至于台上唱的究竟是什么戏，我完全不懂。剧种也不知道，反正不会是京剧，也不会是昆曲，更不像后来的柳子戏，大概是山东梆子吧。前二者属于阳春白雪之列，而这样的戏台上只能演下里巴人的戏。对于我来说，我只瞥见台上敲锣拉胡琴儿的坐在一旁，中间站着一位演员在哼哼唧唧地唱，唱词完全不懂。还有红绿的门帘，尽管陈旧，也总能给寥落古老的戏台增添一点儿彩色，吹进一点儿生气，我心中也莫名其妙地感到了一点儿兴奋，这样我就十分满足了。

学英文

我在上面曾说到李老师辅导我们学英文字母的事情。英文补习班似乎真有过，但具体的情况则完全回忆不起来了。时间大概是在晚上。我的记忆中有很清晰的一幕：在春天的晚间，上过课以后，在校长办公室高房子前面的两座花坛中间，我同几个小伙伴在说笑，花坛里的芍药或牡丹的大花朵和大叶子，在暗淡的灯光中，分不清红色和绿色，但是鼻子中似乎能嗅到香味。芍药和牡丹都不以香名。唐人诗："国色朝酣酒，天香夜染衣"，其中用"天香"二字，似指花香。不管怎样，当时，在料峭的春夜中，眼前是迷离的花影，鼻子里是淡淡的清香，脑袋里是刚才学过的英文单词，此身如遗世独立。这一幅电影画面以后常在我眼前展现，至今不绝。我大概确实学了不少的英文单词，毕业后报考正谊中学时，不意他们竟考英文，内容是翻译几句话："我新得了一本书，已经读了几页，不过有些字我不认识。"我大概是翻出来了，所以才考了一个一年半级。

国文竞赛

有一年，在秋天，学校组织全校学生游开元寺。

开元寺是济南名胜之一，坐落在千佛山东群山环抱之中。这是我经常来玩儿的地方。寺上面的大佛头尤其著名，是把一面巨人的山崖雕凿成了一个佛头，其规模虽然比不上四川的乐山大佛，但是在全国的石雕大佛中也是颇有一点名气的。从开元寺上面的山坡上往上爬，路并不崎岖，爬起来比较容易。爬上一刻钟到半个小时就到了佛头下。据说佛头的一个耳朵眼里能够摆一桌酒席。我没有试验过，反正其大可想见了。从大佛头再往上爬，山路当然更加崎岖，山石当然更加亮滑，爬起来颇为吃力。我曾爬上来过多次，颇有驾轻就熟之感，感觉不到多么吃力，爬到山顶上，有一座用石块垒起来的塔似的东西。从济南城里看过去，好像是一个橛子，所以这一座山就得名橛山。同泰山比起来，橛山不过是小巫见大巫；但在济南南部群山中，橛山却是鸡群之鹤。登上山顶，望千佛山顶如在肘下，大有“一览众山小”之慨了。可惜的是，这里一棵树都没有，不但没有松柏，连槐柳也没有，只有荒草遍山，看上去有点童山濯濯了。

从橛山山顶，经过大佛头，走了下来，地势渐低，树木渐多，走到一个山坳里，就是开元寺。这里松柏参天，柳槐成行，一片浓绿，间以红墙，仿佛在沙漠里走进了一片绿洲。虽然大庙那样的琳宫梵宇、崇阁高塔在这里找不到，但是也颇有几处佛殿，佛像庄严。院子里有一座亭子，名叫静虚亭。最难得最引人注目的是一泓泉水，在东面石壁的一个不深的圆洞中。水不是从下面向上涌，而是从上面石缝里向下滴，积之既久，遂成清池，名之曰“秋棠池”，洞中水池的东面岸上长着一片青苔，栽着数株秋海棠。泉水是上面群山中积存下来的雨水，汇聚在池上，一滴一滴地往下滴。泉水甘甜凛冽，冬不结冰。庙里住持的僧人和络绎不绝的游人，都从泉中取水喝。此水煮开泡茶，也是茶香水甜，不亚于全国任何名泉。有许多游人是专门为此泉而来开元寺的。我个人很喜欢开元寺这个地方，过去曾多次来过。这一次随全校来游，兴致仍然极高，虽归而兴未尽。

回校后，学校出了一个作文题目《游开元寺记》，举行全校作文比赛，把最好的文章张贴在教室西头走廊的墙壁上。前三名都为我在上面提到过的从曹州府来的三位姓李的同学所得。第一名作文后面老师的评语是“颇有欧苏真气”。我也榜上有名，但却在八九名之后了。

难忘中学

我对新育小学的回忆，就到此为止了。我写得冗长而又拉杂，这对今天的青少年们，也许还会有点儿好处，他们可以通过我的回忆了解一下七十年前的旧社会，从侧面了解一下中国近现代史，对我自己来说，在写作的过程中，我仿佛又回到了七十多年前，又变成了一个小孩子，重新度过那可爱而实际上又并不怎么可爱的三年。

进入正谊中学

在过去的济南，正谊中学最多只能算是一所三流学校，绰号“破正谊”，与“烂育英”凑成一对，成为难兄难弟。但是，正谊三年毕竟是我生命中的一个阶段，即使不是重要的阶段，也总能算是一个有意义的阶段。因此，我在过去写的许多文章中都谈到了正谊，但是，谈得很不全面，很不系统。现在想比较全面地、比较系统地叙述一下我在正谊三年的过程。

正谊中学坐落在济南大明湖南岸阎公祠（阎敬铭的纪念祠堂）内。原有一座高楼还保存着，另外又建了两座楼和一些平房。这些房子是什么时候建造的，我不清楚，也没有研究过。校内的景色是非常美的，特别是北半部靠近原阎公祠的那一部分。绿杨撑天，碧水流地。一条清溪从西向东流，尾部有假山一座，小溪穿山而过。登上阎公祠的大楼，可以看到很远的地方。向北望，大明湖碧波潋滟，水光接天。夏天则是荷香十里，绿叶擎天。向南望，是否能看到千佛山，我没有注意过。我那时才十三四岁，旧诗读得不多，对古代诗人对自然美景的描述和赞美，不甚了了，也没有兴趣。我的兴趣是在大楼后的大明湖岸边上。每到夏天，湖中长满了芦苇。芦苇丛中到处是蛤蟆和虾，这两种东西都是水族中的笨伯。在家里偷一根针，把针尖砸弯，拴上一条绳，顺手拔一枝苇子，就成了钓竿似的东西。蛤蟆端坐在荷叶上，你只需抓一只苍蝇，穿在针尖上，把钓竿伸向它抖上两抖，蛤蟆就一跃而起，意思是想捕捉苍蝇，然而却被针尖钩住，提上岸来。我也并不伤害它，仍把它放回水中。有了这个教训的蛤蟆是否接受教训，不再上当，我没法研究。这疑难问题，虽然比不上相对论，但要想研究也并不容易，只有请美国科学家们代劳了。最笨的还是虾。这种虾是长着一对长夹的那一种，齐白石画的虾就是这样的。对付它们，更不费吹灰之力，只需顺手拔一枝苇子，看到虾，往水里一伸，虾们便用长夹夹住苇秆，死不放松，让我拖出水来。我仍然把它们再放回水中。我是醉翁之意不在酒，而在戏耍也。上下午课间的几个小时，我就是这样打发的。

我家住在南城，要穿过整个济南城才能到大明湖畔，因此中午不回家吃饭。婶母每天给两个铜元当午餐费，一个铜元买一块锅饼，大概不能全吃饱，另一个铜元买一碗豆腐脑或一碗炸丸子，就站在校门外众多的担子旁边，狼吞虎咽，算是午饭，心里记挂的还是蛤蟆和虾。看到路旁小铺里卖的一个铜元一碟的小葱拌豆腐，简直是垂涎三尺。至于那几个破烂小馆里的炒木樨肉等炒菜，香溢门外，则更是如望海上三山，可望而不可即了。有一次，我从家里偷了一个馒头带在身边，中午可以节约一个铜元，多喝一碗豆腐脑或炸丸子，惹得婶母老大不高兴。古话说：君子不二过，从此不敢再偷了。又有一次，学校里举办什么庆祝会，我参加帮忙。中午每人奖餐券一张，到附近一个小馆里去吃一顿午饭。我如获至宝，昔日可望而不可即的地方，今天我终于来了，饱饱地吃了一顿，以致晚上回家，连晚饭都吃不下了。这也许是我生平吃得最饱的一顿饭。

我当时并不喜欢念书。我对课堂和老师的重视远远比不上我对蛤蟆和虾的兴趣。每次考试，好了可以考到甲等三四名，坏了就只能考到乙等前几名，在班上总还是高材生。其实我根本不计较这些东西。

我的几个老师

提到正谊的师资，因为是私立，工资不高，请不到好教员。班主任叫王烈卿，绰号“王劣子”。不记得他教过什么课，大概是一位没有什么学问的人，很不受学生的欢迎。有一位教生物学的教员，姓名全忘记了。他不认识“玫瑰”二字，读之为“久块”，其他概可想象了。但也确有饱学之士。有一位教国文的老先生，姓杜，名字忘记了，也许当时就没有注意，只记得他的绰号“杜大肚子”。此人确系饱学之士，熟读经书，兼通古文，一手小楷写得俊秀遒劲，不亚于今天的任何书法家。听说前清时还有过什么功名。但是，他生不逢时，命途多舛，毕生浮沉于小学教员与中学教员之间，后不知所终。他教我的时候是我在高一的那一年。我考入正谊中学，录取的不是一年级，而是一年半级，由秋季始业改为春季始业。我只待了两年半，初中就毕业了。毕业后又留在正谊，念了半年高一。杜老师就是在这个时候教我们班的，时间是1926年，我十五岁。他出了一个作文题目，与描绘风景抒发感情有关。我不知天高地厚，写了一篇带有骈体文味道的作文。我在这里补说一句，那时候作文都是文言文，没有写白话文的。我对自己那一篇作文并没有沾沾自喜，只是写这样的作文，我还是第一次尝试，颇有期待老师表态的想法。发作文簿的时候，看到杜老师在上面写满了密密麻麻的字，等于他重新写了一篇文章。他的批语是："要作花样文章，非多记古典不可。"短短一句话，可以说是正击中了我的要害。古文我读过不少，骈文却只读过几篇。这些东西对我的吸引力远远比不上《彭公案》《济公传》《七侠五义》等等一类的武侠神怪小说。这些东西被叔父贬为"闲书"，是禁止阅读的，我却偏乐此不疲，有时候读起了劲，躲在被窝里利用手电筒来读。我脑袋里哪能有多少古典呢？仅仅凭着那几个古典和骈文日用的词句就想写"花样文章"，岂非是一个典型的癞蛤蟆吗？看到了杜老师批改的作文，我心中又是惭愧，又是高兴。惭愧的原因，用不着说；高兴的原因则是杜老师已年届花甲竟不嫌麻烦这样修改我的文章，我焉得不高兴呢？离开正谊以后，好多年没有回去，当然也就见不到杜老师了。我不知道他后来怎样了，但是，我却不时怀念他。他那挺着大肚皮步履蹒跚地走过操场去上课的形象，将永远留在我的记忆中。

另外一个让我难以忘怀的老师，就是教英文的郑又桥先生。他是南方人，不是江苏就是浙江。他的出身和经历，我完全不知道，只知道他英文非常好，大概是专教高年级的。他教我们的时间，同杜老师同时，也是在高中一年级，当时那是正谊的最高年级。我自从进正谊中学将近三年以来，英文课本都是现成的：《天方夜谭》《泰西五十轶事》，语法则是《纳氏文法》（Nesfield 的文法）。大概所有的中学都一样，郑老师用的也不外是这些课本，至于究竟是哪一本，现在完全忘记了。郑老师教书的特点，突出地表现在改作文上。别的同学的作文本我没有注意，我自己的作文，则是郑老师一字不改，而是根据我的原意另外写一篇。现在回想起来，这有很大的好处。我情动于中，形成了思想，其基础或者依据当然是母语，对我来说就是汉语，写成了英文，当然要受汉语的制约，结果就是中国式的英文。这种中国式的英文，一直到今天，还没有能消除。郑老师的改写是地道的英文，这是多年学养修炼成的，并不是每个人都能做到的。拿我自己的作文和郑先生的改作细心对比，可以悟到许多东西，简直可以说是一把开门的钥匙。可惜只跟郑老师学了一个学期，我就离开了正谊。再一次见面已经是二十多年以后的事情了。1947 年暑假，我从北京回到了济南。到母校正谊去探望，万没有想到竟见到了郑老师。我经过了三年高中，四年清华，十年德国，已经从一个小孩子变成了一个小伙子，而郑老师则已垂垂老矣。他住在靠大明湖的那座楼上中间一间屋子里，两旁以及楼下全是教室，南望千佛山，北倚大明湖，景色十分宜人。师徒二十多年没有见面，其喜悦可知。我曾改写杜诗："人生不相见，动如参与商。今日复何日，共此明湖光。"他大概对我这个徒弟很感到骄傲，曾在教课的班上，手持我的名片，激动地向同学介绍了一番。从那以后，"世事两茫茫"，再没有见到郑老师，也不知道他的下落。直到今天，我对他仍然是忆念难忘。

徐金台老师大概是正谊的资深教员，很受师生的尊敬。我没有上过他的课。但是，他在课外办了一个古文补习班，愿意学习的学生，只需每月交上几块大洋，就能够随班上课了。上课时间是下午放学以后，地点是阎公祠大楼的一间教室里，念的书是《左传》《史记》一类的古籍，讲授者当然就是徐金台老师了。叔父听到我说这一件事，很高兴，立即让我报了名。具体的时间忘记了，反正是在那三年中。记得办班的时间并不长，不知道是由于什么原因，突然结束了。大概读了几篇《左传》和《史记》。对我究竟有多大影响，很难说清楚。反正读了几篇古文，总比不读要好吧。

叔父对我的古文学习，还是非常重视的。就在我在正谊读书的时候，他忽然心血来潮，亲自选编，亲自手抄了一本厚厚的《课侄选文》，并亲自给我讲解。选的文章都是理学方面的，唐宋八大家的文章一篇也没有选。说句老实话，我并不喜欢这类的文章。好在他只讲解过几次之后就置诸脑后，再也不提了。这对我是一件十分值得庆幸的事情，我仿佛得到了解放。

要谈正谊中学，必不能忘掉它的创办人和校长鞠思敏（承颖）先生。由于我同他年龄差距过大，他大概大我五十岁，我对他早年的活动知之甚少。只听说，他是民国初年山东教育界的领袖人物之一，当过什么长，后来自己创办了正谊中学，一直担任校长。我十二岁入正谊，他大概已经有六十来岁了，当然不可能引起他的注意，没有谈过话。我每次见到他，就油然起敬仰之情。他个子颇高，身材魁梧，走路极慢，威仪俨然。穿着极为朴素，夏天布大褂，冬天布棉袄，脚上穿着一双黑布鞋，袜子是布做的。现在机器织成的袜子，当时叫作洋袜子，已经颇为流行了。可鞠先生的脚上却仍然是布袜子，可见他俭朴之一斑。

鞠先生每天必到学校里来，好像并不担任什么课程，只是来办公。我还是一个孩子，不了解办学的困难。在军阀的统治之下，军用票满天飞，时局动荡，民不聊生。在这样的情况下，维持一所有几十名教员、上千名学生的私立中学，谈何容易。鞠先生身上的担子重到什么程度，我简直无法想象了。然而，他仍然极端关心青年学生们的成长，特别是在道德素质方面，他更倾注了全部的心血，想把学生培养成有文化有道德的人。每周的星期一上午八时至九时，全校学生都必须集合在操场上。他站在台阶上对全校学生讲话，内容无非是怎样做人，怎样爱国，怎样讲公德、守纪律，怎样严以律己、宽以待人，怎样孝顺父母，怎样尊敬师长，怎样同同学和睦相处。总之，不外是一些在家庭中也常能听到的道德教条，没有什么新东西。他简直像一个絮絮叨叨的老太婆，而且每次讲话内容都差不多。事实上，内容就只有这些，他根本不可能花样翻新。当时还没有什么扩音器等洋玩意儿，他的嗓子并不洪亮，站的地方也不高。我不知道，全体学生是否都能够听到，听到后的感觉如何。我在正谊三年，听了三年。有时候确也感到絮叨，但是，自认是有收获的。他讲的那一些普普通通做人的道理，都是金玉良言，我也受到了潜移默化。

在正谊中学，我曾进入尚实英文学社。这是一个私人办的学社，坐落在济南城内按察司街南口一条巷子的拐角处。创办人叫冯鹏展，是广东人，不知道何时流寓在北方，英文也不知道是在哪里学的，水平大概是相当高的。他白天在几个中学兼任英文教员，晚上则在自己家的前院里招生教英文。学生每月记得是交三块大洋。教员只有三位：冯鹏展先生、钮威如先生、陈鹤巢先生，他们都各有工作，晚上教英文算是副业。但是，他们教书都相当卖力气。学子趋之若鹜，总人数大概有七八十人。别人我不清楚，我自己是很有收获的。我在正谊之所以能在英文方面居全班之首，同尚实是分不开的。在中小学里，课程与课程在得分方面是很不相同的。历史、地理等课程，考试前只需临时抱佛脚死背一气，就必能得高分。而英文和国文则必须有根底才能得高分，而根底却是在相当长的时间内打下的，现上轿现扎耳朵眼是办不到的。在北园山大高中时期，我有一个同班同学，名叫叶建栮，记忆力特强。但是，两年考了四次，我总是全班状元，他总屈居榜眼，原因就是他其他杂课都能得高分，独独英文和国文，他再聪明也是上不去，就因为他根底不行。我的英文之所以能有点根底，同尚实的教育是紧密相连的。国文则同叔父的教育和徐金台先生是分不开的。

说句老实话，我当时并不喜欢读书，也无意争强，对大明湖蛤蟆的兴趣远远超过书本。现在回想起来，当时对我的压力真够大的。每天（星期天当然除外）早上从南关穿过全城走到大明湖，晚上五点再走回南关。吃完晚饭，立刻就又进城走到尚实英文学社，晚九点回家，真可谓马不停蹄了。但是，我并没有感觉到什么压力，在精神上和肉体上都没有。每天晚上，尚实下课后，我并不急于回家，往往是一个人沿着院东大街向西走，挨个儿看马路两旁的大小铺面，有的还在营业，当时电灯并不明亮。大铺子，特别是那些卖水果的大铺子，门口挂上一盏大的煤气灯，照耀得如同白昼。下面摆着摊子，在冬天也陈列着从南方运来的香蕉和橘子，再衬上本地产的苹果和梨。红绿分明，五光十色，真正诱人。我身上连一个铜板都没有，只能过屠门而大嚼，徒饱眼福。然而却百看不厌，每天晚上必到，一直磨蹭到十点多才回到家中。第二天一大早就又要长途跋涉了。

我就是这样度过了三年的正谊中学时期和几乎同样长的尚实英文学社时期。当时我十二岁到十五岁。

考入北园高中

1926年，我十五岁，在正谊中学春季始业的高中待了半年，秋天考入山东大学附设高中一年级。北园高中是山东大学附设的高中。入正谊时占了半年的便宜，结果形同泡影，一扫而光了。

北园高中坐落在济南北园白鹤庄。泉城济南的地势，南高北低。常言道："水往低处流。"泉城七十二名泉的水，流出地面以后，一股脑儿都向北流来。连泰山北麓的泉水也通过黑虎泉、龙洞等处，注入护城河，最终流向北园，一部分注入小清河，向大海流去。因此，北园成了水乡，到处荷塘密布，碧波潋滟。风乍起，吹皱一塘清水。无风时则如一片明镜，可以看到二十里外千佛山的倒影。有人怀疑这种说法，最初我也是怀疑派。后来我亲眼看到了，始知此语非虚。塘边绿柳成行，在夏天，绿叶葳蕤，铺天盖地，都如绿雾，仿佛把宇宙也染成了绿色的宇宙，虽然不能"烟笼十里堤"，也自风光旖旎，悦人心目。

白鹤庄就是处在绿杨深处、荷塘环绕的一个小村庄。高中所在地是村中的一处大宅院，当年初建时，据说是一个什么医学专科学校，后来关门了，山大高中初建就选定了这一座宅院作校址。这真是一个念书的绝妙的好地方。我们到的时候，学校已经有三年级一个班，二年级一个班，我们一年级共分四个班，总共六个班，学生二百余人。

高中是公立的学校，经费不发生问题。因此，师资队伍可谓极一时之选，远非正谊中学所可比。在下面，我先把留给我印象最深的几位老师简要地介绍一下。

在回忆正谊中学的时候，我已经写到了鞠思敏先生，有比较详细的介绍。在正谊中学，鞠思敏先生是校长，不教书；在北园高中，他是教员，讲授伦理学，仍然兼任正谊校长。他仍然穿着一身布衣，朴素庄重。他仍然是不苟言笑。但是，根据我的观察，所有的教员对他都十分尊敬。从辈分上来讲，他是山东教育界的元老。其他教员都可能是他的学生一辈。作为讲课的教员，鞠先生可能不是最优秀的。他没有自己的讲义，使用的课本是蔡元培的《中国伦理学史》，他只是加以阐发。讲话的声调，同在正谊每周一训话时一模一样，不像是悬河泄水，滔滔不绝，没有什么抑扬顿挫。但是我们都听得清，听得进。我们当时年龄虽小，但是信息还是灵通的。每一位教员是什么样子，有什么德行，我们还是一清二楚的。鞠先生的过去，以及他在山东教育界的地位，我们心中都有数。所以学生们都对他表示出极高的敬意。

在山东中学教育界，祁蕴璞先生是鼎鼎大名的人物。我原以为他是著名的一中的教员，讲授历史和地理。后来才知道，他本名锡，是益都满族人，史地学者。他是清末秀才，又精通英语和日语，在济南第一师范教史地，后又在山东大学文学院当教授，教经史方面的课程，同时兼山大附中史地教师。在历史和地理的教学中，他是状元，无人能出其右者。

在课堂上，祁老师不是一个口才很好的人，说话还有点儿磕巴。他的讲义每年都根据世界形势的变化和考古发掘的最新结果以及学术界的最新学说加以补充修改。所以他教给学生的知识都是最新的知识。这种做法，不但在中学是绝无仅有，即使在大学中也十分少见。原因就是祁老师精通日文。自从明治维新以后，日本最积极地、最热情地、最及时地吸收欧美的新知识，而祁先生则订有多种日文杂志，还随时购买日本新书。有时候他把新书拿到课堂上给我们看。他怕沾有粉笔末的手弄脏了新书，战战兢兢地用袖子托着书。这种细微的动作并没能逃过我的眼睛。可以看到他对书籍是怎样地爱护。他读新书是为了教好学生，没有今天学术界这种浮躁的学风。同今天比起来，那时候的人实在是淳朴到可爱的程度了。据说他出版的著作相当多，主要的就有《中国文化史纲要》和《国际概况讲义》。因其对地理学研究的贡献，被英国皇家地理协会授予名誉会员。他于 1939 年病逝于重庆，所藏书由其夫人捐赠给山东省图书馆。

上面曾说到，祁先生不是一个口才很好的人，还有点儿磕巴。他讲课时，声调高扬，语音铿锵，但为了避免磕巴，他自己发明了一个办法，不时垫上三个字——shi in la，有音无字，不知道应该怎样写。乍听时，确实觉得有点儿怪，但听惯了，只需在我们耳朵中把这三个音删掉，就一切正常了。

祁老师教的是历史和地理。他关心国家大事，关心世界大事。眼前的世界形势随时变动，没有法了在正课中讲。他于是另在课外举办世界新形势讲座，学生中愿意听者可以自由去听，不算正课，不考试，没有分数。先生讲演，只有提纲，没有写成文章。讲演时指定两个被认为文笔比较好的学生做记录，然后整理成文，交先生改正后，再油印成讲义，发给全体学生。我是被指定的两个学生之一。当时不记得有什么报纸，反正在北园两年，没看过报。国内大事都极模糊，何况世界大事！祁老师的讲演开阔了我们的视野，增加了我们的知识，对我们的学习有极大的帮助。

1928 年，日寇占领了济南，学校停办。从那以后，再没有见到祁蕴璞老师。但是他却永远活在我的记忆中，一直到现在。

王老师（王玉）是国文教员，山东莱阳人。他父亲是当地有名的文士，也写古文。所以王先生有家学渊源，从小受过良好的教育，特别是古文写作方面更为突出。他为文遵桐城派义法，结构谨严，惜墨如金，逻辑性很强。我不研究中国文学史，但有一些胡思乱想的看法。我认为，桐城派古文同八股文有紧密的联系。其区别只在于，八股文必须代圣人立言，《四书》以朱子注为标准，不容改变。桐城派古文，虽然也是“文以载道”，但允许抒发个人感情。二者的差别，实在是微乎其微。王老师有自己的文集，都是自己手抄的，从来没有出版过，也根本没有出版的可能。他曾把文集拿给我看过。几十年的写作，只有薄薄一小本。现在这文集不知到哪里去了，惜哉！

老师上课，课本就使用现成的《古文观止》。不是每篇都讲，而是由他自己挑选出来若干篇，加以讲解。文中的典故，当然在必讲之列，而重点则在文章义法。他讲的义法，正如我在上面讲到的那样，基本是桐城派，虽然他自己从来没有这样说过。《古文观止》里的文章是按年代顺序排列的。不知道什么原因，王老师选讲的第一篇文章是比较晚的明代袁中郎的《徐文长传》。讲完后出了一个作文题目——《读〈徐文长传〉书后》。我从小学起作文都用文言，到了高中仍然未变。我仿佛驾轻就熟般地写了一篇“书后”，自觉并没有什么了不起，不意竟获得了王老师的青睐，定为全班压卷之作，评语是“亦简劲，亦畅达”。我当然很高兴。我不是一个没有虚荣心的人，老师这一捧，我就来了劲儿。于是就拿来韩、柳、欧、苏的文集，认真读过一阵儿。实际上，全班国文最好的是一个叫韩云鹄的同学，可惜他别的课程成绩不好，考试总居下游。王老师有一个习惯，每次把学生的作文簿批改完后，总在课堂上占用一些时间，亲手发给每一个同学。排列是有顺序的，把不好的排在最上面，依次而下，把最好的放在最后。作文后面都有批语，但有时候他还会当面说上几句。我的作文和韩云鹄的作文总是排在最后一二名，最后一名当然就算是状元，韩云鹄当状元的时候比我多，但是一二名总是被我们俩垄断，几乎从来没有过例外。

我在上面已经谈到过，北园的风光是非常美丽的。每到春秋佳日，风光更为旖旎。最难忘记的是夏末初秋时分。炎夏初过，金秋降临，和风微凉，冷暖宜人。每天晚上，夜课以后，同学们大都走出校门，到门前荷塘边上去散步，消除一整天学习的疲乏。其时，月明星稀，柳影在地，草色凄迷，荷香四溢。如果我是一个诗人的话，定会写诗百篇。可惜我从来就不是什么诗人，只空怀满腹诗意而已。王玉老师大概也是常在这样的时候出来散步的。他抓住这个机会，出了一个作文题目——《夜课后闲步校前溪观捕蟹记》。我生平最讨厌写说理的文章，对哲学家们那一套自认为是极为机智的分析，我十分头痛。除非有文采，像庄子、孟子等，其他我都看不下去。我喜欢写的是抒情或写景的散文，有时候还能情景交融，颇有点沾沾自喜。王老师这个作文题目正合吾意，因此写起来很顺畅，很惬意。我的作文又一次成为全班压卷之作。

自从北园高中解散以后，再没有见到过王玉老师。后来听说，他到山东大学（当时还在青岛）中文系教书，只给了一个讲师的头衔。我心中愤愤不平。像王老师那样的学问和人品，比某一些教授要高得多，现在有什么人真懂而且又能欣赏桐城派的古文呢？如果是在今天的话，他早已成了什么特级教师，并会有许多论文发表，还结成了许多集子。他的大名会出现在什么《剑桥名人录》上，还有花钱买来的《名人录》上，堂而皇之地印在名片上，成为“名人”。然而这种事情他决不干。王老师郁郁不得志，也在情理之中，但是，在我的心中，王老师的形象却始终是高大的，学问是非常好的，是一个真正的读书人，王老师将永远活在我的心中。

完颜这个姓，在中国是非常少见的，大概是“胡人”之后。其实我们每个人，在长期民族融合之后，差不多都有“胡”血。完颜祥卿先生是一中的校长，被聘到山大高中来教伦理学，也就是逻辑学。这不是一门重要的课，学生也都不十分注意和重视。因此我对完颜祥卿先生没有多少可以叙述的材料。但是，有一件事我必须讲一讲。完颜先生讲的当然是旧式的形式逻辑。考入清华大学以后，学校规定，文科学生必须选一门理科的课，逻辑可以代替。于是只有四五个教授的哲学系要派出三个教授讲逻辑，其中最受欢迎的是金岳霖先生，我也选了他的课。我原以为自己在高中已经学过逻辑，现在是驾轻就熟。焉知金先生讲的不是形式逻辑。是不是接近数理逻辑，我至今仍搞不清楚，反正是同完颜先生讲的大异其趣。最初我还没有完全感觉到，及至答题碰了几个钉子，我才幡然悔悟，改弦更张，才达到了“预流”的水平。

王老师，教数学，名字忘记了，好像当时就不清楚。他是一中的教员，到高中来兼课。在山东中学界，他大名鼎鼎，威信很高。原因只能有一个，就是他教得好。在北园高中，他教的不外三角、小代数和平面几何之类。他讲解得十分清楚，学生不需用多大劲儿，就都能听懂。但是，文科学生对数学是不会重视的，大都是敷衍了事。后来考大学，却吃了大亏。出的题目比我们在高中学的要深得多。理科高中的毕业生比我们这些文科高中的毕业生在分数方面沾了大光。

刘老师，教英文，名字也忘记了。他是北大英文系毕业的，英文非常好，也是一中的教员。因为他的身躯相当矮，学生就给他起了一个外号，叫作“×豆”，是非常低级，非常肮脏的。但是，这些十七八岁的大孩子毫无污辱之意，我们对刘老师还是非常敬重的，由于我有尚实英文学社的底子，在班上英文是绝对的状元，连跟我分数比较接近的人都没有。刘老师有一个习惯，每当学生在课堂上提出问题，他自己先不答复，而是指定学生答复。指定的顺序是按照英文的水平的高低。关于这个问题他心里似乎有一本账。他指定比问问题者略高的来答复。如果答复不了，他再依次而上指定学生答复。往往最后是指定我，这算是到了头。一般我都能够答复，但也有露怯的时候。有一次，一个同学站起来问“not at all”是什么意思。这本来不能算是一个严重的问题，但是，我却一时糊涂，没有解释对，最后刘老师只好自己解答。

尤桐先生，教英文。听口音是南方人。我不记得他教过我们班。但是，我们都很敬重他。1928 年，日寇占领了济南，高中停办。教师和学生都风流云散。我们听说，尤先生还留在学校，原因不清楚。有一天我就同我的表兄孙襄城，不远十里，来到白鹤庄看望尤老师。昔日喧腾热闹的大院子里静悄悄的，好像只有尤老师和一个工友。我感觉非常凄凉，心里不是滋味。我们陪尤老师谈了很久。离开以后，再没有见过面，也不知道他的下落。

大清国先生，教经学的老师。天底下没有“大清国”这样的姓名，一看就知道是一个诨名。来源是他经常爱说这几个字，学生们就以其人之道还治其人之身，干脆就叫他“大清国”，结果是，不但他的名字我们不知道，连他的姓我也忘了。他年纪已经很大，超过六十了吧。在前清好像得到过什么功名，最大是个秀才。他在课堂上讲话，张口就是“你们民国，我们大清国，怎样怎样”。“大清国”这个诨名就是这样来的。他经书的确读得很多，五经、四书，本文加注疏，都能背诵如流。据说还能倒背。我真不知道，倒背是怎样一个背法？究竟有什么意义？所谓“倒背”，大家可能不理解是什么玩意儿。我举一个例子《论语》：“子曰：学而时习之。”倒背就是“之习时而学。”这不是毫无意义的瞎胡闹吗？他以此来表示自己的学问大。他对经书确实很熟。上课从来不带课本，《诗》《书》《易》《礼》他都给我们讲过一点儿，完全按照注疏讲，谁是谁非，我们十几岁的孩子也完全懵然。但是，在当时当局大力提倡读经的情况下，经学是一门重要课程。

附带说一句，当时教经学的还有一位老师，是前清翰林，年纪已经八十多，由他的孙子伴住。因为没有教过我们，情况不了解。

王老师，教诸子的老师，名字忘记了。北大毕业，戴一副深度的近视眼镜。书读得很多，也有学问。他曾写了篇长文——《孔子的仁学》，把《论语》中讲到“仁”的地方全部搜集起来，加以综合分析，然后得出结论。此文曾写成讲义，印发给学生们。我的叔父读了以后，大为赞赏。可能是写得很不错的。但是此文未见发表。王老师大概是不谙文坛登龙术，不会吹拍，所以没有能获得什么名声，只浮沉于中学教师中。从那以后，我再也没得到他的消息。

我们的校舍很大，据说原来是一所什么医学专科学校。现在用作高中的校舍，是很适当的。

从城里走来，一走进白鹤庄，如果是在春、夏、秋三季，碧柳撑天，绿溪潺湲，如入画图中，向左一拐，是一大片空地，然后是坐北朝南的大门。进门向左拐是一个大院子，左边是一排南房，第一间房子里住的是监学。其余的房子里住着几位教员。靠西墙是一间大教室，一年级三班就在那里上课。向北走，走过一个通道，两边是两间大教室，右手的一间是一班，也就是我所在的班。左手是二班。走出通道是一个院子。靠东边是四班的教室。中间有几棵参天的大树，后面有几间房子，大清国、王玉和那位翰林住在里面。再向左拐是一个跨院，有几间房子。再往北走，迎面是一间大教室，曾经作过学生宿舍，住着 20 多人。向东走，是一间教室，二年级的唯一的一个班在这里上课。再向东走，走过几间房子，有一个旁门，走出去是学生食堂，这已经属于校外了。回头向西走，经过住学生的大教室，有一个旁门，出去有八排平房，这是真正的学生宿舍。校舍的情况，大体上就是这个样子。应该说，里面的空间是相当大的，住着二三百学生而毫无拥挤之感。

现在回想起来，学校的管理是非常奇特的。应该有而且好像也真有一个校长，但是从来没有露过面，至于姓什么叫什么，统统忘掉了。学生们平常接触的学校领导人是一位监学。这个官衔过去没有碰到过，不知道是几品几级，也不知道他应该管什么事。当时的监学姓刘，名字忘记了。这个人人头极次，人缘不好，因为几乎全秃了顶，学生们赠以诨名"刘秃蛋"，竟以此名行。他经常住在学校中，好像什么事情都管。按理说，他应该是专管学生的操行和纪律的，教学应该由教务长管。可是这位监学也常到课堂上去听课。老师正在讲课，他站在讲台下面，环视全室，面露奸笑。感觉极为良好。大有天上天下，唯我独尊之势。学生没有一个人喜欢他的，他对此毫无感受。我现在深挖我的记忆，挖得再深，也挖不出一个刘秃蛋到学生宿舍或学生食堂的镜头。现在回想起来，这简直是不可思议的事情。足见他对学生的生活毫无兴趣，而对课堂上的事情却极端注意。每一个班的班长都由他指定。我因为学习成绩好，在两年四个学期中，我始终被他指定为班长。他之所以这样做，是"司马昭之心路人皆知"的，无非是想拉拢我，做他的心腹，向他打小报告，报告学生行动的动向。但是，我鄙其为人，这样的小报告，一次也没有打过，在校两年中，仅有一次学生"闹事"的事件，是三班学生想"架"（当时的学生话，意思是"赶走"）一位英文教员。刘秃蛋想方设法动员我们几个学生支持他。我终于也没有上他的圈套。

我无论怎么想，也想不起学校有一间办公室，有什么教务员、会计、出纳之类的小职员。对一所有几百人的学校来说，这应该是不能缺的。学校是公立，不收学费，所以没有同会计打过交道。但是，其他行政和教学事务应该还是有的；可我无论如何也回忆不起来了。

至于学生生活，最重要的无非是两项，住和吃。住的问题，上面已经谈到，都住宿舍中，除了比较拥挤之外，没有别的问题。吃是吃食堂，当时叫作“饭堂”。学校根本不管，由学生自己同承包商打交道。学生当然不能每人都管，由他们每月选出一名伙食委员，管理食堂。这是很复杂很麻烦的工作，谁也不愿意干。被选上了，只好干上一个月。但是，行行出状元。二年级有一个同学，名叫徐春藻，他对此既有兴趣，也有天才，他每夜起来巡视厨房，看看有没有厨子偷肉偷粮的事件。有一次还真让他抓到了。承包人把肉藏在酱油桶里，准备偷运出去，被他抓住，罚了款。从此伙食质量大有提高，经常能吃到肉和黄花鱼。徐春藻连选连任，他乐此不疲，一时成了风流人物。

在北园高中的生活和学习

上面谈到的学生生活，我都有份儿，这里用不着再来重复。但是，我也有独特的地方，我喜欢自然风光，特别是早晨和夜晚。早晨，在吃过早饭以后上课之前，在春秋佳日，我常一个人到校舍南面和西面的小溪旁去散步，看小溪中碧水潺潺，绿藻漂动，顾而乐之，往往看上很久。到了秋天，夜课以后，我往往一个人走出校门在小溪边上徘徊流连。上面我曾提到王玉老师出的作文题——《夜课后闲步校前溪观捕蟹记》，讲的就是这个情景。我最喜欢看的就是捕蟹。附近的农民每晚来到这里，用苇箔插在溪中，小溪很窄，用不了多少苇箔，水能通过苇箔流动，但是鱼蟹则是过不去的。农民点一盏煤油灯，放在岸边。我在前文中，曾说到蛤蟆和虾是动物中的笨伯。现在我要说，螃蟹绝不比它们更聪明。在夜里，只要看见一点儿亮，就从芦苇丛中爬出来，奋力爬去，爬到灯边，农民一伸手就把它捉住，放在水桶里，等待上蒸笼。间或也有大鱼游来，被苇箔挡住，游不过去，又不知回头，只在箔前跳动。这时候农民就不能像捉螃蟹那样，一举手，一投足，就能捉到一只，必须动真格的了。只见他站起身来，举起带网的长竿，鱼越大，劲越大，它不会束“手”待捉，奋起抵抗，往往斗争很久，才能把它捉住。这是我最爱看的一幕。我往往蹲在小溪边上，直到夜深。

在学习方面，我开始买英文书读。我经济大概是好了一点儿，不像上正谊时那么窘。我节衣缩食，每年大约能省出两三块大洋。我就用这钱去买英文书。买英文书，只有一个地方，就是日本东京的丸善书店。办法很简便，只需写一张明信片，写上书名，再加上三个英文字母 COD，日文叫作“代金引换”，意思就是：书到了以后，拿着钱到邮局去取书。我记得，在两年之内，我只买过两三次书，其中至少有一次买的是英国作家 Kinling 的短篇小说集。不知道为什么我当时竟迷上了 Kinling。后来学了西洋文学，才知道，他在英国文学史上是一个上不得大台盘的作家。我还试着翻译过他的小说，只译了一半，稿子早就不知道丢到哪里去了。反正我每次接到丸善书店的回信，就像过年一般欢喜。我立即约上一个比较要好的同学，午饭后，立刻出发，沿着胶济铁路，步行走向颇远的商埠，到邮政总局去取书，当然不会忘记带上两三元大洋。走在铁路上的时候如果适逢有火车开过，我们就把一枚铜元放在铁轨上，火车一过，拿来一看，已经轧成了扁的，这个铜元当然就作废了，这完全是损己而不利人的恶作剧。要知道，当时我们才十五六岁，正是顽皮的时候，不足深责的。有一次，我特别惊喜。我们在走上铁路之前，走在一块荷塘边上。此时塘里什么都没有，荷叶、苇子和稻子都没有。一片清水像明镜一般展现在眼前，“天光云影共徘徊”。风光极为秀丽。我忽然见（不是看）到离开这二三十里路的千佛山的倒影清晰地印在水中，我大为惊喜。记得刘鹗《老残游记》中曾写到在大明湖看到千佛山的倒影。有人认为荒唐，离开二十多里，怎能在大明湖中看到倒影呢？我也迟疑不决。今天竟于无意中看到了，证明刘鹗观察得细致和准确，我怎能不狂喜呢？

从邮政总局取出了丸善书店寄来的书以后，虽然不过是薄薄的一本，然而内心里却似乎增添了极大的力量，一种语言文字无法传达的幸福之感油然溢满心中。在走回学校的路上，虽然已经步行了二十多里路，却一点儿也不感到疲倦，同来时比较起来，仿佛感到天空更蓝，白云更白，绿水更绿，草色更青，荷花更红，荷叶更圆，蝉声更响亮，鸟鸣更悦耳，连刚才看过的千佛山倒影也显得更清晰，脚下的黄土也都变成了绿茵，踏上去软绵绵的，走路一点儿也不吃力。这是我第一次用自己省下来的钱买自己心爱的英文书的感觉，七十多年以后的今天，一回忆起来仍仿佛就在眼前。这种好买书的习惯一直伴随着我，至今丝毫没有减退。

北园高中对我一生的影响，还不仅仅是培养购书的兴趣一项，还有更重要的影响。这种影响是关键性的，夸大一点儿说是一种质变。

我在许多文章中都写到过，我幼无大志。小学毕业后，我连报考著名中学的勇气都没有，可见我懦弱、自卑到什么程度，在回忆新育小学和正谊中学的文章中，特别是在第二篇中，我曾写道，当时表面上看起来很忙，但是我并不喜欢念书，只是贪玩。考试时虽然成绩颇佳，距离全班状元的道路十分近，可我从来没有产生过当状元的野心，对那玩意儿一点兴趣都没有。钓虾、捉蛤蟆对我的引诱力更大。至于什么学者，我更不沾边儿。我根本不知道天壤间还有学者这一类人物。自己这一辈子究竟想干什么，也从来没有想过，朦朦胧胧地似乎觉得，自己反正是一个上不得台盘的人，一辈子能混上一个小职员当当，也就心满意足了。我常想，自己是有自知之明的，但是自知得过了头，变成了自卑。家里的经济情况始终不算好，叔父对我大概也并不望子成龙了。婶母则是希望我尽早能挣钱。

但是，人的想法是能改变的，有时甚至是一百八十度的改变。我在北园高中就经历了这样的改变，这一次改变，不是由于我坐禅打坐顿悟而来的，也不是由于天外飞来的什么神力，而完全是由于一件非常偶然的事件。

北园高中是附设在山东大学之下的，当时山大校长是山东教育厅厅长王寿彭，是清朝倒数第二或第三位状元，是有名的书法家，提倡尊孔读经。我在上面曾介绍过高中的教员，教经学的教员就有两位，可见对读经的重视，我想这与状元公不无关联，这时的山东督军是东北军的张宗昌，绿林出身，绰号狗肉将军，不知道自己有多少兵，不知道自己有多少钱，不知道自己有多少姨太太，以这“三不知”蜚声全国。他虽　字不识，也想附庸风雅，有一次竟在山东大学本部举行祭孔大典，状元公当然必须陪同。督军和校长一律长袍马褂，威仪俨然，我们附中学生十五六岁的大孩子也奉命参加，大概想对我们进行尊孔的教育吧。可惜对我们这群不识抬举的顽童来说，无疑是对牛弹琴。我们感兴趣的不是三跪九叩，而是院子里的金线泉。我们围在泉旁，看一条金线从泉底袅袅地向上漂动，觉得十分可爱，久久不想离去。

在第一年级第二学期结束考试完毕以后，状元公忽然要表彰学生了。大学的情况我不清楚，恐怕同高中差不多。高中表彰的标准是每一班的甲等第一名，平均分数达到或超过 95 分者，可以受到表彰。表彰的办法是得到状元公亲书的一个扇面和一副对联。王寿彭的书法本来就极有名，再加上状元这一个吓人的光环，因此他的墨宝就极具有经济价值和荣誉意义，很不容易得到的。高中共有六个班，当然就有六个甲等第一名；但他们的平均分数都没有达到 95 分。只有我这个甲等第一名平均分数是 97 分，超过了标准，因此，我就成了全校中唯一获得状元公墨宝的人，这当然算是极高的荣誉。不知是何方神灵呵护，经过了七十多年，经过了不知道多少时局动荡，这一个扇面竟然保留了下来，一直保留到今天。扇面的全文是：

净几单床月上初，主人对客似僧庐；
春来预作看花约，贫去宜求种树书；

隔卷旧游成结托，十年豪气早销除；

依然不坠风流处，五亩园开手剪蔬。

录樊榭山房诗丁卯夏五羡林老弟正王寿彭。

至于那一副对联，似尚存在于天壤间，但踪迹虽有，尚未到手。大概当年家中绝粮时，婶母取出来送给了名闻全国的大财主山东章丘旧津孟家，换了面粉一袋。孟家是婶母的亲戚。这个踪迹是我的学生加友人山大蔡德贵教授告诉我的，我非常感激他。但是，从寄来的对联照片来看，字迹不类王寿彭，而且没有"羡林老弟"这几个字，因此，我有点儿怀疑。我已经发出了"再探"的请求。将来究竟如何，只有"且看下回分解"了。

王状元这一个扇面和一副对联对我的影响万分巨大，这看似出乎意料，实际上却在意料之中，虚荣心恐怕人人都有一点儿的，我自问自己的虚荣心不比任何人小。我屡次讲到，我幼无大志，讲到自卑，这其实就是有虚荣心的一种表现。如果一点儿虚荣心都没有，哪里还会有什么自卑呢?

这里面有三层意思。第一层，97 分这个平均分数给了我许多启发和暗示。我在上面已经说到过，分数与分数之间是不相同的，像历史、地理等等的课程，只要不是懒虫或者笨伯，考试前，临时抱一下佛脚，硬背一通，得个高分并不难。但是，像国文和英文这样的课程，必须有长期的积累和勤奋，还必须有一定的天资，才能有所成就，得到高分。如果没有基础，临时无论怎样努力，也是无济于事的。我大概是在这方面有比较坚实的基础，非其他五个甲等第一名可比。他们的国文和英文也绝不会太差，否则就考不到第一名。但是，同我相比，恐怕要稍逊一筹。每念及此，心中未免有点沾沾自喜，觉得过去的自卑实在有点儿莫名其妙，甚至有点儿可笑了。

第二层意思是，这样的荣誉过去从未得到过，它是来之不易的。现在于无意中得之，就不能让它再丢掉，如果下一学期我考不到甲等第一，我这一张脸往哪里搁呀！这是最原始最简单的虚荣心，然而就是这一点儿虚荣心，促使我在学习上改弦更张，要认真埋头读书了。就在不到一年前的正谊中学时期，虾和蛤蟆对我的引诱力远远超过书本。眼前的北园，荷塘纵横，并不缺少虾和蛤蟆，然而我却视而不见了。俗话说："浪子回头金不换。"我现在成了回头的浪子，是勤奋用功的好学生了。

第三层意思是，我原来的想法是，中学毕业后，当上一个小职员，抢到一只饭碗，浑浑噩噩地、甚至窝窝囊囊地过上一辈子算了。我只是一条小蛇，从来没有幻想成为一条大龙。这一次表彰却改变了我的想法：自己即使不是一条大龙，也绝不是一条平庸的小蛇。最明显的例证是几年以后我到北京来报考大学的情况。当时北京的大学五花八门，鱼龙混杂，有的从几十个报考者中选一人，而有的则是来者不拒，因为多一个学生就多一份学费。从山东来的几十名学员中大都报考六七个大学，我则信心十足地只报考了北大和清华。这同小学毕业时不敢报考一中，形成了鲜明的对比。好像我变了一个人。

以上三层意思说明了我从自卑到自信，从不认真读书到勤奋学习，一个关键就是虚荣心。是虚荣心作祟呢，还是虚荣心作福？我认为是后者。虚荣心是不应当一概贬低的。王状元表彰学生可能完全是出于偶然性。他万万不会想到，一个被他称为"老弟"的十五岁的大孩子，竟由于这个偶然事件而改变为另一个人。我永远不会忘记王寿彭老先生。

北园高中可回忆的东西还有一些，但是最重要的、印象最深的上面都已经写到了。因此，我的回忆就写到这里为止。

在北园白鹤庄的两年，我十五岁到十六岁，正是英国人称之 teens

的年龄，也就是人生最美好的年龄。我的少年时代，因为不在母亲身边，并不能说是幸福的，但是，我在白鹤庄，却只能说是幸福的。只是“白鹤庄”这个名字，就能引起人们许多美丽的幻影。古人诗“西塞山前白鹭飞”，多么美妙绝伦的情境。我不记得在白鹤庄曾见到白鹭，但是，从整个北园的景色来看，有白鹭飞来是必然会发生的。离开北园后，我再没有回去过。可是我每每会想到北园，想到我的 teens，每一次想到，心头总会油然漾起一股无比温馨、无比幸福的感情，这感情将会伴我终生。

在济南高中

1928 年，日寇占领了济南，我被迫停学一年。

1929 年，日军撤走，国民党的军队进城，从此结束了军阀割据混战的局面，基本上由一个军阀统治中国。

北园高中撤销，成立了全山东省唯一的一个高中：山东省立济南高中，全省各县的初中毕业生，想要上进的，必须到这里来，这里是通向大学（主要是北京的）的唯一桥梁。

山东省立济南高中，坐落在济南西城杆石桥马路上，在路北的一所极大的院落内。原来这里是一个什么衙门，这问题当时我就不清楚，对它没有什么兴趣。校门前有一个斜坡，要先走一段坡路，然后才能进入大门。大门洞的左侧有一个很大的传达室。进了大门，是一个极大的院子，东西两侧都有许多房子。东边的一间是教员游艺室，里面摆着乒乓球台。从院子西侧再向前走，上几个台阶，就是另一个不大的院子。南侧有房子一排。北侧高台阶上有房子一排，是单身教员住的地方。1934 年至 1935 年，我回母校任国文教员时，曾在其中的一间中住过一年。房子前，台阶下，种着一排木槿花。春天开花时，花光照亮了整个院子。院子西头，有一个大圆门，进门是一座大花园。

现在虽已破旧，但树木依然蓊郁，绿满全园。有一个大荷塘，现已干涸。当年全盛时，必然是波光潋滟，荷香四溢。现在学生仍然喜欢到里面去游玩。从这个不大的院子登上台阶向北走，有一个门洞，门洞右侧有一间大房子，曾经是学生宿舍，我曾在里面住过一段时间。出了这个门洞，豁然开朗，全校规模，顿现眼前。到这里来，上面讲的那一个门洞不是唯一的路。进校门直接向前走，走上台阶，是几间极高大的北屋，校长办公室、教务主任办公室、教务处、训导处、庶务处等都在这里。从这里向西走，下了台阶，就是全校规模最大的院子，许多间大教室和学生宿舍都在这里。学生宿舍靠西边，是许多排平房。宿舍的外面是一条上面盖有屋顶的极宽极长的走廊，右面是一大排教室。沿走廊向北走，走到尽头，右面就是山东省立一中。原来这一座极大的房子是为济南省立高中和一中（只有初中）所占用。有几座大楼，两校平分。

有一个颇怪的现象，先提出来说一说。在时间顺序中，济南高中是在最后，也就是说，离现在最近，应该回忆得最清晰。可是，事实上，至少对教职员的回忆，却最模糊。其中道理，我至今不解。

高中初创办时，校长姓彭，是南方人，美国留学生，名字忘记了。不久就调山东省教育厅任科长。在现在的衙门里，科长是一个小萝卜头儿，但在当时的教育厅中却是一个大官，因为没有处长，科长直通厅长。接任的是张默生，山东人，大学国文系毕业，曾写过一本书《王大牛传》，传主是原第一师范校长王世栋（祝晨），上面已经提到过。“王大牛”是一个绰号，表示他的形象，又表示他的脾气倔强。他自己非常欣赏，所以采用作书名，不表示轻蔑，而表示尊敬。我不记得，张校长是否也教书。

教务主任是蒋程九先生，山东人，法国留学生，教物理或化学，记不清楚了。我们是高中文科，没有上过他的课。

有一位李清泉先生，法国留学生，教物理，我没有上过他的课。

我记得最详细最清楚的是教国文的老师。总共有四位，一律是上海滩上的作家。当时流行的想法是，只要是作家，就必然能教国文。因此，我觉得，当时对国文这一学科的目的和作用，是并不清楚的。只要能写出好文章，目的就算是达到了。北园高中也有同样的情况，唯一的区别只在于，那里的教员是桐城派的古文作家，学生作文是用文言文。国民党一进城，就仿佛是换了一个世界，文言文变为白话文。

我们班第一个国文教员是胡也频先生，从上海来的作家，年纪很轻，个子不高，但浑身充满了活力。上课时不记得他选过什么课文。他经常是在黑板上写上几个大字："现代文艺的使命。"所谓现代文艺，也叫普罗文学，就是无产阶级文学。其使命就是无产阶级革命。市场上流行着几本普罗文学理论的译文，作者叫弗理契，大概是苏联人，原文为俄文，由日译本转译为汉文，佶屈聱牙，难以看懂。原因大概是日本人本来就是没有完全看懂俄文，再由日文转译为汉文，当然就驴唇不对马嘴，被人称为天书了。估计胡老师在课堂上讲的普罗文学的理论，也不出这几本书。我相信，没有一个学生能听懂的。但这并没有减低我们的热情，我们知道的第一个是革命，第二个是革命，第三个仍然是革命，这就足够了。胡老师把他的夫人丁玲从上海接到济南暂住。丁玲当时正在走红，红得发紫。中学生大都是追星族。见到了丁玲，我们兴奋得难以形容了。但是，国民党当局焉能容忍有人在自己鼻子底下革命，于是下令通缉胡也频。胡老师逃到了上海去，一年多以后，就给国民党杀害了。

接替胡先生的是董秋芳先生。董先生，笔名冬芬，北大英文系毕业，译有《争自由的波浪》一书，鲁迅先生作序。他写给鲁迅的一封长信，现保存于《鲁迅全集》中。董老师的教学风格同胡老师完全不同。

他不讲什么现代文艺，不讲什么革命，而是老老实实地教书。他选用了日本厨川白村著、鲁迅译的《苦闷的象征》作教材，仔细分析讲授。作文不出题目，而是在黑板上大写四个字："随便写来。"意思就是，你愿意写什么就写什么。有一次，我竟用这四个字为题目写了一篇作文。董老师也没有提出什么意见。

高中国文教员，除了董秋芳先生之外，还有几位。一位是董每戡先生，一位是夏莱蒂，都是从上海来的小有名气的作家。他们的作品，我并没有读过。董每戡在济南一家报纸上办过一个文学副刊。二十多年以后，我在一张报纸上看到了他的消息，他在广州的某一所大学里当了教授。

除了上述几位教员以外，我一个教员的名字都回忆不起来了。按高中的规模至少应该有几十位教员的。起码教英文的教员应该有四五位的，我们这一班也必然有英文教员，这同我的关系至为密切，因为我在全校学生中英文水平是佼佼者，可是我现在无论怎样向记忆里去挖掘，却是连教我们英文的教员都想不起来了。我觉得，这真是一件怪事。

荣誉感继续作美

我在上面回忆北园高中时，曾用过"虚荣心"这个词儿。到现在时间过了不久，我却觉得使用这个词儿，是不准确的，应改为"荣誉感"。

懂汉语的人，只从语感上就能体会出这两个词儿的不同。所谓"虚荣心"是指羡慕高官厚禄，大名盛誉，男人梦想"红袖添香夜读书"，女人梦想白马王子，最后踞坐在万人之上，众人则踏于自己脚下。走正路达不到，则走歪路，甚至弄虚作假，吹拍并举。这就是虚荣心的表现，害己又害人，没有一点儿好处。荣誉感则另是一码事。一个人在某一方面做出了成绩，有关人士予以表彰，给以荣誉。这种荣誉不是苦求得来的，完全是水到渠成。这同虚荣心有质的不同。我在北园高中受到王状元的表彰，应该属于这一个范畴，使用“虚荣心”这一个词儿，是不恰当的。虚荣心只能作祟，荣誉感才能作美。

我到了杆石桥高中，荣誉感继续作美。念了一年书，考了两个甲等第一。

要革命

我在上面已经说到，我在济南高中有两个国文老师。第一个是胡也频先生。他在高中待的时间极短，大概在1929年秋天开学后只教了几个月。我从他那里没有学到什么国文的知识，而只学到了一件事，就是要革命，无产阶级革命。他在课堂上只讲普罗文学，也就是无产阶级文学，为了给自己披上一件不太刺激人的外衣，称之为现代文艺。现代文艺的理论也不大讲，重点讲的是它的目的或者使命，说白了，就是要革命。胡老师不但在堂上讲，而且在课外还有行动。他召集了几个学生，想组织一个现代文艺研究会，公然在宿舍外大走廊上摆开桌子，铺上纸，接收会员，引起了极大的轰动，一时聚观者数百人。他还曾同上海某一个出版社联系，准备出版一个刊物，宣传现代文艺。我在组织方面和出版刊物方面都是一个积极分子。我参加了招收会员的工作，并为将要出版的刊物的创刊号写了一篇文章，题目干脆就叫“现代文艺的使命”，内容已经记不清楚，大概不外是革命，革命，革命。也许还有一点儿理论，也不过是从弗理契书中抄来的连自己都不甚了了的“理论”。办刊物的事不幸（对我来说也许是幸）被国民党当局制止，胡老师逃往上海，群龙无首，烟消云散。否则，倘若这个刊物真正出版成功，我的那一篇论文落到敌人手里，无疑是最好的罪证，我被列入黑名单也说不定。我常自嘲这是一场类似阿Q要革命的悲喜剧，自己糊里糊涂中就成了“革命家”。同时，我对胡也频先生这样真正的革命家又从心眼儿里佩服。他们视国民党若无物，这种革命的气概真可以惊天地、泣鬼神。从战术上来讲，难免幼稚；但是，在革命的过程中，这也是难以避免的，我甚至想说这是必要的。没有这种气概，强大的敌人是打不倒的。

上国文课胡也频先生教的是国文，但是，正如上面所讲的那样，他从来没有认真讲过国文。胡去董来，教学风格大变。董老师认认真真地讲解文艺理论，仔仔细细地修改学生的作文。他为人本分、老实、忠厚、纯诚、不慕荣利，淡泊宁静，在课堂上不说一句闲话，从而受到了学生们的爱戴。至于我自己，从写文言文转到写白话文，按理论，这个转变过程应该带给我极大的困难。然而，实际上我却一点儿困难都没有。原因并不复杂。从我在一师附小读书起，五四新文化运动的大潮，汹涌澎湃，向全国蔓延。“骆驼说话”事件发生以后，我对阅读五四初期文坛上各大家的文章，极感兴趣。不能想象，我完全能看懂；但是，不管我手里拿的是笤帚或是扫帚，我总能看懂一些的。再加上我在新育小学时看的那些“闲书”，《彭公案》《济公传》之类，文体用的都是接近白话的。所以我由文言文转向白话文，不但一点儿勉强的意思都没有，而且还颇有一点水到渠成的感觉。

写到这里，我想写几句题外的话。现在的儿童比我们那时幸福多了，书店里不知道有多少专为少年和儿童编著的读物，什么小儿书，什么连环画，什么看图识字，等等，印刷都极精美，插图都极漂亮，同我们当年读的用油光纸石印的《彭公案》一类的“闲书”相比，简直有天渊之别。当年也有带画的“闲书”，叫作绣像什么什么，也只在头几页上印上一些人物像，至于每一页上图下文的书也是有的，但十分稀少。我觉得，今天的少儿读物图画太多，文字过少，这是过低估量了少儿的吸收能力，不利于他们写文章，不利于他们增强读书能力。这些话看上去似属题外，但仔细一想也实在题内。

我觉得，我由写文言文改写白话文而丝毫没有感到什么不顺手，与我看“闲书”多有关。我不能说，每一部这样的“闲书”，文章都很漂亮，都是生花妙笔。但是，一般说起来，文章都是文从字顺，相当流利。而且对文章的结构也十分注意，绝不是头上一榔头，屁股上一棒槌。此外，我读中国的古文，觉得几乎每一篇流传几百年甚至一两千年的文章在结构方面都十分重视。在潜移默化中，在我根本没有意识到的情况下，我无论是写文言文，或是写白话文，都非常注意文章的结构，要层次分明，要有节奏感。对文章的开头与结尾更特别注意。开头如能横空出硬语，自为佳构；但是，貌似平淡也无不可，但要平淡得有意味，让读者读了前几句必须继续读下去。结尾的诀窍是言有尽而意无穷，如食橄榄，余味更美。到了今天，在写了七十多年散文之后，我的这些意见不但没有减退，而且更加坚固，更加清晰。我曾在许多篇文章中主张惨淡经营，反对松松垮垮，反对生造词句。我力劝青年学生，特别是青年作家多读些中国古文和中国过去的小说，如有可能，多读些外国作品，以提高自己的文化修养和审美情趣。我这种对文章结构匀称的追求，特别是对文章节奏感的追求，在我自己还没有完全清楚之前，一语破的点破的是董秋芳老师。在一篇比较长的作文中，董老师在作文簿每一页上端的空白处批上了“一处节奏”“又一处节奏”等等的批语。他敏锐地发现了我作文中的节奏，使我惊喜若狂。自己还没能意识到的东西，被启蒙老师一语点破，能不狂喜吗？这一件事影响了我一生的写作。我的作文，董老师大概非常欣赏。他在我的一篇作文的后面，写了一段很长的批语，其中有几句话是：“季羡林的作文，同理科一班王联榜的一样，大概是全班之冠，也可以说是全校之冠吧。”这几句话，同王状元的对联和扇面差不多，大大地增强了我的荣誉感。虽然我在高中毕业后在清华学习西洋文学，在德国治印度及中亚古代文学，但文学创作始终未停。我觉得，科学研究与文学创作不但没有矛盾，而且可以互济互补，身心两利。所有这一切都同董老师的鼓励是分不开的，我终生不忘。

毕业旅行筹款晚会

我在济南高中一年，最重大、最棘手的莫过毕业旅行筹款晚会的经营组织。不知道是谁忽然心血来潮，想在毕业后出去旅行一番。这立即得到了全班同学的热烈响应。但是，旅行是需要钱的，我们大多数的家长是不肯也没有能力出这个钱的。于是我们只有一条路可走：自己筹款。那时候还没有像现在这样多的暴发户大款，劝募无门。想筹款只能举办文艺晚会，卖票集资。于是全班选出了一个筹委会，主任一人，是比我大四五岁的一位诸城来的学生，他的名字我不说。我也是一个积极分子，在筹委会里担任组织工作。晚会的内容不外是京剧、山东快书、相声、杂耍之类。演员都是我们自己请。我只记得，唱京剧的主要演员是二年级的台镇中同学，剧目是“失、空、斩”。台镇中京剧唱得的确极有味，曾在学校登台演出过，其他节目的演员我就全记不清了。总之，筹备工作进行得顺利而迅速。连入场券都已印好，而且已经送出去了一部分。但是，万事俱备，只欠东风，东风就是校长的批准。张默生校长是一个老实人，活动能力不强，他同教育厅厅长何思源的关系也并不密切，远远比不上他的前任。他实在无法帮助推销这样多的入场券，但他又不肯给学生们泼冷水，实在是进退两难。只好采用拖的办法，能拖一天，就拖一天。后来我们逐渐看出了这个苗头。我们几经讨论，出于对张校长的同情（我简直想说，出于对他的怜悯），我们决定停止这一场紧锣密鼓的闹剧。我们每个人都空做了一场旅行梦。

以上就是我对济南高中的回忆。虽然只有一年，但是能够回忆能够写出的东西，绝不止上面这一些。可是那些鸡毛蒜皮的小事，写出来了无意义。于是我的回忆就到此为止了。

小学和中学，九岁（一般人是六岁）到十九岁，已是人生的初级阶段。还没有入世，对世情的冷暖没有什么了解。这些大孩子大都富于幻想，好像他们眼前的路上长的全是玫瑰花，色彩鲜艳，芬芳扑鼻，一点荆棘都没有。我也基本上属于这个范畴；但是，我的环境同绝大多数的孩子都不一样。我也并不缺乏幻想、缺乏希望，但是，在我面前的路上，只有淡淡的玫瑰花的影子，更多的似乎是荆棘。尽管我的高中三年是我生平最辉煌的时期之一，在考试方面，我是绝对的冠军，无人敢撄其锋者，但这并没有改变我那幼无大志的心态，我从来没有梦想成为什么学者，什么作家，什么大人物。家庭对我的期望是娶妻生子，能够传宗接代；做一个小职员，能够养家糊口，如此而已。到了晚年，竟还有写自己的小学和中学十年的必要，是我当时完全没有想到的。

不管怎样，我的小学和中学十年的经历写完了。要问写这些东西有什么好处的话，我的回答是有好处，有原来完全没有想到的好处。我仿佛又回到了七八十年前去，又重新生活了十年。喜当年之所喜，怒当年之所怒，哀当年之所哀，乐当年之所乐。如果不写这一段回忆，如果不向记忆里挖了再挖，这些情况都是不会出现的。

苏东坡词曰："谁道人生无再少？门前流水尚能西，休将白发唱黄鸡。"时间是一种无始无终、永远不停地前进的东西，过去了一秒，就永远过去了，虽有翻天覆地的手段也是拉不回来的。东坡的"再少"是指精神上的，我们不知道他是否有具体的经验。在我写这十年回忆的时候，我确实感觉到，自己是"再少"了十年。仅仅这一点，就值得自己大大地欣慰了。

1930—1932年的简略回顾

1930 年夏天，我从山东省立济南高中毕业。当时这是山东全省唯一的一所高中，各县有志上进的初中毕业生，都必须到这里来上高中。俗话说，“千军万马独木桥”。济南省立高中就是这样一座独木桥。

当时的北平有十几所大学，还有若干所专科学校。学校既多，难免良莠不齐。有的大学，我只闻其名，却没有看到过，因为，它只有几间办公室，没有教授，也没有学生，有人只要缴足了四年的学费，就发给毕业证书。等而上之，大学又有三六九等。有的有校舍，有教授，有学生，但教授和学生水平都不高，马马虎虎，凑上四年，拿一张文凭，一走了事。在乡下人眼中，他们的地位就等于举人或进士了。列在大学榜首的当然是北大和清华。燕大也不错，但那是一所贵族学校，收费高，享受丰，一般老百姓学生是不敢轻叩其门的。

当时到北平来赶考的学子，不限于山东，几乎全国各省都有，连僻远的云南和贵州也不例外。总起来大概有六七千或者八九千人。那些大学都分头招生，有意把考试日期分开，不让学子们顾此失彼。有的大学，比如朝阳大学，一个暑假就招生四五次。这主要是出于经济考虑。报名费每人大洋三元，这在当时是个不菲的数目，等于一个人半个月的生活费。每年暑假，朝阳大学总是一马当先，先天下之招而招。第一次录取极严，只有极少数人能及格。以后在众多大学考试的空隙中再招考几次。最后则在所有的大学都考完后，后天下之招而招，几乎是一网打尽了。前者是为了报名费，后者则是为了学费。

北大和清华当然是只考一次的。我敢说，全国到北平的学子没有不报考这两个大学的。即使自知庸陋，也无不想侥幸一试。这是“一登龙门，身价十倍”的事，谁愿意放过呢？但是，两校录取的人数究竟是有限的。在大约五六千或更多的报名的学子中，清华录取了约两百人，北大不及其半，百分比之低，真堪惊人，比现在要困难多了。我曾多次谈到过，我幼无大志，当年小学毕业后，对大名鼎鼎的一中我连报名的勇气都没有，只是凑合着进了“破正谊”。现在大概是高中三年的六连冠，我的勇气大起来了，我到了北平，只报考了北大和清华。偏偏两个学校都录取了我。经过了一番考虑，为了想留洋镀金，我把宝压到了清华上。于是我进了清华园。

同北大不一样，清华报考时不必填写哪一个系，录取后任你选择。觉得不妥，还可以再选。我选的是西洋文学系。到了毕业时，我的毕业证书上却写的是外国语言文学系，不知道是什么时候改的。西洋文学系有一个详尽的四年课程表，从古典文学一直到现当代文学，应有尽有。我记得，课程有“古典文学”“中世纪文学”“文艺复兴时期文学”“英国浪漫诗人”“现当代长篇小说”“英国散文”“文学批评史”“世界通史”“欧洲文学史”“中西诗之比较”“西方哲学史”等等，都是每个学生必修的。还有“莎士比亚”，也是每个学生都必修的。讲课基本上都用英文。“第一年英文”“第一年国文”“逻辑”，好像是所有的文科学生都必须选的。“文学概论”“文艺心理学”，好像是选修课，我都选修过。当时旁听之风甚盛，授课教师大多不以为忤，听之任之。选修课和旁听课带给我很大的好处，比如朱光潜先生的“文艺心理学”和陈寅恪先生的“佛经翻译文学”，就影响了我的一生。但也有碰钉子的时候。当时冰心女士蜚声文坛，名震神州。清华请她来教一门什么课。学生中追星族也大有人在，我也是其中之一。我们都到三院去旁听，屋子里面座无虚席，走廊上也站满了人。冰心先生当时不过三十二三岁，头上梳着一个信基督教的妇女王玛丽张玛丽之流常梳的纂儿，盘在后脑勺上，满面冰霜，不露一丝笑意。一登上讲台，便发出狮子吼："凡不选本课的学生，统统出去！"我们相视一笑，伸伸舌头，立即弃甲曳兵而逃。后来到了五十年代，我同她熟了，笑问她此事，她笑着说："早已忘记了。"我还旁听过朱自清、俞平伯等先生的课，只是浅尝辄止，没有听完一个学期过。

西洋文学系还有一个奇怪的规定。上面列的必修课是每一个学生都必须读的，但偏又别出心裁，把全系分为三个专业方向：英文、德文、法文。每一个学生必有一个专业方向，叫 Specialized 的什么什么。我选的是德文，就叫 Specialized in German，要求是从"第一年德文"经过第二年、第三年一直读到"第四年德文"。英法皆然。我说它奇怪，因为每一个学生英文都能达到四会或五会的水平，而德文和法文则是从字母学起，与英文水平相距悬殊。这一桩怪事，当时谁也不去追问，追问也没有用，只好你怎样规定我就怎样执行，如此而已。

清华还有一个怪现象，也许是一个好现象，为其他大学所无，这就是"每一个学生都必须选修第一年体育，不及格不能毕业。"每一个体育项目，比如百米、二百米、一千米、跳高、跳远、游泳等等，都有具体标准，达不到标准，就算不及格。幸而标准都不高，达到并不困难，所以还没有听说因体育不及格而不能毕业的。

留学热

五六十年以前，一股浓烈的留学热弥漫全国，其声势之大绝不下于今天。留学牵动着成千上万青年学子的心。我曾亲眼看到，一位同学听到别人出国而自己则无份时，一时浑身发抖，眼直口呆，满面流汗，他内心震动之剧烈可想而知。

为什么会出现这样的现象呢？仔细分析其中原因，有的同今天差不多，有的则完全不同。相同的原因我在这里不谈了。不同的原因，其根底是社会制度不同。那时候有两句名言："毕业即失业""要努力抢一只饭碗"。一个大学毕业生，如果没有后门，照样找不到工作，也就是照样抢不到一只饭碗。如果一个人能出国一趟，当时称之为"镀金"，一回国身价百倍，金光闪烁，好多地方会抢着要他，成了"抢手货"。

当时要想出国，无非走两条路：一条是私费，一条是官费，前者只有富商、大贾、高官、显宦的子女才能办到。后者又有两种：一种是全国性质的官费，比如留英庚款、留美庚款之类；一种是各省举办的。二者都要经过考试。这两种官费人数都极端少，只有一两个。在芸芸学子中，走这条路，比骆驼钻针眼还要困难。是否有走后门的？我不敢说绝对没有。但是根据我个人的观察，一般是比较公道的，录取的学员中颇多英俊之材。这种官费钱相当多，可以在国外过十分舒适的生活，往往令人羡煞。

我当然也患了留学热，而且其严重程度绝不下于别人。可惜我投胎找错了地方，我的家庭在乡下是贫农，在城里是公务员，连个小官都算不上。平常日子，勉强糊口。我于1934年大学毕业时，叔父正失业，家庭经济实际上已经破了产，其贫窘之状可想而知。私费留学，我想都没有想过，我这个癞蛤蟆压根儿不想吃天鹅肉，我还没有糊涂到那个程度。官费留学呢，当时只送理工科学生，社会科学受到歧视。今天歧视社会科学，源远流长，我们社会科学者运交华盖，只好怨我们命苦了。

总而言之，我大学一毕业，立刻就倒了霉，留学无望，饭碗难抢；临渊羡鱼，有网难结；穷途痛哭，无地自容。母校（省立济南高中）校长宋还吾先生要我回母校当国文教员，好像绝处逢生。但是我学的是西洋文学，满脑袋歌德、莎士比亚，一旦换为屈原、杜甫，我换得过来吗？当时中学生颇有“驾”教员的风气。所谓“驾”，就是赶走。我自己“驾”人的经验是有一点的，被“驾”的经验却无论如何也不想沾边。我考虑再三，到了暑假离开清华园时，我才咬了咬牙：“你敢请我，我就敢去！”大有破釜沉舟之概了。

省立济南高中是当时全山东唯一的一所高级中学。国文教员，待遇优渥，每月一百六十块大洋，是大学助教的一倍，折合今天人民币，至少可以等于三千二百元。这是颇有一些吸引力的。为什么这样一只“肥”饭碗竟无端落到我手中了呢？原因是有一点的。我虽然读西洋文学，但从小喜欢舞笔弄墨，发表了几篇散文，于是就被认为是作家；而在当时作家都是被认为能教国文的，于是我就成了国文教员。但是，如人饮水，冷暖自知，我深知自己能吃几碗干饭，心虚在所难免。我真是如履薄冰似的走上了讲台。

但是，宋校长真正聘我的原因，还不就这样简单。当时山东中学界抢夺饭碗的搏斗是异常激烈的。常常是一换校长，一大批教员也就被撤换。一个校长身边都有一个行政班子，教务长、总务长、训育主任、会计，等等，一应俱全，好像是一个内阁。在外围还有一个教员队伍。这些人都是与校长共进退的。这时山东中学教育界有两大派系：北大派与师大派，两者钩心斗角，争夺地盘。宋校长是北大派的头领，与当时的教育厅厅长何思源，是菏泽六中和北京大学的同学，私交颇深。有人说，如果宋校长再是美国哥伦比亚大学的学生，与何在国外也是同学，则他的地位会更上一层楼，不只是校长，而是教育厅的科长了。

总之，宋校长率领着北大派浩荡大军，同师大派两军对垒。他需要支持，需要一支客军。于是一眼就看上了我这个超然于两派之外的清华大学毕业生，兼高中第一级的毕业生。他就请我当了国文教员，授意我组织高中毕业同学会，以壮他的声势。我虽涉世未深，但他这一点苦心，我还是能够体会的。可惜我天生不是干这种事的料，我不会吹牛拍马，不愿陪什么人的太太打麻将。结果同学会没有组成，我感到抱歉，但是无能为力。宋校长对别人说：“羡林很安静！”宋校长不愧是北大国文系毕业生，深通国故，有很高的古典文学造诣，他使用了“安静”二字，借用王国维的说法，一着此二字，则境界全出，胜似别人的千言万语。不幸的是，我也并非白痴，多少还懂点世故，聆听之下，心领神会；然而握在手中的那一只饭碗，则摇摇欲飞矣。

因此，我必须想法离开这里。

离开这里，到哪里去呢？“抬眼望尽天涯路”，我只看到人海茫茫，没有一个归宿。按理说，我当时的生活和处境是相当好的。我同学生相处得很好。我只有二十三岁，不懂什么叫架子。学生大部分同我年龄差不多，有的比我还要大几岁，我觉得他们是伙伴。我在一家大报上主编一个文学副刊，可以刊登学生的文章，这对学生是极有吸引力的。同教员同事关系也很融洽，几乎每周都同几个志同道合者出去吃小馆，反正工资优厚，物价又低，谁也不会吝啬，感情更易加深。从外表看来，真似神仙生活。

然而我情绪低沉，我必须想法离开这里。

离开这里，至高无上的梦就是出国镀金。我常常面对屋前的枝叶繁茂、花朵鲜艳的木槿花，面对小花园里的亭台假山，做着出国的梦。同时，在灯红酒绿中，又会蓦地感到手中的饭碗在动摇。二十刚出头的年龄，却心怀百岁之忧。我的精神无论如何也振作不起来。我有时候想：就这样混下去吧，反正自己毫无办法，空想也白搭。俗话说："车到山前必有路"。我这辆车还没驶到山前，等到了山前再说吧。

然而不行。别人出国留学镀金的消息，不时传入自己耳中。一听到这种消息，就像我看别人一样，我也是浑身发抖。我遥望欧山美水，看那些出国者如神仙中人。而自己则像人间凡夫，"更隔蓬山千万重"了。

我就这样度过了一整年。

天赐良机

正当我心急似火而又一筹莫展的时候，真像是天赐良机，我的母校清华大学同德国学术交换处（DAAD）签订了一个合同：双方交换研究生，路费制装费自己出，食宿费相互付给——中国每月三十块大洋，德国一百二十马克。条件并不理想，一百二十马克只能勉强支付食宿费用。相比之下，官费一个月八百马克，有天渊之别了。

然而，对我来说，这却像是一根救命的稻草，非抓住不行了。我在清华名义上主修德文，成绩四年全优（这其实是名不副实的），我一报名，立即通过。但是，我的困难也是明摆着的：家庭经济濒于破产，而且亲老子幼。我一走，全家生活靠什么来维持呢？我面对的都是切切实实的现实困难，在狂喜之余，不由得又心忧如焚了。

我走到了一个岔路口上：一条路是桃花，一条是雪。开满了桃花的路上，云蒸霞蔚，前程似锦，不由得你不想往前走。堆满了雪的路上，则是暗淡无光，摆在我眼前是终生青衾，老死学宫，天天为饭碗而搏斗，时时引"安静"为鉴戒。究竟何去何从？我逢到了生平第一次重大抉择。

出我意料之外，我得到了我叔父和全家的支持。他们对我说：我们咬咬牙，过上两年紧日子；只要饿不死，就能迎来胜利的曙光，为祖宗门楣增辉。这种思想根源，我是清清楚楚的。当时封建科举的思想，仍然在社会上流行。人们把小学毕业看作秀才，高中毕业看作举人，大学毕业看作进士，而留洋镀金则是翰林一流。在人们眼中，我已经中了进士。古人说：没有场外的举人；现在则是场外的进士。我眼看就要入场，焉能悬崖勒马呢？

认为我很“安静”的那一位宋还吾校长，也对我完全刮目相看，表现出异常的殷勤，亲自带我去找教育厅厅长，希望能得到点资助。但是，我不成才，我的“安静”又害了我，结果空手而归，再一次让校长失望。但是，他热情不减，又是勉励，又是设宴欢送，相期学成归国之日再共同工作，令我十分感动。

我高中的同事们，有的原来就是我的老师，有的是我的同辈，但年龄都比我大很多。他们对我也是刮目相看。年轻一点的教员，无不患上了留学热。也都是望穿秋水，欲进无门，谁也没有办法。现在我忽然捞到了镀金的机会，洋翰林指日可得，宛如蛰龙升天，他年回国，绝不会再待在济南高中了。他们羡慕的心情溢于言表。我忽然感觉到，我简直成了《儒林外史》中的范进，虽然还缺一个老泰山胡屠户和一个张乡绅，然而在众人心目中，我忽然成了特殊人物，觉得非常可笑。我虽然还没有春风得意之感，但是内心深处是颇为高兴的。

但是，我的困难是显而易见的。除了前面说到的家庭经济困难之外，还有制装费和旅费。因为知道，到了德国以后，不可能有余钱买衣服，在国内制装必须周到齐全。这都需要很多钱。在过去一年内，我从工资中节余了一点钱，数量不大，向朋友借了点钱，七拼八凑，勉强做了几身衣服，装了两大皮箱。长途万里的旅行准备算是完成了。此时，我心里不知道是什么滋味，酸、甜、苦、辣，搅和在一起，但是绝没有像调和鸡尾酒那样美妙。我充满了渴望，而又忐忑不安，有时候想得很美，有时候又忧心忡忡，在各种思想矛盾中，迎接我生平第一次大抉择、大冒险。

哥廷根

我于1935年10月31日，从柏林到了哥廷根。原来只打算住两年，焉知一住就是十年整，住的时间之长，在我的一生中，仅次于济南和北京，成为我的第二故乡。

哥廷根是一个小城，人口只有十万，而流转迁移的大学生有时会到两三万人，是一个典型的大学城。大学已有几百年的历史，德国学术史和文学史上许多显赫的名字，都与这所大学有关。以他们的名字命名的街道，到处都是。让你一进城，就感到洋溢全城的文化气和学术气，仿佛是一个学术乐园，文化净土。

哥廷根素以风景秀丽闻名全德。东面山林密布，一年四季，绿草如茵。即使冬天下了雪，绿草埋在白雪下，依然翠绿如春。此地，冬天不冷，夏天不热，从来没遇到过大风。既无扇子，也无蚊帐，苍蝇、蚊子成了稀有动物。跳蚤、臭虫更是闻所未闻。街道洁净得邪性，你躺在马路上打滚，绝不会沾上任何一点尘土。家家的老太婆用肥皂刷洗人行道，已成为家常便饭。在城区中心，房子都是中世纪的建筑，至少四五层。人们置身其中，仿佛回到了中世纪去。古代的城墙仍然保留着，上面长满了参天的橡树。我在清华念书时，喜欢谈德国短命抒情诗人荷尔德林（Hölderlin）的诗歌，他似乎非常喜欢橡树，诗中经常提到它。可是我始终不知道，橡树是什么样子。今天于无意中遇之，喜不自胜。此后，我常常到古城墙上来散步，在橡树的浓荫里，四面寂无人声，我一个人静坐沉思，成为哥廷根十年生活中最有诗意的一件事，至今忆念难忘。

我初到哥廷根时，人地生疏。老学长乐森璕先生到车站去接我，并且给我安排好了住房。房东姓欧朴尔(Oppel)，老夫妇俩，只有一个儿子。儿子大了，到外城去上大学，就把他住的房间租给我。男房东是市政府的一个工程师，一个典型的德国人，老实得连话都不大肯说。女房东大约有五十来岁，是一个典型的德国家庭妇女，受过中等教育，能欣赏德国文学，喜欢德国古典音乐；趣味偏于保守，一提到爵士乐，就满脸鄙夷的神气，冷笑不止。她有德国妇女的一切优点：善良、正直，能体贴人，有同情心。但也有一些小小的不足之处，比如，她有一个最好的朋友，一个寡妇，两个人经常来往。有一回，她这位女友看到她新买的一顶帽子，喜欢得不得了，想照样买上一顶，她就大为不满，对我讲了她对这位女友的许多不满意的话。原来西方妇女——在某些方面，男人也一样——绝对不允许别人戴同样的帽子，穿同样的衣服。这一点我们中国人无论如何也是难以理解的。从这里可以看出，我这位女房东小市民习气颇浓。然而，瑕不掩瑜，她是我生平遇到的最好的妇女之一，善良得像慈母一般。

我就是在这样一个只有一对老夫妇的德国家庭里住了下来，同两位老人晨昏相聚，成为这个家庭的一员，一住就是十年，没有搬过一次家。我在这里先交待这个家庭的一般情况，细节以后还要谈到。

我初到哥廷根时的心情怎样呢？为了真实起见，我抄一段我到哥廷根后第二天的日记：

> 终于又来到哥廷根了。这以后，在不安定的漂泊生活里会有一段比较长一点的安定的生活。我平常是喜欢做梦的，

而且我还自己把梦涂上种种的彩色。最初我做到德国来的梦，德国是我的天堂，是我的理想国。我幻想德国有金黄色的阳光，有 Wahrheit（真），有 Schnheit（美）。我终于把梦捉住了，我到了德国。然而得到的是失望和空虚。我的一切希望都泡影似的幻化了去。然而，立刻又有新的梦浮起来。我梦想，我在哥廷根，在这比较长一点的安定的生活里，我能读一点书，读点古代有过光荣而这光荣将永远不会消灭的文字。现在又终于到了哥廷根了。我不知道我能不能捉住这梦。其实又有谁能知道呢？

从这一段日记里可以看出，我当时眼前仍然是一片迷茫，还没有找到自己要走的道路。

道路终于找到了

在哥廷根，我要走的道路终于找到了，我指的是梵文的学习。这条道路，我已经走了将近60年，今后还将走下去，直到不能走路的时候。

这条道路同哥廷根大学是分不开的。因此我在这里要讲讲大学。

我在上面已经对大学介绍了几句，因为，要想介绍哥廷根，就必须介绍大学。我们甚至可以说，哥廷根之所以成为哥廷根，就是因为有这一所大学。这所大学创建于中世纪，至今已有几百年的历史，是欧洲较为古老的大学之一。它共有5个学院：哲学院、理学院、法学院、神学院、医学院。一直没有一座统一的建筑，没有一座统一的大楼。各个学院分布在全城各个角落，研究所更是分散得很，许多大街小巷，都有大学的研究所。学生宿舍更没有大规模的。小部分学生住在各自的学生会中，绝大部分分住在老百姓家中。行政中心叫Aula，楼下是教学和行政部门。楼上是哥廷根科学院。文法学科上课的地方有两个：一个叫大讲堂（Auditorium），一个叫研究班大楼（Seminargebude）。白天，大街上走的人中有一大部分是到各地上课的男女大学生。熙熙攘攘，煞是热闹。

在历史上，大学出过许多名人。德国最伟大的数学家高斯（Gauss），就是这个大学的教授。在高斯以后，这里还出过许多大数学家。从19世纪末起，一直到我去的时候，这里公认是世界数学中心。当时当代最伟大的数学家大卫·希尔伯特（David Hilbert）虽已退休，但还健在。他对中国学生特别友好。我曾在一家书店里遇到过他，他走上前来，跟我打招呼。除了数学以外，理科学科中的物理、化学、天文、气象、地质等，教授阵容都极强大。有几位诺贝尔奖获得者，在这里任教。蜚声全球的化学家A·温道斯（Windaus）就是其中之一。

文科教授的阵容，同样也是强大的。在德国文学史和学术史上占有重要地位的格林兄弟，都在哥廷根大学待过。他们的童话流行全世界，在中国也可以说是家喻户晓。他们的大字典，一百多年以后才由许多德国专家编纂完成，成为德国语言研究中的一件大事。

哥廷根大学文理科的情况大体就是这样。

在这样一座面积虽不大但对我这样一个异域青年来说仍然像迷宫一样的大学城里，要想找到有关的机构，找到上课的地方，实际上是并不容易的。如果没有人协助、引路，那就会迷失方向。我三生有幸，找到了这样一个引路人，这就是章用。章用的父亲是鼎鼎大名的"老虎总长"章士钊。外祖父是在朝鲜统兵抗日的吴长庆。母亲是吴弱男，曾做过孙中山的秘书，名字见于钱基博的《现代中国文学史》。总之，他出身于世家大族，书香名门。但却同我在柏林见到的那些"衙内"完全不同，一点纨绔习气也没有。他毋宁说是有点孤高自赏，一身书生气。他家学渊源，对中国古典文献有湛深造诣，能写古文，作旧诗。却偏又喜爱数学，于是来到了哥廷根这个世界数学中心，读博士学位。我到的时候，他已经在这里住了五六年，老母吴弱男陪儿子住在这里。哥廷根中国留学生本来只有三四人。章用脾气孤傲，不同他们来往。我因从小喜好杂学，读过不少的中国古典诗词，对文学、艺术、宗教等有自己的一套看法。乐森先生介绍我认识了章用，经过几次短暂的谈话，简直可以说是一见如故，情投意合。他也许认为我同那些言语乏味，面目可憎的中国留学生迥乎不同，所以立即垂青，心心相印。他赠过一首诗：

空谷足音一识君，
相期诗伯苦相薰。
体裁新旧同尝试，
胎息中西沐见闻。
胸宿赋才徕物与，
气嘘大笔发清芬。
千金敝帚孰轻重，
后世凭猜定小文。

可见他的心情。我也认为，像章用这样的人，在柏林中国饭馆里面是绝对找不到的。所以也很乐于同他亲近。章伯母有一次对我说：“你来了以后，章用简直像变了一个人。他平常是绝对不去拜访人的，现在一到你家，就老是不回来。”我初到哥廷根，陪我奔波全城，到大学教务处，到研究所，到市政府，到医生家里，等等，注册选课，办理手续的，就是章用。他穿着那一身黑色的旧大衣，动摇着瘦削不高的身躯，陪我到处走。此情此景，至今宛然如在眼前。

他带我走熟了哥廷根的路；但我自己要走的道路还没能找到。

我在上面提到，初到哥廷根时，就有意学习古代文字。但这只是一种朦朦胧胧的想法，究竟要学习哪一种古文字，自己并不清楚。在柏林时，汪殿华曾劝我学习希腊文和拉丁文，认为这是当时祖国所需要的。到了哥廷根以后，同章用谈到这个问题，他劝我只读希腊文，如果兼读拉丁文，两年时间来不及。在德国中学里，要读 8 年拉丁文，6 年希腊文。文科中学毕业的学生，个个精通这两种欧洲古典语言，我们中国学生完全无法同他们在这方面竞争。我经过初步考虑，听从了他的意见。第一学期选课，就以希腊文为主。德国大学是绝对自由的。只要中学毕业，就可以愿意入哪个大学，就入哪个，不懂什么叫入学考试。入学以后，愿意入哪个系，就入哪个；愿意改系，随时可改；愿意选多少课，选什么课，悉听尊便。学文科的可以选医学、神学的课；也可以只选一门课，或者选十门、八门。上课时，愿意上就上，不愿意上就走；迟到早退，完全自由。从来没有课堂考试。有的课开课时需要教授签字，这叫开课前的报到（Anmeldung），学生就拿课程登记簿（Studienbuch）请教授签；有的在结束时还需要教授签字，这叫课程结束时的教授签字（Abmeldung）。此时，学生与教授可以说是没有多少关系。有的学生，初入大学时，一学年，或者甚至一学期换一个大学。经过几经转学，两三年以后，选中了自己满意的大学，满意的系科，这时才安定住下，同教授接触，请求参加他的研究班，经过一两个研究班，师生互相了解了，教授认为孺子可教，才给博士论文题目。再经过几年努力写作，教授满意了，就举行论文口试答辩，及格后，就能拿到博士学位。在德国，是教授说了算，什么院长、校长、部长都无权干预教授的决定。如果一个学生不想做论文，绝没有人强迫他。只要自己有钱，他可以十年八年地念下去。这就叫"永恒的学生"（Ewiger Student），是一种全世界所无的稀有动物。

我就是在这样一种绝对自由的气氛中，在第一学期选了希腊文。另外又杂七杂八地选了许多课，每天上课 6 小时。我的用意是练习听德文，并不想学习什么东西。

我选课虽然以希腊文为主，但是学习情绪时高时低，始终并不坚定。第一堂课印象就不好。1935 年 12 月 5 日日记中写道：

> 上了课，Rabbow 的声音太低，我简直听不懂。他也不问我，如坐针毡，难过极了。下了课走回家来的时候，痛苦啃着

> 我的心——我在哥廷根做的唯一的美丽的梦，就是学希腊文。然而，照今天的样子看来，学希腊文又成了一种绝大的痛苦。我岂不将要一无所成了吗？

日记中这样动摇的记载还有多处，可见信心之不坚。其间，我还自学了一段时间的拉丁文。最有趣的是，有一次自己居然想学古埃及文。心情之混乱可见一斑。

这都说明，我还没有找到要走的路。

至于梵文，我在国内读书时，就曾动过学习的念头。但当时国内没有人教梵文，所以愿望没有能实现。来到哥廷根，认识了一位学冶金学的中国留学生湖南人龙丕炎（范禹），他主攻科技，不知道为什么却学习过两个学期的梵文。我来到时，他已经不学了，就把自己用的施滕茨勒（Stenzler）著的一本梵文语法送给了我。我同章用也谈过学梵文的问题，他鼓励我学。于是，在我选择道路徘徊踟蹰的混乱中，又增加了一层混乱。幸而这混乱只是暂时的，不久就从混乱的阴霾中流露出来了阳光。12月16日日记中写道：

> 我又想到我终于非读Sanskrit（梵文）不行。中国文化受印度文化的影响太大了。我要对中印文化关系彻底研究一下，或能有所发明。在德国能把想学的几种文字学好，也就不虚此行了，尤其是Sanskrit，回国后再想学，不但没有那样的机会，也没有那样的人。

第二天的日记中又写道：

> 我又想到Sanskrit，我左想右想，觉得非学不行。

1936年1月2日的日记中写道：

> 仍然决意读Sanskrit。自己兴趣之易变，使自己都有点吃惊了。决意读希腊文的时候，自己发誓而且希望，这次不要再变了，而且自己也坚信不会再变了，但终于又变了。我现在仍然发誓而且希望不要再变了。再变下去，会一无所成的。不知道Schicksal（命运）可能允许我这次坚定我的信念吗？

我这次的发誓和希望没有落空，命运允许我坚定了我的信念。

我毕生要走的道路终于找到了，我沿着这一条道路一走走了半个多世纪，一直走到现在，而且还要走下去。

哥廷根实际上是学习梵文最理想的地方。除了上面说到的城市幽静，风光旖旎之外，哥廷根大学有悠久的研究梵文和比较语言学的传统。19世纪上半叶研究《五卷书》的一个转译本《卡里来和迪木乃》的大家、比较文学史学的创建者本发伊（T.Benfey）就曾在这里任教。19世纪末弗朗茨·基尔霍恩（Franz Kielhorn）在此地任梵文教授。接替他的是海尔曼·奥尔登堡（Hermann Oldenberg）教授。奥尔登堡教授的继任人是读通吐火罗文残卷的大师西克教授。1935年，西克退休，瓦尔德施米特接掌梵文讲座。这正是我到哥廷根的时候。被印度学者誉为活着的最伟大的梵文家雅可布·瓦克尔纳格尔（Jakob Wackernagel）曾在比较语言学系任教。真可谓梵学天空，群星灿列。再加上大学图书馆，历史极久，规模极大，藏书极富，名声极高，梵文藏书甲德国，据说都是基尔霍恩从印度搜罗到的。这样的条件，在德国当时，是无与伦比的。

我决心既下，1936年春季开始的那一学期，我选了梵文。4月2日，我到高斯韦伯楼东方研究所去上第一课。这是一座非常古老的建筑。当年大数学家高斯和大物理学家韦伯(Weber)试验他们发明的电报，就在这座房子里，它因此名扬全球。楼下是埃及学研究室，巴比伦、亚述、阿拉伯文研究室。楼上是斯拉夫语研究室，波斯、土耳其语研究室和梵文研究室。梵文课就在研究室里上。这是瓦尔德施米特教授第一次上课，也是我第一次同他会面。他看起来非常年轻。他是柏林大学梵学大师海因里希·吕德斯(Heinrich Lüders)的学生，是研究新疆出土的梵文佛典残卷的专家，虽然年轻，已经在世界梵文学界颇有名声。可是选梵文课的却只有我一个学生，而且还是外国人。虽然只有一个学生，他仍然认真严肃地讲课，一直讲到四点才下课。这就是我梵文学习的开始。研究所有一个小图书室，册数不到一万，然而对一个初学者来说，却是应有尽有。最珍贵的是奥尔登堡的那一套上百册的德国和世界各国梵文学者寄给他的论文汇集，分门别类，装订成册，大小不等，语言各异。如果自己去搜集，那是无论如何也不会这样齐全的，因为有的杂志非常冷僻，到大图书馆都不一定能查到。在临街的一面墙上，在镜框里贴着德国梵文学家的照片，有三四十人之多。从中可见德国梵学之盛。这是德国学术界十分值得骄傲的地方。

我从此就天天到这个研究所来。

我从此就找到了我真正想走的道路。

学习吐火罗文

我在上面曾讲到偶然性，我也经常想到偶然性。一个人一生中不能没有偶然性，偶然性能给人招灾，也能给人造福。

我学习吐火罗文，就与偶然性有关。

说句老实话，我到哥廷根以前，没有听说过什么吐火罗文。到了哥廷根以后，读通了吐火罗文的大师西克就在眼前，我也还没有想到学习吐火罗文。原因其实是很简单的。我要学三个系，已经选了那么多课程，学了那么多语言，已经是超负荷了。我是有自知之明的（有时候我觉得过了头），我学外语的才能不能说一点都没有，但是绝非语言天才。我不敢在超负荷上再超负荷。而且我还想到，我是中国人，到了外国，我就代表中国。我学习砸了锅，丢个人的脸是小事，丢国家的脸却是大事，绝不能掉以轻心。因此，我随时警告自己：自己的摊子已经铺得够大了，绝不能再扩大了。这就是我当时的想法。

但是，正如我在上面已经讲到的，第二次世界大战一爆发，瓦尔德施米特被征从军，西克出来代理他。老人家一定要把自己的拿手好戏统统传给我。他早已越过古稀之年。难道他不知道教书的辛苦吗？难道他不知道在家里颐养天年会更舒服吗？但又为什么这样自找苦吃呢？我猜想，除了个人感情因素之外，他是以学术为天下之公器，想把自己的绝学传授给我这个异域的青年，让印度学和吐火罗学在中国生根开花。难道这里面还有某一些极“左”的先生们所说的什么侵略的险恶用心吗？中国佛教史上有不少传法、传授衣钵的佳话，什么半夜里秘密传授，什么有其他弟子嫉妒，等等，我当时都没有碰到，大概是因为时移事迁、今非昔比了吧。倒是最近我碰到了一件类似这样的事情。说来话长，不讲也罢。

总之，西克教授提出了要教我吐火罗文，丝毫没有征询意见的意味，他也不留给我任何考虑的余地。他提出了意见，立刻安排时间，马上就要上课。我真是深深地被感动了，除了感激之外，还能有什么话说呢？我下定决心，扩大自己的摊子，“舍命陪君子”了。

能够到哥廷根来跟这一位世界权威学习吐火罗文，是世界上许多学者的共同愿望。多少人因为得不到这样的机会而自怨自艾。我现在是近水楼台，是为许多人所艳羡的。这一点我是非常清楚的。我要是不学，实在是难以理解的。正在西克给我开课的时候，比利时的一位治赫梯文的专家沃尔特·古勿勒（Walter Couvreur）来到哥廷根，想从西克教授学吐火罗文。时机正好，于是一个吐火罗文特别班就开办起来了。大学的课程表上并没有这样一门课，而且只有两个学生，还都是外国人，真是一个特别班。可是西克并不马虎。以他那耄耋之年，每周有几次从城东的家中穿过全城，走到高斯韦伯楼来上课，精神矍铄，腰板挺直，不拿手杖，不戴眼镜，他本身简直就是一个奇迹。走这样远的路，却从来没有人陪他。他无儿无女，家里没有人陪，学校里当然更不管这些事。尊老的概念，在西方国家，几乎根本没有。西方社会是实用主义的社会。一个人对社会有用，他就有价值；一旦没用，价值立消。没有人认为其中有什么不妥之处。因此西克教授对自己的处境也就安之若素，处之泰然了。

吐火罗文残卷只有中国新疆才有。原来世界上没有人懂这种语言，是西克和西克灵在比较语言学家W.舒尔策（W.Schulze）帮助下，读通了的。他们三人合著的吐火罗语语法，蜚声全球士林，是这门新学问的经典著作。但是，这一部厚达 518 页的皇皇巨著，却绝非一般的入门之书，而是异常难读的。它就像是一片原始森林，艰险复杂，歧路极多，没有人引导，自己想钻进去，是极为困难的。读通这一种语言的大师，当然就是最理想的引路人。西克教吐火罗文，用的也是德国的传统方法，这一点我在上面已经谈到过。他根本不讲解语法，而是从直接读原文开始。我们一起头就读他同他的伙伴西克灵共同撰写成拉丁字母、连同原卷影印本一起出版的吐火罗文残卷——西克经常称之为“精制品”（Prachtstck）的《福力太子因缘经》。我们自己在下面翻读文法，查索引，译生词；到了课堂上，我同古勿勒轮流译成德文，西克加以纠正。这工作是异常艰苦的。原文残卷残缺不全，没有一页是完整的，连一行完整的都没有，虽然是“精制品”，也只是相对而言，这里缺几个字，那里缺几个音节。不补足就抠不出意思，而补足也只能是以意为之，不一定有很大的把握。结果是西克先生讲的多，我们讲的少。读贝叶残卷，补足所缺的单词儿或者音节，一整套作法，我就是在吐火罗文课堂上学到的。我学习的兴趣日益浓烈，每周两次上课，我不但不以为苦，有时候甚至有望穿秋水之感了。

不知道什么原因，我回忆当时的情景，总是同积雪载途的漫长的冬天联系起来。有一天，下课以后，黄昏已经提前降临到人间，因为天阴，又由于灯火管制，大街上已经完全陷入一团黑暗中。我扶着老人走下楼梯，走出大门。十里长街积雪已深，阒无一人。周围静得令人发怵，脚下响起了我们踏雪的声音，眼中闪耀着积雪的银光。好像宇宙间就只剩下我们师徒二人。我怕老师摔倒，紧紧地扶住了他，就这样一直把他送到家。我生平可以回忆、值得回忆的事情，多如牛毛。但是这一件小事却牢牢地印在我的记忆里。每一回忆就感到一阵凄清中的温暖，成为我回忆的“保留节目”。然而至今已时移境迁，当时认为是细微小事，今生今世却绝无可能重演了。

同这一件小事相连的，还有一件小事。哥廷根大学的教授们有一个颇为古老的传统：星期六下午，约上二三同好，到山上林中去散步，边走边谈，谈的也多半是学术问题；有时候也有争论，甚至争得面红耳赤。此时大自然的旖旎风光，在这些教授心目中早已不复存在了，他们关心的还是自己的学问。不管怎样，这些教授在林中漫游倦了，也许找一个咖啡馆，坐下喝点什么，吃点什么。然后兴尽回城。有一个星期六的下午，我在山下散步，逢巧遇到西克先生和其他几位教授正要上山。我连忙向他们致敬。西克先生立刻把我叫到眼前，向其他几位介绍说："他刚通过博士论文答辩，是最优等。"言下颇有点得意之色。我真是既感且愧。我自己那一点学习成绩，实在是微不足道，然而老人竟这样赞誉，真使我不安了。中国唐诗中杨敬之诗："平生不解藏人善，到处逢人说项斯。""说项"传为美谈，不意于万里之外的异域见之。除了砥砺之外，我还有什么好说呢？

有一次，我发下宏愿大誓，要给老人增加点营养，给老人一点欢悦。要想做到这一点，只有从自己的少得可怜的食品分配中硬挤。我大概有一两个月没有吃奶油，忘记了是从哪里弄到的面粉和贵似金蛋的鸡蛋，以及一斤白糖，到一个最有名的糕点店里，请他们烤一个蛋糕。这无疑是一件极其贵重的礼物，我像捧着一个宝盒一样把蛋糕捧到老教授家里。这显然有点出他意料，他的双手有点颤抖，叫来了老伴，共同接了过去，连"谢谢"二字都说不出来了。这当然会在我腹中饥饿之火上又加上了一把火。然而我心里是愉快的，成为我一生最愉快的回忆之一。

等到美国兵攻入哥廷根以后，炮声一停，我就到西克先生家去看他。他的住房附近落了一颗炮弹，是美军从城西向城东放的。他的夫人告诉我，炮弹爆炸时，他正伏案读有关吐火罗文的书籍，窗子上的玻璃全被炸碎，玻璃片落满了一桌子，他奇迹般地竟然没有受任何一点伤。我听了以后，真不禁后怕起来了。然而对这一位把研读吐火罗文置于性命之上的老人，我的崇敬之情在内心里像大海波涛一样汹涌澎湃起来。西克先生的个人成就，德国学者的辉煌成就，难道是没有原因的吗？从这一件小事中我们可以学习多少东西呢？同其他一些有关西克先生的小事一样，这一件也使我毕生难忘。

我拉拉杂杂地回忆了一些我学习吐火罗文的情况。我把这归之于偶然性。这是对的，但还有点不够全面。偶然性往往与必然性相结合。在这里有没有必然性呢？不管怎样，我总是学了这一种语言，而且把学到的知识带回到中国。尽管我始终没有把吐火罗文当作主业，它只是我的副业，中间还由于种种原因我几乎有 30 年没有搞，只是由于另外一个偶然性我才又重理旧业；但是，这一种语言的研究在中国毕竟算生了根，开花结果是必然的结果。一想到这一点，我对我这一位像祖父般的老师的怀念之情和感激之情，便油然而生。

现在西克教授早已离开人世，我自己也年届耄耋，能工作的日子有限了。但是，一想我的老师西克先生，我的干劲就无限腾涌。中国的吐火罗学，再扩大一点说，中国的印度学，现在可以说是已经奠了基。我们有一批朝气蓬勃的中青年梵文学者，是金克木先生和我的学生以及学生的学生，当然也可以说是西克教授和瓦尔德施米特教授学生的学生的学生。他们将肩负起繁荣这一门学问的重任，我深信不疑。一想到这一点，我虽老迈昏庸，又不禁有一股清新的朝气涌上心头。

德国学习生活回忆

我于1934年在清华大学西洋文学系毕业，到母校济南省立高中去教了一年国文。1935年秋天，考取清华大学与德国交换研究生，到德国著名的大学城哥廷根去继续学习。

首先碰到的一个问题就是学习科目。我曾经想学习古希腊文和拉丁文。但是当时德国中学生要学习8年拉丁文、6年希腊文。我补习这两种古代语言至少也要费上几年的时间，那是无论如何也做不到的。为这个问题，我着实烦恼了一阵。有一天，我走到大学的教务处去看教授开课的布告。偶然看到Waldschmidt教授要开梵文课。这一下子就勾引起我旧有的兴趣：学习梵文和巴利文。从此以后，我在这个只有10万人口的小城住了整整10年，绝大部分精力就用在学习梵文和巴利文上。

我到哥廷根时，法西斯头子才上台两年。又过了两年，1937年，日本法西斯就发动了侵华战争。再过两年，1939年，德国法西斯就发动了第二次世界大战。在漫长的10年当中，我没有过上几天平静舒适的日子。到了德国不久，就赶上黄油和肉定量供应，而且是越来越少。二次大战一爆发，面包立即定量，也是同样的规律：越来越少，而且越来越坏。到了后来，黄油基本上不见，做菜用的油是什么化学合成的，每月分配到的量很少，倒入锅中，转瞬一阵烟，便一切俱逝。做面包的面粉大部分都不是面粉。德国人自己也不知道是什么东西，有的说是海鱼粉做成，有的又说是木头炮制的。刚拿到手，还可以入口；放上一夜，就腥臭难闻。过了几年这样的日子，天天挨饿，做梦也梦到祖国吃的东西。要说真正挨饿的话，那才算是挨饿。有一次我同一位德国小姐骑自行车下乡去帮助农民摘苹果，因为成丁的男子几乎都被征从军，劳动力异常缺少。劳动了一天，农民送给我一些苹果和 5 磅土豆。我回家以后，把 5 磅土豆一煮，一顿饭吃个精光，但仍毫无饱意。挨饿的程度，可以想见。我当时正读俄国作家果戈理的《钦差大臣》，其中有一个人没有东西吃，脱口说了一句："我饿得简直想把地球一口气吞下去。"我读了，大为高兴，因为这位俄国作家在多少年以前就说出了我心里的话。

然而，我的学习并没有放松。我仍然是争分夺秒，把全部的时间都用于学习。我那几位德国老师使我毕生难忘。西克教授（Prof.Emil Sieg）当时已到耄耋高龄，早已退休，但由于 Waldschmidt 被征从军，他又出来代理。这位和蔼可亲、诲人不倦的老人治学谨严，以读通吐火罗语，名扬国际学术界。他教我读波颠阇利的《大疏》，教我读《梨俱吠陀》，教我读《十王子传》，这都是他的拿手好戏。此外，他还殷切地劝我学习吐火罗语。我原来并没有这个打算，因为，从我的能力来说，我学习的东西已经够多的了。但是他的盛意难却，我就跟他念起吐火罗语来。同我同时学习的还有一个比利时的学者 W.Couvreur，Waldschmidt 教授每次回家休假，还关心指导我的论文。就这样，在战火纷飞下，饥肠辘辘中，我完成了我的学习，Waldschmidt 教授和其他两个系——斯拉夫语言系和英国语言系的有关教授对我进行了口试。学习算是告一段落。有一些人常说：学术无国界。我以前对于这句话曾有过怀疑：学术怎么能无国界呢？一直到今天，就某些学科来说，仍然是有国界的。但是，也许因为我学的是社会科学，从我的那些德国老师身上，确实可以看出，学术是没有国界的。他们对我从来没有想保留一手，循循善诱，谆谆教导，连想法和资料，对我都是公开的。他们为什么这样做呢？难道他们不是想使他们从事的那种学科能够传入迢迢万里的中国来生根发芽结果吗？

此时战争已经形势大变。德国法西斯由胜转败，只有招架之功，没有还手之力。最初英美的飞机来德国轰炸时，炸弹威力不大，七八层的高楼仅仅只能炸坏最上面的几层。法西斯头子尾巴大翘，狂妄地加以嘲讽。但是过了不久，炸弹威力猛增，往往是把高楼一炸到底，有时甚至在穿透之后从地下往上爆炸。这时轰炸的规模也日益扩大，英国白天来炸，美国晚上来炸，都用的是“铺地毯”的方式，意思就是炸弹像铺地毯一样，一点儿空隙也不留。有时候，我到郊外林中去躲避空袭，躺在草地上仰望英美飞机编队飞过，机声震地，黑影蔽天，一躺就是个把小时。

我就是在这样饥寒交迫、机声隆隆中学习的。我当然会想到祖国，此时祖国在我心头的分量比什么时候都大。然而它却在千山万水之外，云天渺茫之中。我有时候简直失掉希望，觉得今生再也不会见到最亲爱的祖国了。同家庭也失掉联系。我想改杜甫的诗：“烽火连三岁，家书抵亿金。”我曾在当时写成的一篇短文里写道：“乡思使我想到：我是一个有故乡和祖国的人。”也许现在的人们无法理解这样一句平凡简单然而又包含着许多深意的话。我当时是了解的，现在当然更能了解了。

在这里，我想着重提一下德国人民的友好情谊。大家都知道，在30年代末40年代初，中国，除了解放区以外，是在国民党统治下的，外交无能，内政腐败，黄钟毁弃，瓦釜雷鸣，是一个被人家瞧不起的国家，何况德国法西斯更是瞧不起所谓“有色人种”的。法西斯头子希特勒时有所表露，而他的话又是被某一些德国人奉为金科玉律的。然而，在广大人民群众中，情况却完全两样。我在德国住了那么长的时间，从来没有碰到种族歧视的粗野对待。我的女房东待我像自己的孩子一样。离别时她痛哭失声。我的老师，我上面已经讲到过，对我在学术上要求极严，但始终亲切和蔼，令我如在春风化雨中。对一个远离祖国有时又有些多愁善感的年轻人来说，这是极大的安慰，它使我有勇气在饥寒交迫、精神极度愁苦中坚持下去，一直看到法西斯的垮台。

法西斯垮台以后，德国已经是一片废墟。我曾到哈诺弗去过一趟。这个百万人口的大城，城里面光留下一个空架子，几乎没有什么居民。大街两旁全是被轰炸过的高楼大厦，只剩下几堵墙；沿墙的地下室窗口旁，摆满上坟用的花圈。据说被埋在地下室里的人成千上万。当时轰炸后，还能听到里面的求救声，但没法挖开地下室救他们。声音日渐微弱，终于无声地死在里边。现在停战了，还是无法挖开地下室，抬出尸体，家人上坟就只好把花圈摆在窗外。这种景象实在让人毛骨悚然。

这时已是1945年深秋，我到德国已经整整10年了。我同几个中国同乡，乘美军的汽车，到了瑞士，在那里住了将近半年。1946年夏天回国。从此结束了我那漫长的流浪生活。

1981年5月11日

回到祖国的怀抱

在香港同南京政府的外交人员进行了“最后的斗争”以后，船票终于拿到手了。我们于1946年5月13日上了开往上海的船，走上了回到祖国怀抱的最后的历程，心里很激动。

船非常小，大概还不到一千吨，设备简陋到令人吃惊的程度。乘船回国的留学生中又增添了几个新面孔，因此我们更不寂寞了。此外还有大约几百个中国旅客挤在这一条小船上，根本谈不到什么铺位。在其他船上，统舱算是最低一级的。在这条船上，统舱之下还有甲板一级。到处都是包裹，有的整齐，有的凌乱，有的包裹里还飘出了咸鱼的臭味。到处都是人，每个人只能有容身之地。霸道者抢占地盘，有人出钱，就能得到。因此讨价还价之声，争吵喧哗之声，洋洋乎盈耳。好多人都抽烟，统舱里烟雾弥腾。这种烟雾，再混乱上人声，形成了一团乌烟瘴气的大合唱。小船破浪前进所激起的海涛声，同这大合唱，简直像小巫见大巫，有时候连听都听不见了。

我们住在头等舱和二等舱里的几个留学生，是船上的“特权阶级”。不管外面多么脏，多么乱，只要把门一关，舱内还能保持干净和安静。但是，有时我们也需要呼吸点新鲜空气，此时，我们必须走到甲板上去，只需走几步路就行。可这几步路就成了一个艰难的历程。在沙丁鱼的人丛里，小心翼翼地走出一条路，是并不容易的。到了外面甲板上，我忽然在横躺竖卧的人丛中发现了那一位同我们一起上船的比利时和法国留学女生。只见她此时紧闭双眼，躺在那里，不吃不喝，不转不动。有人跨过她的身躯走路，她似乎不知不觉；有人不小心踩到她身上，她似乎不知不觉；有人提水水滴到她脸上，她仍然似乎不知不觉，连眉毛都不眨一眨。她是睡着了呢，抑或是醒着呢？我不得而知。她就这样一连躺了几天，一直躺到上海，我真是吃惊不小。我知道，她是学数学的，是一个非常虔诚的天主教徒。从她的表情来看，我总疑心，她当过修女。不管怎样，她心中一定有自己的上帝，否则她在船上的这一番功夫无论如何也是难以理解的。

我是一个俗人，心中没有上帝。我不想躺在那里，一动不动。我要活动，我要吃要喝，我还要想。在这时候，祖国就在我前面，我想了很多很多。将近十一年的异域流离的生活就要结束了。这十一年的经历现在一幕一幕地又重新展现在我的眼前，千头万绪的思绪一时涌上心头。我多么希望向祖国母亲倾诉一番呀！但是，我能说些什么呢？十一年前，少不更事，怀着一腔热情，毅然去国，一是为了救国，二是为了镀金。原定只有两年，咬一咬牙就能够挺过来的。但是，我生不逢时，战火连绵，两年一下子变成了十一年。其间所遭遇的苦难与艰辛，挫折与委屈，现在连回想都不愿意回想。试想一想，天天空着肚子，死神时时威胁着自己；英美的飞机无时不在头顶上盘旋，死神的降临只在分秒之间。遭万劫而幸免，实九死而一生。在长达几年的时间内，家中一点信息都没有。亲老、妻少、子幼。在故乡的黄土堆里躺着我的母亲。她如有灵，怎能不为爱子担心！所有这一切心灵感情上的磨难，我多么盼望能有一天向我的祖国母亲倾诉一番。现在祖国就在眼前，倾诉的时间来到了，然而我能倾诉些什么呢？

我不能像那位虔诚的天主教徒一样，躺在那里死死不动。我靠在船舷上，注目大海中翻滚的波涛，我心里面翻滚得比大海还要厉害。我在欧洲时曾几次幻想，当我见到祖国母亲时，我一定跪下来吻她，抚摩她，让热泪流个痛快。但是，我遇到了困难，我心中有了矛盾，我眼前有了阴影。在西贡时，我就断断续续从爱国的华侨口中听了一些关于南京政府的情况。到了香港以后，听得就更具体、更细致了。在抗战胜利以后，政府中的一些大员、中员和小员，靠裙带，靠后台，靠关系，靠交情，靠拉拢，靠贿赂，乘上飞机，满天飞着，到全国各地去“劫收”。他们“劫收”房子，“劫收”地产，“劫收”美元，“劫收”黄金，“劫收”物资，“劫收”仓库，连小老婆姨太太也一并“劫收”，闹得乌烟瘴气，民怨沸腾。其肮脏程度，远非《官场现形记》所能比拟。所谓“祖国”，本来含有两部分：一是山川大地，一是人。山川大地永远是美的，是我完完全全应该爱的。但是这样的人，我能爱吗？我能对这样一批人倾诉什么呢？俗语说：“孩儿不嫌娘丑，狗不嫌家贫。”我的娘一点也不丑。可是这一群“劫收”人员，你能说他们不丑吗？你能不嫌他们吗？

我心里的矛盾就是这样翻腾滚动。不知不觉，船就到了上海，时间是 1946 年 5 月 19 日。我在日记中写道：

> 上海，这真是中国地方了。自己去国十一年，以前自己还想象再见祖国时的心情。现在真正地见了，但觉得异常陌生，一点温热的感觉都没有。难道是自己变了么，还是祖国变了呢？

我怀着矛盾的心情踏上了祖国的土地，心里面喜怒哀乐，像是倒了酱缸一样，不知道是什么滋味。

> 十年一觉欧洲梦，
> 赢得万斛别离情。

祖国母亲呀！不管怎样，我这个海外游子回来了。

十年回顾

自己觉得德国10年的学术回忆好像是写完了。但是，仔细一想，又好像是没有写完，还缺少一个总结回顾，所以又加上了这一段。把它当作回忆的一部分，或者让它独立于回忆之外，都是可以的。

在我一生六十多年的学术研究的过程中，德国10年是至关重要的关键性的10年。我在上面已经提到过，如果我的学术研究有一个发轫期的话，真正的发轫不是在清华大学，而是在德国哥廷根大学。我也提到过，如果我不是由于一个非常偶然的机遇来到德国的话，我的一生将会完完全全是另一个样子。我今天究竟会在什么地方，还能不能活着，都是一个未知数。

但是，这个10年并不是一个简单的10年，有它辉煌成功的一面，也有它阴暗悲惨的一面。所有这一切都比较详细地写在我的《留德十年》一书中，读者如有兴趣，可参阅。因为我现在写的《自述》重点是在学术，在生活方面，如无必要，我不涉及。我在上面写的我在哥廷根10年的学术活动，主要以学术论文为经，写出了我的经验与教训。我现在想以读书为纲，写我读书的情况。我辈知识分子一辈子与书为伍，不是写书，就是读书，二者是并行的，是非并行不可的。

我已经活过了8个多10年，已经到了望九之年。但是，在读书条件和读书环境方面，哪一个10年也不能同哥廷根的10年相比。在生活方面，我是一个最枯燥乏味的人，所有的玩的东西，我几乎全不会，也几乎全无兴趣。我平生最羡慕两种人：一个是画家，一个是音乐家。而这两种艺术是最需天才的，没有天赋而勉强对付，绝无成就。可是造化小儿偏偏跟我开玩笑，只赋予我这方面的兴趣，如退而结网。我极想"退而结网"，可惜找不到结网用的绳子，一生只能做一个羡鱼者。我自己对我这种个性也并不满意。我常常把自己比作一盆花，只有枝干而没有绿叶，更谈不到有什么花。

在哥廷根的10年，我这种怪脾气被发挥得淋漓尽致。哥廷根是一个小城，除了一个剧院和几个电影院以外，任何消遣的地方都没有。我又是一介穷书生，没有钱，其实也是没有时间冬夏两季到高山和海滨去旅游。我所有的仅仅是时间和书籍。学校从来不开什么会。有一些学生会偶尔举行晚会跳舞，我去了以后，也只能枯坐一旁，呆若木鸡。这里中国学生也极少，有一段时间，全城只有我一个中国人。这种孤独寂静的环境，正好给了我空前绝后的读书的机会。我在国内不是没有读过书，但是，从广度和深度两个方面来看，什么时候也比不上在哥廷根。

我读书有两个地方，分两大种类，一个是有关梵文、巴利文和吐火罗文等等的书籍，一个是汉文的书籍。我很少在家里读书，因为我没有钱买专业图书，家里这方面的书非常少。在家里，我只在晚上临睡前读一些德文的小说，Thomas Mann 的名作 *Buddenbrooks* 就是这样读完的。我早晨起床后在家里吃早点，早点极简单，只有两片面包和一点黄油和香肠。到了后来，第二次世界大战爆发后，首先在餐桌上消逝的是香肠，后来是黄油，最后只剩一片有鱼腥味的面包了。最初还有茶可喝，后来只能喝白开水了。早点后，我一般是到梵文研究所去，在那里一待就是一天，午饭在学生食堂或者饭馆里吃，吃完就回研究所。整整10年，不懂什么叫午睡，德国人也没有午睡的习惯。

我读梵文、巴利文、吐火罗文的书籍，一般都是在梵文研究所里。

因此，我想先把梵文研究所图书收藏的情况介绍一下。哥廷根大学的各个研究所都有自己的图书室。梵文图书室起源于何时、何人，我当时就没有细问。可能是源于 Franz Kielhorn，他是哥廷根大学的第一个梵文教授。他在印度长年累月搜集到的一些极其珍贵的碑铭的拓片，都收藏在研究所对面的大学图书馆里。他的继任人 Hermann Oldenburg 在他逝世后把大部分藏书都卖给了或者赠给了梵文研究所。其中最珍贵的还不是已经出版的书籍，而是单篇的论文。当时 Oldenburg 是国际上赫赫有名的梵学大师，同全世界各国的同行们互通声气，对全世界梵文研究的情况了如指掌。广通声气的做法不外一是互相邀请讲学，二是互赠专著和单篇论文。专著易得，而单篇论文，由于国别太多，杂志太多，搜集颇为困难。只有像 Oldenburg 这样的大学者才有可能搜集比较完备。Oldenburg 把这些单篇论文都装订成册，看样子是按收到时间的先后顺序装订起来的，并没有分类。皇皇几十巨册，整整齐齐地排列书架上。我认为，这些单篇论文是梵文研究所的镇所之宝。除了这些宝贝以外，其他梵文、巴利文一般常用的书都应有尽有。其中也不乏名贵的版本，比如 Max Mller 校订出版的印度最古的典籍《梨俱吠陀》原刊本，Whitney 校订的《阿闼婆吠陀》原刊本。Boehtlingk 和 Roth 的被视为词典典范的《圣彼得堡梵德大词典》原本和缩短本，也都是难得的书籍。至于其他字典和工具书，无不应有尽有。

我每天几乎是一个人坐拥书城，“躲进小楼成一统”，我就是这些宝典的伙伴和主人，它们任我支配，其威风虽南面王不易也。整个 Gauss-Weber-Haus 平常总是非常寂静，里面的人不多，而德国人又不习惯于大声说话，干什么事都只静悄悄的。门外介于研究所与大学图书馆之间的马路，是通往车站的交通要道，但是哥廷根城还不见汽车，于是本应该喧阗的马路，也如“结庐在人境，而无车马喧”。这真是一个读书的最理想的地方。

除了礼拜天和假日外，我每天就到这里来。主要工作是同三大厚册的 Mah-vastu 拼命。一旦感到疲倦，就站起来，走到摆满了书的书架旁，信手抽出一本书来，或浏览，或仔细阅读。积时既久，我对当时世界上梵文、巴利文和佛教研究的情况，心中大体上有一个轮廓。世界各国的有关著作，这里基本上都有。而且德国还有一种特殊的购书制度，除了大学图书馆有充足的购书经费之外，每一个研究所都有自己独立的购书经费，教授可以任意购买他认为有用的书，不管大学图书馆是否有复本。当 Waldschmidt 被征从军时，这个买书的权力就转到了我的手中。我愿意买什么书，就买什么书。书买回来以后，编目也不一定很科学，把性质相同或相类的书编排在一起就行了。借书是绝对自由的，有一个借书簿，自己写上借出书的书名、借出日期；归还时，写上一个归还日期就行了。从来没有人来管，可是也从来没有丢过书，不管是多么珍贵的版本。除了书籍以外，世界各国有关印度学和东方学的杂志，这里也应有尽有。总之，这是一个很不错的专业图书室。

我就是在这样的情况下畅游于书海之中。我读书粗略地可以分为两类：一类是细读的，一类是浏览的。细读的数目不可能太多。学梵文必须熟练地掌握语法。我上面提到的 Stenzler 的《梵文基础读本》，虽有许多优点，但是毕竟还太简略，入门足够，深入却难。在这时候必须熟读 Kielhorn 的《梵文文法》，我在这一本书上下过苦功夫，读了不知多少遍。其次，我对 Oldenberg 的几本书，比如《佛陀》等等都从头到尾细读过。他的一些论文，比如分析 Mah-vastu 的文体的那一篇，为了写论文，我也都细读过。Whitney 和 Wackernagel 的梵文文法，Debruner 续 Wackernagel 的那一本书，以及关于巴利文的著作，我都下过功夫。但是，我最服膺的还是我的太老师 Heinrich Lüders，他的书，我只要能得到，就一定仔细阅读。他的论文集 *Philologica Indica* 是一部很大的书，我从头到尾仔细读过一遍，有的文章读过多遍。像这样研究印度古代语言、宗教、文学、碑铭等的对一般人来说都是极为枯燥、深奥的文章，应该说是最乏味的东西。喜欢读这样文章的人恐怕极少极少，然而我却情有独钟。我最爱读中外两位大学者的文章，中国是陈寅恪先生，西方就是Lüders先生。这两位大师实有异曲同工之妙。他们为文，如剥春笋，一层层剥下去，愈剥愈细；面面俱到，巨细无遗；叙述不讲空话，论证必有根据；从来不引僻书以自炫，所引者多为常见书籍；别人视而不见的，他们偏能注意；表面上并不艰深玄奥，于平淡中却能见神奇；有时真如“山重水复疑无路”，转眼间“柳暗花明又一村”；迂回曲折，最后得出结论，让你顿时觉得豁然开朗，口服心服。人们一般读文学作品能得到美感享受，身轻神怡。然而我读两位大师的论文时得到的美感享受，与读文学作品时所得到的迥乎不同，却似乎更深更高。也许有人会认为这是我个人的怪癖，我自己觉得，这确实是“癖”，然而毫无“怪”可言。“此中有真意，欲辨已忘言”，实不足为外人道也。

上面谈的是我读梵文著作方面的一些感受。但是，当时我读的书绝不限于梵文典籍。我在上面已经说到，哥廷根大学有一个汉学研究所。所内有一个比梵文研究所图书室大到许多倍的汉文图书室。为什么比梵文图书室大这样多呢？原因是大学图书馆中没有收藏汉籍，所有的汉籍以及中国少数民族的语言，如藏文、蒙文、西夏文、女真文之类的典籍都收藏在汉学研究所中。这个所的图书室，由于Gustav Haloun教授的惨淡经营，大量从中国和日本购进汉文典籍，在欧洲颇有点名气。我曾在那里会见过许多世界知名的汉学家，比如英国的Athur Waley等等。汉学研究所所在的大楼比Gauss-Weber-Haus要大得多，也宏伟得多，房子极高极大。汉学研究所在二楼上，上面还有多少层，我不清楚。我始终也没有弄清楚，偌大一座大楼是作什么用的。10年之久，我不记得，除了打扫卫生的一位老太婆，还在这里见到过什么人。院子极大，有极高极粗的几棵古树，看样子都有五六百年的树龄，地上绿草如茵。楼内楼外，干干净净，比梵文研究所更寂静，也更幽雅，真是读书的好地方。

我每个礼拜总来这里几次，有时是来上课，更多是来看书。我看得最多的是日本出版的《大正新修大藏经》。有一段时间，我帮助Waldschmidt查阅佛典。他正写他那一部有名的关于释迦牟尼涅槃前游行的叙述的大著。他校刊新疆发现的佛经梵文残卷，也需要汉译佛典中的材料，特别是唐义净译的那几部数量极大的“根本说一切有部的律”。至于我自己读的书，则范围广泛。十几万册汉籍，本本我都有兴趣。到了这里，就仿佛回到了祖国一般。我记得这里藏有几部明版的小说。是否是宇内孤本，因为我不通此道，我说不清楚。即使是的话，也都被埋在深深的“矿井”中，永世难见天日了。自从1937年Gustav Haloun教授离开哥廷根大学到英国剑桥大学去任汉学讲座教授以后，有很长一段时间，汉学研究所就由我一个人来管理。我每次来到这里，空荡荡的六七间大屋子就只有我一个人，万籁俱寂，静到能听到自己心跳的声音。在绝对的寂静中，我盘桓于成排的大书架之间，架上摆的是中国人民智慧的结晶，我心中充满了自豪感。我翻阅的书很多，但是我读得最多的还是一大套上百册的中国笔记丛刊，具体的书名已经忘记了。笔记是中国特有的一种著述体裁，内容包罗万象，上至宇宙，下至鸟兽虫鱼，以及身边琐事、零星感想，还有一些历史和科技的记述，利用得好，都是十分有用的资料。我读完了全套书，可惜我当时还没有研究唐史的念头，很多有用的资料白白地失掉了。及今思之，悔之晚矣。

我在哥廷根读梵、汉典籍，情况大体如此。

1997年

余思或反思

但是，我必须还要啰唆上一阵子。

我不能就到此住笔。

“文化大革命”结束后十六七年以来，我一直在思考有关这一次所谓“革命”的一些问题。特别在我撰写《牛棚杂忆》的过程中，我考虑得更为集中，更为认真。这可以算是我自己的“余思”或者“反思”吧。

我思考了一些什么问题呢？

首先是：吸取了教训没有？

世人都认为，所谓“无产阶级文化大革命”，既无“文化”，也无“革命”，是一场不折不扣的货真价实的“十年浩劫”。这是全中国人民的共识，绝没有再争论的必要。在这一场空前绝后（我但愿如此）的浩劫中，我们人民在精神和物质两个方面所受的损失可谓大矣。这一笔账实在没有法子算了。不算也罢。我们不是常说，寻求知识，得到经验或教训，都要付出学费吗？我完全同意这个看法。可是，我们付出的学费已经大到不能再大的程度，我们求得的知识，得到的经验或教训在哪里呢？

我的回答是：吸取了一点，但是还不够。

我个人一向认为，“十年浩劫”是总结教训的千载一时的好机会，是亿金难买的“反面教员”。从这一个“教员”那里，我们能够获得非常非常多的反面的教训；把教训一转化，就能成为正面的经验。无论是教训还是经验，对我们进一步建设我们伟大的祖国，都是非常有用的。

可是，我们没有这样干，空空错过了这一个恐怕难以再来的绝好机会。有什么人说："文化大革命"已经过去了，可以不必再管它了。

因此，我思考的其次一个问题是："文化大革命"过去了没有？

我们是唯物主义者，唯物主义的精髓是实事求是。如果真想实事求是的话，那就必须承认，"文化大革命"似乎还没有完全过去。虽然从表面上来看，似乎已经过去了，但是，如果细致地观察一下，情况恰恰相反。你问一问参加过"文化大革命"，特别是在"文化大革命"中受过迫害的中老年知识分子，如要他们肯而且敢讲实话的话，你就会知道，他们还有一肚子气没有发泄出来。今天的青年人情况可能不同。他们对"文化大革命"不了解，听讲"文化大革命"，如听海外奇谈。我觉得值得忧虑的正是这一点。他们昧于前车之鉴，谁能保证，他们将来不会干出类似的事情来呢？至于中老年受过迫害的知识分子，一提"文化大革命"，无不余怒未息，牢骚满腹。我不可能会见百分之百的这样的知识分子，但我敢保证，至少绝大部分人是这样子。

至于为创建新中国立过功而在"文化大革命"中遭受迫害的老干部，他们觉悟高，又能宽宏大度，可能同知识分子不同。我接触的老干部不多，不敢乱说。但是，我想起了一件小而含义深远的事儿，不妨说上一说。记得是在一九七八年，全国政协恢复活动后，我在友谊宾馆碰到一位参加革命很久的，在文艺界极负盛名的老干部，"文化大革命"前，我们同是全国政协社会科学组的成员。十多年不见，他见了我劈头第一句话就是："古人说'士可杀，不可辱。''文化大革命'证明了'士可杀亦可辱。'"说罢，哈哈大笑。他是笑呢，还是哭？我却一点也笑不起来。在这位老干部心中，有多少郁积的痛苦，不是一清二楚了吗？

有这种想法的，绝不止这个老干部一人。我个人就有这样的想法。而且，我相信，中国的知识分子，也就是古代所谓的“士”，绝大部分人都会有这种想法。“士可杀，不可辱”，这一句话表明了中国自古以来就有这种传统。我们比起外国知识分子来，在这方面更为敏感。

我不禁想起了中国知识分子这一类人，既不是阶级，也不是阶层，想起了他们的历史和现状。在封建社会里，士列在士农工商之首，一向是进可以攻，退可以守，在社会上有崇高的地位。予生也晚，《儒林外史》中那样的知识分子，我没有见到过。军阀混战时期和国民党统治时期的知识分子，我是见到过的。不说别的，专就当时的大学教授而言，薪俸优厚，社会地位高。他们无形中养成了一种高人一等的优越感。存在决定意识，这是必然的。他们一般都颇为神气，所谓“教授架子”者便是。到了我当教授的时候，情况大大改变。国民党统治已到末日，通货膨胀达到了惊人的程度。教授实际的收入少得可怜。但是，身上那一件孔乙己的大褂还是披着的，社会地位还是有的。

刚一解放，我同大部分教授一样，兴奋异常，觉得自己真是站起来了，自己获得了新生了。我们高兴得像小孩，幼稚得也像小孩。我们觉得“解放区的天是明朗的天”。我们看什么东西都红艳似玫瑰，光辉如太阳。

但是，好景不长。在第一个大型的政治运动“三反五反”思想改造运动中，我在“中盆”里洗了一个澡，真好像是洗下来了不少污浊的东西，觉得身轻体健，尝到了思想改造的甜头。

可是后面跟着来的政治运动，一个紧接一个，好像是有点喘不过气来。批判武训，批《〈红楼梦〉研究》，批判胡风，批判胡适，再加上肃反等等，马不停蹄，应接不暇。到了一九五七年的反右斗争，达到了一个空前的高潮。我虽然没有被裹进去，没有戴什么帽子，但是时时处处，自己的精神都处在极度紧张的状态中，日子过得并不愉快。从我的思想深处来看，我当时是赞成这些运动的，丝毫也没有否定的意思。在反右期间，我天天忙于参加批判会——我顺便说一句，当时还没有发明“喷气式”，批判会不像“文化大革命”中那么“好看”——忙于阅读批判的材料。但是，在我心里却逐渐升起了一片疑云：为什么人们的所作所为同在那前后发表的几篇“最高指示”，有些地方显得极不合拍呢？即使是这样，我对那一句最有名的话——是阳谋，不是阴谋——并没有产生怀疑。

反右以后，仍然是马不停蹄，一个劲儿地搞运动，什么“拔白旗”等等。庐山会议以后，极“左”思想已经达到了顶点，却偏偏要来一个反右倾。三年困难时期，我自己同其他老知识分子一样，尽管天天饥肠辘辘，连半点不满意的想法都没有，更不用说说怪话了。连全国人民的精神面貌都是非常正常的，向上的。谁能说这样的人民，这样的知识分子不是世界上最优秀的呢？

一九六六年开始的所谓“无产阶级文化大革命”是形势发展的必然结果。事后连原新北大公社东语系的一个教员都告诉我说，我本来能够躲过这一场灾难的。但是，我偏偏发了牛劲，自己跳了出来，终于得到了报应：被抄家，被打，被骂，被批斗，被关进了牛棚，差一点连命都赔上。我当时确曾自怨自艾过。但是现在我却有了另一个想法。“文化大革命”是一个千载难逢的“盛事”。如果我自己不跳出来，就绝不可能亲自尝一尝这一场“革命”的滋味，绝不可能了解这一场灾难究竟是什么样子。那将是绝对无法挽回的极大的憾事。

关在牛棚里的时候，我看了很多，也想了很多。我逐渐感到其中有问题：为什么一定要这样折磨知识分子？知识分子身上毛病不少，缺点很多，但是十全十美的人又在哪里呢？我当时认识不高，思考问题肤浅片面。我没有责怪任何人，连对发动这一场“革命”的人也毫无责怪之意。我只是一个劲儿地深挖自己的灵魂。用现在间或用的一个词儿来说，就是“原罪感”。这是用在基督教徒身上的一个词儿，这里不过借用一下而已。

别的老知识分子有没有这个感觉，我不知道。它表现在我身上却是很具体的。解放前，我认为一切政治都是肮脏的，决心不介入。我并不了解共产党，只是觉得国民党有点糟糕，非垮台不行。解放以后，我上面说到我在思想改造运动中的收获，其中心就是知道了并不是所有的政治都是肮脏的，共产党就不是。同时又觉得自己非常自私自利：中国人民浴血抗战，我自己却躲在万里之外，搞自己的名山事业。我认为自己那一点“学问”，那一点知识，是非常可耻的，如果还算得上“学问”和知识的话。有很长一段时间，我称自己为“摘桃派”，坐享胜利的果实。

那么，怎么办呢？

我有很多奇思怪想。我甚至希望能再发生一次抗日战争，给我一个机会，让我来表现一下。我一定能奋力参战，连牺牲自己的性命，我都能做得到。我读了很多描绘抗日战争或革命战争的小说，对其中那一些共产党员和革命战士不怕牺牲的精神，我崇拜得五体投地。我自己发誓向他们学习。这些当然都是幻想，即使难免有点幼稚可笑，然而却是真诚的。这能够表现出我当时的精神状态。

谈到对领袖的崇拜，我从前是坚决反对的。我在国内时，看到国民党人对他们的“领袖”的崇拜，我总是嗤之以鼻。这位“领袖”，九一八事变后我作为清华大学的学生到南京请愿时见过，他满口谎言，欺骗了我们。后来越想越不是味儿。我的老师陈寅恪先生对此公也不感兴趣。他的诗句“看花难近最高楼”，可以为证。后来到了德国，正是法西斯猖獗之日。我看到德国人，至少是一部分人，见面时竟对喊：“希特勒万岁！”觉得异常可笑，难以理解。我认识的一位不到二十岁的德国姑娘，美貌非凡。有一次她竟对我说："如果我能同希特勒生一个孩子，那将是我毕生最大的光荣！"我听了真是大吃一惊，觉得实在是匪夷所思。我有一个潜台词：我们中国人聪明，绝不会干这样的蠢事。

回国以后，仅仅隔了三年，中国就解放了。解放初期，我同其他一些老知识分子心情相同，我们那种兴奋、愉快，上面已经讲了一点。当时每年要举行两次游行庆祝，五一和十一，地点都在天安门。每次都是凌晨即起，从沙滩整队步行到东单一带的小胡同里等候，往往要等上几个小时。十点整，大会开始。我们的队伍也要走过天安门前，接受领袖的检阅。

当时三座门还没有拆掉。在三座门东边时，根本看不到天安门城楼上的领导人。一转过三座门，看到领袖了，于是在数千人的队伍中立即爆发出震天动地的"万岁"声。最初，不管我多么兴奋，但是"万岁"却是喊不惯，喊不出来的。但是，大概因为我在这方面智商特高，过了没有多久，我就喊得高昂，热情，仿佛是发自灵魂深处的最强音。我完完全全拜倒在领袖脚下了。

我在上面简短地但是真诚地讲了我自己思想转变的过程。一滴水中可以见大海，一粒沙中可以见宇宙。别的老知识分子可能同我差不多，至少是大同而小异。这充分证明了，中国老知识分子，年轻的更不必说了，是热爱我们伟大的祖国的。爱国主义是几千年来中国知识分子的传统。同其他国家的知识分子比较起来，这是中国知识分子的一个突出的特点。

"大梦谁先觉，平生我自知。"我在梦觉方面智商是相当低的。一直到了"十年浩劫"，我身陷囹圄，仍然是拥护这一场浩劫的。西谚说："一切闪光的东西不都是金子。"在这期间，我接触到派到学校来"支左"的解放军和工人。原来这都是我膜拜的对象。"全国人民学习解放军”“工人阶级必须领导一切”，我深信不疑，奉行唯谨。可是现在一经接触，逐渐发现他们中有的人政策观念奇低，而且作风霸道，个别的人甚至违法乱纪。我头上仿佛泼上了一盆凉水，顿时清醒过来。“金无足赤，人无完人”的道理，我是明白的。可是这样的作风竟然发生在我素所崇拜的人身上，我无论如何也没有想到。我们唯物主义者应该实事求是，光明磊落；花言巧语，文过饰非，是绝对不可取的。尽管我们知识分子身上毛病极多，但同别人对比一下，难道我真就算是“臭老九”吗？

我在上面啰哩啰唆讲了一大篇，无非想说，“文化大革命”整知识分子，是完全没有道理的，是怎样花言巧语也掩盖不了的。对广大的受过迫害的知识分子来说，“文化大革命”并没有过去。再拿我自己来作个例子。我一方面“庆幸”我参加了“文化大革命”，被关进了牛棚，得以得到了极为难得的经验，但在另一方面，在我现在“飞黄腾达”到处听到的都是赞誉溢美之词之余，我心里还偶尔闪过一个念头：我当时应该自杀；没有自杀，说明我的人格不过硬，我现在是忍辱负重，苟且偷生。这种想法是非常不妙的。既然我有，我就直白地说了出来。可是我要问：有这种想法的难道就只有我季羡林一人吗？

这就联系到我思考的第三个问题：受害者舒愤懑了没有？

这个问题十分容易回答。根据我上面的叙述，回答只有两个字：没有！

要谈清楚这个问题，还要从回顾过去谈起。解放初期我和其他老知识分子的情况，我在上面已经写了一点，现在再补充一下，补充的主要是从海外归来的游子。远居海外的华侨，亲身感受到解放前后自己处境的剧烈变化。他们深知这一切都与祖国的解放有密不可分的联系，一向爱国的华侨，现在爱国热情蓬勃激荡，为前所未有。华侨中青年人纷纷冒万难回到了祖国。他们同国内的知识分子一样，看一切都是红艳如玫瑰，光辉似太阳，愿意为祖国的建设事业贡献自己的一切。此外，一些在国外工作和讲学的中国学人，也纷纷放弃了海外一切优厚的生活和研究条件，万里归来，其中就有后来在“文化大革命”中自沉的老舍先生。他们个个意气风发，斗志昂扬，认为祖国前程似锦，自己的前途也布满了玫瑰花朵。

然而，曾几何时，情况变了，极“左”思潮笼罩一切，而“海外关系”竟成诬陷罗织的主要借口。海外归来的人，哪里能没有“海外关系”呢？这是三岁小儿都明白的常识。然而我们的一群“左”老爷，却抓住这一点不放，什么特务，什么间谍，这种极为可怕的帽子满天飞舞。弄得人人自危，个个心惊。到了“文化大革命”，更是恶性发展。多少爱国善良的人遭受了不白之冤！被迫害而死的不必说了，活着的也争先恐后地出走。前一个争先恐后地回国，后一个争先恐后地离开，对比何等地鲜明！我亲眼目睹的这种情况可谓多矣。这对我们祖国有多么大的危害，脑筋稍微清醒一点的人都会知道的。被迫出国的人，哪一个不是满腔悲愤，再加上满腔离愁，哪一个儿女愿意离开自己的父母！然而他们离开了。

留在国内的知识分子和被迫离开的知识分子，哪一个人舒过愤懑呀？

若干年前，出现了一些所谓“伤痕文学”。然而据我看，写作者多半是年轻人。他们并没有多少“伤痕”。真正有“伤痕”的人，由于种种原因，由于每个人都不同的原因，并没有把自己的愤懑舒发出来。我认为，这不是一个正常的现象，而是其中蕴含着一些危险的东西，不利于我们祖国的胜利前进。

我们不是十分强调安定团结吗？我十分拥护这个提法。没有安定团结，我们的经济很难搞上去，我们的政治也很难发挥应有的作用。然而我们需要的是真正的安定团结。在许多知识分子，特别是老知识分子还有一肚子气的情况下，真正的安定团结恐怕还难以圆满。

根据我个人的观察，尽管许多知识分子的愤懑未舒，物质待遇还只能说是非常菲薄，有时难免说些怪话，但是他们的爱国之心未减，“不用扬鞭自奋蹄”。说这样的人是“物美价廉，经久耐用”，完全是符合实际情况的。然而听说有人听了很不舒服。我最近还听说，有一位颇为著名的人物，根据苏联解体的教训，说什么：中国知识分子至今还是帝国主义皮上的毛。这话只是从道听途说中得来的。但是，可能性并非没有。说这种话的人，还有一点是非之心吗？还有一点“良知”吗？我深深感到忧虑。

如果这样的人再当政，知识分子无噍类矣。

我思考的最后一个问题是：“无产阶级文化大革命”为什么能发生？

兹事体大，我没有能力回答。有没有能回答的人呢？我认为，有的。可他们又偏偏不回答，好像也不喜欢别人回答。窃以为，这不是一个唯物主义者应抱的态度。如果把这个至关紧要的问题坦诚地，实事求是地回答出来，全国人民，其中当然包括知识分子，会衷心地感谢，他们会放下心中的包袱，轻装前进，表现出真正的安定团结，同心一志，共同戮力建设我们的社会主义社会，岂不猗欤休哉！

我们既不研究，“礼失而求诸野”，外国人就来研究。其中有善意的，抱着科学的实事求是的态度，说一些真话。不管是否说到点子上，反正真话总比谎话强。其中有恶意的，怀着其他的目的，歪曲事实，造谣诬蔑，把一池清水搅混。虽然说“蚍蜉撼大树，可笑不自量”，但是毕竟不是好事。

何去何从？我认为是非常清楚的。

我的思考到此为止。

我要啰唆的也啰唆完了。

病房杂忆

住到全国最有名的医院之一三〇一医院的病房里来，已经两年多了。要说有什么致命的大病，那不是事实。但是，要说一点病都没有，那也不是事实。一个人活到了九十五岁而一点病都没有，那不成了怪事了吗？我现在的处境是，有一点病而享受一个真正病人的待遇，此我的心之所以不能安也。

我今年已经九十五岁，几乎等于一个世纪，而过去这一个世纪，又非同寻常。光是世界大战，就打过两次。虽然第一次没有打到中国来，但是，中国人民也没有少受罪。在第二次世界大战期间，日本一大撮“浪人”(大家都会理解，我为什么只提“浪人”。实际上不止这些人。)乘机占领了中国大片土地，烧杀掳掠，无所不用其极。以致杀人成山，血流成河，中国人民陷入空前的灾难中。

此后是一个长达几十年时间的漫长的过程。

盼星星
盼月亮
盼到东方出太阳
盼到狗年旺旺旺
盼到我安然坐在这大病房中，光亮又宽敞。

现在我的回忆特别活跃。上下五千年，纵横十万里，旮旮旯旯，我无所不忆。回忆是一种思想活动。大家都知道，思想这玩意儿，最无羁绊，最无阻碍，这可以说是思想的特点和优点。胡适之先生提倡大胆地假设，小心地求证。这话是绝对没有错的。假设越大胆越好，求证越小心越好。这都是思维活动。世界科学之所以能够进步，就因为有这种精神。

是不是思想活动要有绝对的自由呢？关于这个问题，大概有不同意见。中国过去，特别是在古典小说中，有时候把思想活动称之为心猿。一部《西游记》的主角是孙悟空，就是一只猴子。这一只猴子，本领极大，法力无边。从花果山造反，打上天宫，视天兵天将如草芥。连众神之主的玉皇大帝，他都不放在眼中，玉皇为了安抚他，把他请上天去，封他为弼马温。他嫌官小，立即造反，大闹天宫，把天宫搞得一塌糊涂。结果惊动了西天佛祖、南海菩萨，使用了大法力，把猴子制服，压在五行山下，等待唐僧取经时，才放他出来，成为玄奘的大弟子。又怕他恶性难改，在他头上箍上了一圈铁箍。又把紧箍咒教给了唐僧。一旦猴子猴性发作，唐僧立即口中念念有词，念起紧箍咒来。猴头上的铁箍随之紧缩起来，让猴子疼痛难忍，于是立即改恶向善，成为一只服从师父教导的好猴子。

写到这里，我似乎听到了批评的意见：你不是写病房杂忆吗？怎么漫无边际，写到了紧箍咒和孙行者身上来了？这不是离题万里了吗？我考虑了一下，敬谨答曰：没有离题。即使离的话，也只有一里。那九千九百九十九里，是你硬加到我头上来的。我不过想说，任何人，任何社会，都必须有紧箍意识。法院和警察局固然有紧箍的意义，连大马路上的红绿灯不也有紧箍的作用吗？

绕了一个小弯子，让我们回到我们的原题上：病房杂忆。“杂”者，乱七八糟之谓也。既然是乱七八糟，更需要紧箍的措施。我们必须在杂中求出不杂的东西，求出一致的东西。决不能让回忆这玩意儿忽然而天也，忽然而地也，任意横行。我们必须把它拴在一根柱子上。我现在坐在病房里就试着拴几根柱子。目前先拴两根。

一、小姐姐

回想起来，已经是八十年前的事情了。那时，我们家住在济南南关佛山街柴火市。我们住前院，彭家住后院。彭家二大娘有几个女儿和儿子。小姐姐就是二大娘的二女儿。比我大，所以称之为姐姐；但是大不了几岁，所以称之为小姐姐。

我现在一闭眼，就能看到小姐姐不同凡俗标致的形象。中国旧时代赞扬女性美有许多词句。什么沉鱼落雁，什么闭月羞花。这些陈词滥调，用到小姐姐身上，都不恰当，都有点可笑。倒是宋词里面有一些丽词秀句，可供参考。我在下面举几个例子：

苏东坡《江城子》：

> 腻红匀脸衬檀唇，
> 晚妆新，暗伤春。
> 手拈花枝，谁会两眉颦？

苏东坡《雨中花慢》：

> 嫩脸羞蛾，
> 因甚化作行云，
> 却返巫阳。

苏东坡《三部乐》：

美人如月，

乍见掩暮云，

更增妍绝。

算应无恨，

安用阴晴圆缺。

苏东坡《鹧鸪天》：

罗带双垂画不成，

殢人娇态最轻盈。

酥胸斜抱天边月，

玉手轻弹水面冰。

无限事，

许多情。

四弦丝竹苦丁宁。

饶君拨尽相思调，

待听梧桐叶落声。

类似的例子还可举出一些来，我不再列举了。我的意思无非是想说，小姐姐秀色天成。用平常的陈词滥调来赞誉，反而适得其反。倘若把宋词描绘美人的一些词句，拿来用到小姐姐身上，将更能凸显她的风采。我在这里想补充几句：宋人那一些词句描绘的多半是虚无缥缈的美人，而小姐姐却是活灵活现、真实存在的人物。倘若宋代词人眼前真有一个小姐姐，他们的词句将会更丰满，更灵透，更有感染力。

小姐姐是说不完的。上面讲到的都是外面的现象。在内部，她有一颗真诚、热情、同情别人、同情病人的心。大家都知道，麻风病是一种非常凶恶、非常可怕的传染病。在山东济南，治疗这种病的医院，不让在城内居留，而是在南门外千佛山下一片荒郊中修建的疗养院中。可见人们对这种恶病警惕性之高。然而小姐姐家里却有一位患麻风病的使女。自我认识小姐姐起就在她家里。我当时虽然年小，懂事不多，然而也感到有点别扭。这位使女一直待在小姐姐家中，后来不知所终。我也没有这个闲心，去刺探研究——随它去吧。

但是，对于小姐姐，我却不是这样随便。小姐姐是说不完的。在当时，我语不惊人，貌不压众，只不过是寄人篱下的一只丑小鸭。没有人瞧得起，没有人看得上。连叔父也认为我没有多大出息，最多不过是一个邮务生的材料。他认为我不闯实，胆小怕事。他哪里知道，在促进我养成这样的性格过程中，他老人家就起了不小的作用。一个慈母不在跟前的孩子，哪里敢飞扬跋扈呢。我在这里附带说上几句话：不管是由于什么原因，出于什么动机，毕竟是叔父从清平县穷乡僻壤的官庄把我带到了济南。我因此得到了念书的机会，才有了今天的我。我永远感谢他。

闲言少叙，书归正传。话头仍然又回到小姐姐身上。但是，在谈小姐姐之前，我先粗笔勾画一下我那几年的情况。在小学和初中时期，我贪玩，不喜欢念书，也并无什么雄心壮志，不羡慕别人考甲等第一。但是，不知道是由于哪一路神仙呵护，我初中毕业考试平均分竟达到了九十七分，成为文理科十几个班之冠。这一件个人大事，公众小事，触动了当时的山东教育厅厅长、清朝状元王寿彭老先生。他亲自命笔，写了一副对联和一个扇面给我，算是对我的奖励。我也是一个颇有点虚荣心的人，受到了王状元这样的礼遇，心中暗下决心：既然上来了，就不能再下去。于是，奋发图强，兀兀穷年。结果是，上了三年高中，六次期考，考了六个甲等第一。高中最后一年，是在杆石桥那个大院子里度过的。此时，我已经小有名气。国文，被国文教员董秋芳先生评为全校之冠（同我并列的还有一个人王俊岑，后入北大数学系）；英文，我被大家称为 Great home（大家，戏笑之辞，不足为训）。我当时能用英文写相当长的文章。我现在回想起来，自己都有点惊诧。当我看到英文教员同教务处的几位职员在一起谈到我的英文作文，那种眉开眼笑的样子，我真不禁有点飘飘然了。

上面这些情况，都是我们家搬离柴火市以后发生的，此时，即使小姐姐来走娘家，前面院子也已经是人去屋空。那一位小兄弟也已杳若黄鹤，不知飞向何处去了。事实上，我飞得真不能算近。我于 1935 年离开祖国，到了德国，一住就是十年。一直到 1946 年，才辗转回国。当时国内正在进行战争。我从上海乘轮船到了秦皇岛，又乘火车到了北京。此时正是秋风吹昆明（湖），落叶满长安（街）的深秋。离京十载，一旦回来，心中喜悦之情，不足为外人道也。

然而小姐姐却仍然见不到。

我被聘为北京大学教授，兼东方语言文学系主任。时间是 1946 年。1946 年和 1947 年两年，仍然教书。此时战争未停，铁路不通。航空又没有定期航班，只能碰巧搭乘别人定好的包机。这种机会是不容易找的。我一直等到 1948 年，才碰到了这样的好机会。于是我就回到了阔别十三年的济南，见到了我家里的人，也见到了小姐姐。

二、大宴群雌

那一年，我三十七岁。若以四十岁为分界线的话，我还不到中年，还是一个青少年。然而，当时知识分子最高的追求有二：一个是有一个外国博士头衔（当时中国还没有授予博士的办法）；第二个是有大学教授的称号。这两件都已是我囊中之物。旧时代所谓“少年得志”差堪近之。要说没有一点沾沾自喜，那不是真话。此时，工资也相当高，囊中总是鼓鼓囊囊的。我处心积虑，想让大家痛快一下。在中国，率由旧章，就是请大家吃一顿。这对我来说并不困难。我想立即付诸实施。

但是，且慢。在中国请客吃饭是一门学问。中国智慧(Chinese Wisdom)有一部分就蕴藏在这里面。家人父子，至亲好友，大家随便下个馆子，撮上一顿，这里面没有很深的哲学。但是，一旦请外人吃饭，就必须考虑周详：请什么人？为什么请？怎样请？其中第一个问题最重要。中国有一句俗话："做菜容易请客难。"对我来说，做菜确实很容易，请客也并不难。以我当时的身份和地位，请谁，他也会认为是一个光荣。可是，一想到具体的人，又须伤点脑筋。第一个，小姐姐必须请，这毫无问题，无复独多虑。第二个就是小姐姐的亲妹妹，彭家四姑娘，我叫她"荷姐"的。这个人比漂亮，虽然比不上她姐姐的花容月貌，但也似乎沾了一点美的基因，看上去赏心悦目，伶俐，灵活，颇有一些耐看的地方。我们住在佛山街柴火市前后院的时候，仍然处于丑小鸭阶段；但是四姐和我的关系就非常好。她常到我住的前院北屋同我闲聊，互相开点玩笑。说心里话，她就是我心里向往的理想夫人。但是，碍于她母亲的短见，西湖月老祠的那两句话没有能实现在我们俩身上。现在，隔了十几二十年了，我们又会面了。她知道我有几个博士学位，便嬉皮笑脸地开起了玩笑。左一声"季人博士"，右一声"季大博士"。听多了，我蓦地感到有一点凄凉之感发自她的内心。胡为乎来哉！难道她又想到了二十年前那一段未能成功的姻缘吗？我这个人什么都不迷信，只迷信缘分二字，有缘千里来相会，无缘对面不相识。我们俩之间的关系难道还不是为缘分所左右的吗？奈之何哉！奈之何哉！

我继续考虑要邀请的客人。但是，考虑来，考虑去，总离不开妇女这个圈子。群雄哪里去了呢？群雄是在的。在我们的亲戚朋友中，我这个年龄段的小伙子有二十多个人。家庭经济情况不同，有的蛮有钱的，他们的共同情况是不肯念书。有的小学毕业，就算完成了学业。有的上到初中，上高中者屈指可数。到北京来念书，则无异于玄奘的万里求法矣。其中还有极少数人，用小学时代学到的那一点文化知识，在社会上胡混。他们有不同的面孔：少爷、姑爷、舅爷、师爷，如此等等。有如面具一般，拿在手里，随时取用，现在要我请这样的人吃饭，我实在脸上有点发红，下不了这个决心。我考虑来，考虑去，最后桌子一拍，下了决心。各路英雄，暂时委屈，我现在只请英雌了。

我选定济南最著名的大饭店之一的聚丰德，定了几桌上好的翅子席（有鱼翅之谓也）。最后还加了几条新捉到的黄河鲤鱼。我请了二十来位青年妇女，其中小姐姐姊妹当然是心中的主客。宴会极为成功，大家都极为满意。我想，她们中有的人生平第一次吃这样的好饭，也许就是最后一次。我每次想到那种觥筹交错，杯盘齐鸣的情况，就不禁心满意足。

在病中

我是在病中。

我是在病中吗？才下结论，立即反驳，常识判断，难免滑稽。但其中不是没有理由的。

早期历史

对于我这一次病的认识，有一个漫长的过程。不但我自己和我身边的人是这个样子，连大夫看来也不例外。这是符合认识事物的规律的，不足为怪。

我患的究竟是一种什么病呢？这件事三言两语说不清楚。

约莫在三四十年以前，身上开始有了发痒的毛病。每年到冬天，气候干燥时，两条小腿上就出现小水泡，有时溃烂流水，我就用护肤膏把它贴上，有时候贴得横七竖八，不成体系，看上去极为可笑。我们不懂医学，就胡乱称之为皮炎。我的学生张保胜曾陪我到东城宽街中医研究院去，向当时的皮肤科权威赵炳南教授求诊。整整等候了一个上午，快到十二点了，该加的塞都加过以后，才轮到了我。赵大夫在一群大夫和研究生的围拥下，如大将军八面威风。他号了号脉，查看了一下，给我开了一服中药，回家煎服后，确有效果。

后来赵大夫去世，他的接班人是姓王的一位大夫，名字忘记了，我们俩同是全国人大代表北京代表团的成员。平常当然会有所接触，但是，他那一副权威相让我不大愿意接近他。后来，皮炎又发作了，非接触不行了，只好又赶到宽街向他求诊。到了现在，我才知道，我患的病叫作老年慢性瘙痒症。不正名倒也罢了，一正名反而让我感到滑稽，明明已经流水了，怎能用一个“瘙痒”了之！但这是他们医学专家的事，吾辈外行还以闭嘴为佳。

西苑医院

以后，出我意料地平静了一个时期。大概在两年前，全身忽然发痒，夜里更厉害。问了问身边的友人，患此症者，颇不乏人。有人试过中医，有人试过西医，大都不尽如人意。只能忍痒负重，勉强对付。至于我自己，我是先天下之痒而痒，而且双臂上渐出红点。我对病的政策一向是拖，不是病拖垮了我，就是我拖垮了病。这次也拖了几天。但是，看来病的劲比我大，决心似乎也大。有道是“好汉不吃眼前亏”，我还是屈服吧。

屈服的表现就是到了西苑医院。

西苑医院几乎同北大是邻居，在全国中医院中广有名声。而且那里有一位大夫是公认的皮肤科权威，他就是邹铭西大夫。我对他的过去了解不多，我不知道他同赵炳南的关系。是否有师弟之谊，是否同一个门派，统统不知道。但是，从第一次看病起，我就发现邹大夫的一些特点。他诊病时，诊桌旁也是坐满了年轻的大夫、研究生、外来的学习者。邹大夫端居中央，众星拱之。按常理，存在决定意识，他应该傲气凌人，顾盼自雄。然而，实际却正相反。他对病人笑容满面，和颜悦色，一点大夫容易有的超自信都不见踪影。有一位年老的身着朴素的女病人，腿上长着许多小水泡，有的还在流着脓。但是，邹大夫一点也不嫌脏，亲手抚摩患处。我是个病人，我了解病人心态。大夫极细微的面部表情，都能给病人极大的影响。眼前她的健康，甚至于生命就攥在大夫手里，她焉得而不敏感呢？中国有一个词儿，叫作“医德”。医德是独立于医术之外的一种品质。我个人想，在治疗过程中，医德和医术恐怕要平分秋色吧。

我把我的病情向邹大夫报告清楚，并把手臂上的小红点指给他看。他伸手摸了摸，号了号脉，然后给我开了一服中药。回家煎服，没过几天，小红点逐渐消失了。不过身上的痒还没有停止。我从邹大夫处带回来几瓶止痒药水，使用了几次，起初有用，后来就逐渐失效。接着又从友人范曾先生处要来几瓶西医的止痒药水，使用的结果同中医的药水完全相同。我没有别的办法，只好交替使用，起用了我的“拖病”的政策。反正每天半夜里必须爬起来，用自己的指甲，浑身乱搔。痒这玩意儿也是会欺负人的：你越搔，它越痒。实在不胜其烦了，决心停止，强忍一会儿，也就天下太平了。后背自己搔不着，就使用一种山东叫痒痒挠的竹子做成的耙子似的东西。古代文人好像把这玩意儿叫“竹夫人”。

这样对付了一段时间，我没有能把病拖垮，病却似乎要占上风。我两个手心里忽然长出了一层小疙瘩，有点痒，摸上去皮粗，极不舒服。这使我不得不承认，我的拖病政策失败了，赶快回心向善，改弦更张吧。

西苑“二进宫”

又由玉洁和杨锐陪伴着走进了邹大夫的诊室。他看了看我的手心，自言自语地轻声说道：“典型的湿疹！”又站起来，站在椅子背后，面对我说，“我给你吃一服苦药，很苦很苦的！”

取药回家，煎服以后，果然是很苦很苦的。我服药虽非老将，但生平也服了不少。像这样的苦药还从来没有服过。我服药一向以勇士自居，不管是丸药还是汤药，我向来不问什么味道，拿来便吃，眉头从没有皱过。但是，这一次碰到邹大夫的“苦药”，我才真算是碰到克星。药杯到口，苦气猛冲，我下定决心，不怕牺牲，排解万难，几口喝净，又赶快要来冰糖两块，以打扫战场。

服药以后，一两天内，双手手心皮肤下大面积地充水。然后又转到手背，在手背和十个指头上到处起水泡，有大有小，高低不一。但是泡里的水势都异常旺盛，不慎碰破，水能够滋出很远很远，有时候滋到头上和脸上。有时候我感到非常腻味，便起用了老办法，土办法：用消过毒的针把水泡刺穿，放水流出。然而殊不知这水泡斗争性极强，元气淋漓。你把它刺破水出，但立即又充满了水，让你刺不胜刺。有时候半夜醒来，瞥见手上的水泡——我在这里补一句，脚上后来也长起了水泡——心里别扭得不能入睡，便起身挑灯夜战。手持我的金箍狼牙棒，对水泡一一宣战。有时候用一个多小时的时间才只能刺破一小部分，人极疲烦，只好废然而止。第二天早晨起来，又看到满手的水泡颗粒饱圆，森然列队，向我示威。我连剩勇都没有了，只能徒唤负负，心甘情愿地承认自己是败兵之将，不敢言战矣。

西苑“三进宫”

不敢言战，是不行的。水泡家族，赫然犹在，而且鼎盛辉煌，傲视一切。我于是又想到了邹铭西大夫。

邹大夫看了看我的双手，用指头戳了戳什么地方，用手指着我左手腕骨上的几个小水泡，轻声地说了一句什么，群弟子点头会意。邹大夫面色很严肃，说道：“水泡一旦扩张到了咽喉，事情就不好办了！”这是不是意味着，在邹大夫眼中我的病已经由量变到质变了呢？玉洁请他开一个药方。此时，邹大夫的表情更严肃了。“赶快到大医院去住院观察！”

我听说——只是听说。旧社会有经验的医生，碰到重危的病人，一看势头不对，赶快敬谢不迭，让主人另请高明，一走了事。当时好像没有什么抢救的概念和举措，事实上没有设备，何从抢救！但是，我看，今天邹大夫绝不是这样子。

我又臆测这次发病的原因。最近半年多以来，不知由于什么缘故，总是不想吃东西，从来没有饿的感觉。一坐近饭桌，就如坐针毡。食品的色香味都引不起我的食欲。严重一点地说，简直可以称之为厌食症——有没有这样一个病名？我猜想，自己肚子里毒气或什么不好的气窝藏了太多，非排除一下不行了。邹大夫嘴里说的极苦极苦的药，大概就是想解决这个问题的。可能是在估计方面有了点差距，所以排除出来的变为水泡的数量，大大地超过了预计。邹大夫成了把魔鬼放出禁瓶的张天师了。挽回的办法只有一个：劝我进大医院住院观察。

只可惜我没有立即执行，结果惹起了一场颇带些危险性的大患。

张衡插曲

张衡，是我山东大学的小校友。毕业后来北京从事书籍古玩贸易，成绩斐然。他为人精明干练，淳朴诚悫。多少年来，对我帮助极大，我们成为亲密的忘年交。

对于我的事情，张衡无不努力去办，何况这一次水泡事件可以说是一件大事，他哪能袖手旁观？他不知道从什么地方得知了这个消息，7 月 27 日晚上，我已经睡下，在忙碌了一天之后，张衡风风火火地跑了进来，手里拿着白矾和中草药。他立即把中药熬好，倒在脸盆里，让我先把双手泡进去。泡一会儿，把手上的血淋淋的水泡都用白矾末埋起来。双脚也照此处理。然后把手脚用布缠起来，我不太安然地进入睡乡。半夜里，双手双脚实在缠得难受，我起来全部抖搂掉了，然后又睡。第二天早晨一看，白矾末确实起了作用，它把水泡黏住或糊住了一部分，似乎是凝结了。然而，且慢高兴，从白矾块的下面或旁边又突出了一个更大的水泡，生意盎然，笑傲东风。我看了真是啼笑皆非。

张衡绝不是鲁莽的人，他这一套做法是有根据的。他在大学里学的是文学，不知什么时候又学了中医，好像还给人看过病。他这一套似乎是民间验方和中医相结合的产物。根据我的观察，一开始他信心十足，认为这不过是小事一端，用不着担心。但是，试了几次之后，他的锐气也动摇了。有一天晚上，他也提出了进医院观察的建议，他同邹铭西大夫成了“同志”了。可惜我没有立即成为他们的“同志”，我不想进医院。

艰苦挣扎

在从那时以后的十几二十天里是我一生思想感情最复杂、最矛盾、最困惑的时期之一。总的心情，可以归纳成两句话：侥幸心埋，掉以轻心、蒙混过关的想法与担心恐惧、害怕病情发展到不知伊于胡底的心理相纠缠；无病的幻象与有病的实际相磨合。

中国人常使用一个词儿“癣疥之疾”，认为是无足轻重的。我觉得自己患的正是“癣疥之疾”，不必大惊小怪。在身边的朋友和大夫口中也常听到类似的意见。张衡就曾说过，只要撒上白矾末，第二天就能一切复原。北大校医院的张大夫也说，过去某校长也患过这样的病，住在校医院里输液，一个礼拜后就出院走人。同时，大概是由于张大夫给了点激素吃，胃口忽然大开，看到食品，就想狼吞虎咽，自己认为是个吉兆。又听我的学生上海复旦的钱文忠说，毒水流得越多，毒气出得越多，这是好事，不是坏事。所有这一切都是我爱听的话，很符合我当时苟且偷安的心情。

但这仅仅是事情的一面，事情还有另外一面。水泡的声威与日俱增，两手两脚上布满了泡泡和黑痂。然而客人依然不断，采访的，录音、录像的，络绎不绝。虽经玉洁奋力阻挡，然而，撼山易，撼这种局面难。客人一到，我不敢伸手同人家握手，怕传染了人家，而且手也太不雅观。道歉的话一天不知说多少遍，简直可以录音播放。我最怕的还不是说话，而是照相，然而照相又偏偏成了应有之仪，有不少人就是为了照一张相，不远千里跋涉而来。从前照相，我可以大大方方端坐在那里，装模作样，电光一闪，大功告成。现在我却嫌我多长了两只手。手上那些东西能够原封不动地让人照出来吗？这些东西一旦上了报，上了电视，岂不是一失足成千古恨了吗？因此，我一听照相就觳觫不安，赶快把双手藏在背后，还得勉强"笑一笑"哩。

这样的日子好过吗？

静夜醒来，看到自己手上和脚上这一群丑类，心里要怎么恶心就怎么恶心；要怎样头痛就怎样头痛。然而却是束手无策。水泡长到别的地方，我已经习惯了。但是，我偶尔摸一下指甲盖，发现里面也充满了水，我真有点毛了。这种地方一般是不长什么东西的，今天忽然发现有了水，即使想用针去扎，也无从下手。我泄了气。

我蓦地联想到一件与此有点类似的事情。上个世纪50年代后期全国人民头脑发热的时候，在北京号召全城人民打麻雀的那一天，我到京西斋堂去看望下放劳动的干部，适逢大雨。下放干部告诉我，此时山上树下出现了无数的蛇洞，每一个洞口都露出一个蛇头，漫山遍野，蔚为宇宙奇观。我大吃一惊，哪敢去看！我一想到那些洞口的蛇头，身上就起鸡皮疙瘩。我眼前手脚上的丑类确不是蛇头，然而令我厌恶的程度绝不会小于那些蛇头。可是，蛇头我可以不想不看，而这些丑类却就长在我身上，如影随形，时时跟着你。我心里烦到了要发疯的程度。我真想拿一把板斧，把双手砍掉，宁愿不要双手，也不要这些丑类！

我又陷入了病与不病的怪圈。手脚上长了这么多丑恶的东西，时常去找医生，还要不厌其烦地同白矾和中草药打交道，能说不是病吗？即使退上几步，说它不过是癣疥之疾，也没能脱离了病的范畴。

可是，在另一方面，能吃能睡，能接待客人，能畅读，能照相，还能看书写字，读傅彬然的日记，张学良的口述历史，怎么能说是病呢？

左右考虑，思绪不断，最后还是理智占了上风，我不得不承认，自己是在病中了。

三〇一医院

结论一出，下面的行动就顺理成章了：首先是进医院。

于是就在我还有点三心二意的情况下，玉洁和杨锐把我裹挟到了三〇一医院，找我的老学生、这里的老院长牟善初大夫，见到了他和他的助手、学生兼秘书——那位秀外慧中、活泼开朗的周大夫。

这里要加上一段插曲。

去年12月我曾来这里住院，治疗小便便血。在12月31日一年的最后一天，我才离开医院。那一次住的是南八楼，算是准高干病房，设备不错而收费却高。再上一层，才是真正的高干病房，病人须是部队少将以上的首长，文职须是副部级以上的干部。玉洁心有所不平，见人就嚷嚷，以致最后传到了中央几个部的领导耳中。中组部派了一位局长来到我家，说1982年我已经被定为副部级待遇。由于北大方面在某一个环节上出了点问题，在过去二十年中，校领导更换了几度，谁也不知此事。现在真相既已大白，我可以名正言顺地住进真正的高干病房来了。但是，这里的病房异常紧张。我们坐在善初的办公室里，他亲自打电话给林副院长，林立即批准，给我在呼吸道科病房里挤出了一间房子，我们就住了进来，正式名称是三〇一医院南楼一病室十三床。据说，许多部队的高级将领都曾在这里住过。病室占了整整一层楼，共有十八个房间，每间约有五六十平方米。这样大的病房，我在北京各大医院还没有看到过。还有一点特别之处，这里把病人都称为“首长”，连书面通知文件上也不例外。事实上，这里的病人确乎都是首长，只有现在我一个文职人员。一个教书匠，无端挤了进来，自己觉得有点滑稽而已，有时也有受宠若惊之感。这里警卫极为森严，楼外日夜有解放军站岗，想进来是不容易的。

人虽然住进来了，但是问题还并没有最后解决。医院的皮肤科主任李恒进大夫心头还有顾虑，他不大愿意接受我这个病人。刚搬进十三号病房时，本院的眼科主任魏世辉大夫有事来找我，他们俩是很要好的朋友。李大大说，北大三院水平高，那里还有皮肤科研究所。但是魏大夫却笑着说："你是西医皮肤科权威大夫之一。你是怕给季羡林治病治不好，砸了牌子！"最后，李大夫无话可说，笑了一笑，大局就这样敲定了。

皮肤科群星谱

说老实话，过去我对三〇一医院的皮肤科毫无所知，这次我来投奔的是三〇一三个大字。既然生的是皮肤病，当然就要同皮肤科打交道。打交道的过程，也就是我认识皮肤科的过程。

该科的人数不是太多，只有十几个人。主任就是李恒进大夫。副主任是冯峥大夫，还有一位年青的汪明华大夫，平常跟我打交道的就是他们三位。我们过去从来没有见过面，彼此是陌生的。互相认识，要从头开始。不久我就发现了他们身上一些优秀的亮点。我在上面已经提到过，李大夫原来是不想收留我的，是我赖着不走，才得以留下的。一旦留下，李大夫就显露出他那在别人身上少见的细致与谨慎，这都是责任心的表现。有一次，我坐在沙发上，他站在旁边，我看到他陷入沉思，面色极其庄严，自言自语地说道："药用多了，这么老的老人怕受不了；用少了，则将旷日持久，治不好病。"最后我看他下了决心，又稍稍把药量加重了点。这是一件小事，无形中却感动了我这个病人。以后，我逐渐发现在冯峥大夫身上这种小心谨慎的作风也十分突出。一个不大的医疗集体中两位领导人的医风和医德，一定会起着决定性的作用。因此，我可以断定，三〇一医院的皮肤科一定是一个可以十分信赖的集体。

两次大会诊

我究竟患的是什么病？进院时并没有结论。李大夫看了以后，心中好像也是没有多少底，但却轻声提到了病的名称，完全符合他那小心谨慎、对病人绝对负责的医德医风。他不惜奔波劳碌，不怕麻烦，动员了全科和全院的大夫，再加上北京其他著名医院的一些皮肤科名医，组织了两次大会诊。

我是 8 月 15 日下午四时许进院的，搬入南楼，人生地疏，心里迷离模糊。只睡了一夜，第二天早晨，第一次会诊就举行了，距我进院还不到十几个小时，中间还隔了一个夜晚，可见李大夫心情之迫切，会诊的地点就在我的病房里。在扑朔迷离中，我只看到满屋白大褂在闪着白光，人却难以分辨。我偶一抬头，看到了邹铭西大夫的面孔，原来他也被请来了。我赶快向他做检讨，没有听他的话早来医院，致遭今日之困难与周折。他一笑置之，没有说什么。每一位大夫对我查看了一遍。李大夫还让我咳一咳喉咙，意思是想听一听，里面是否已经起了水泡。幸而没有，大夫们就退到会议室里去开会了。

紧接着在第二天上午就举行了第二次会诊。这一次是邀请院内的一些科系的主治大夫，研究一下我皮肤病以外的身体的情况。最后确定了我患的是天疱疮。李大夫还在当天下午邀请了北大校长许智宏院士和副校长迟惠生教授来院，向他们说明我的病可能颇有点麻烦，让他们心中有底，免得以后另生枝节。

在我心中，我实在异常地感激李大夫和三〇一医院。我算一个什么重要的人物！竟让他们这样兴师动众。我从内心深处感到愧疚。

三〇一英雄小聚义

但是，我并没有愁眉苦脸，心情郁闷。我内心里依然平静，我并没有意识到我现在的处境有什么潜在的危险性。

我的学生刘波，本来准备举办一次盛大宴会，庆祝我的九十二华诞。可偏在此时，我进了医院。他就改变主意，把祝寿与祝进院结合起来举行，被邀请者都是1960年我开办梵文班以来四十余年的梵文弟子和再传弟子，济济一堂，时间是我入院的第三天，8月18日。事情也真凑巧，远在万里之外大洋彼岸的任远正在国内省亲，她也赶来参加了，凭空增添了几分喜庆。我个人因为满手满脚的丑类尚未能消灭，只能待在病房里，不能参加。但是，看到四十多年来我的弟子们在许多方面都卓有建树，印度学的中国学派终于形成了，在国际上我们中国的印度学者有了发言权了，湔雪了几百年的耻辱，快何如之！

死的浮想

但是，我心中并没有真正达到我自己认为的那样的平静，对生死还没有能真正置之度外。

就在住进病房的第四天夜里，我已经上了床躺下，在尚未入睡之前，我偶尔用舌尖舔了舔上颚，蓦地舔到了两个小水泡。这本来是可能已经存在的东西，只是没有舔到过而已。今天一旦舔到，忽然联想起邹铭西大夫的话和李恒进大夫对我的要求，舌头仿佛被火球烫了一下，立即紧张起来。难道水泡已经长到咽喉里面来了吗？

我此时此刻迷迷糊糊，思维中理智的成分已经所余无几，剩下的是一些接近病态的本能的东西。一个很大的“死”字突然出现在眼前，在我头顶上飞舞盘旋。在燕园里，最近十几年来我常常看到某一个老教授的门口开来救护车，老教授登车的时候心中作何感想，我不知道，但是，在我心中，我想到的却是“风萧萧兮易水寒，壮士一去兮不复还！”事实上，复还的人确实少到几乎没有。我今天难道也将变成了荆轲吗？我还能不能再见到我离家时正在十里飘香、绿盖擎天的季荷呢！我还能不能再看到那一只对我依依不舍的白色的波斯猫呢？

其实，我并不是怕死。我一向认为，我是一个几乎死过一次的人。“十年浩劫”中，我曾下定决心“自绝于人民”。我在上衣口袋里，在裤子口袋里装满了安眠药片和安眠药水，想采用先进的资本主义自杀方式，以表示自己的进步。在这千钧一发之际，押解我去接受批斗的牢头禁子猛烈地踢开了我的房门，从而阻止了我到阎王爷那里去报到的可能。批斗回来以后，虽然被打得鼻青脸肿，帽子丢掉了，鞋丢掉了一只，身上全是革命小将，或许也有中将和老将吐的痰。游街仪式完成后，被一脚从汽车上踹下来的时候，躺在十一月底的寒风中，半天爬不起来。然而，我“顿悟”了。批斗原来是这样子呀！是完全可以忍受的。我又下定决心，不再自寻短见，想活着看一看，“看你横行到几时”。

一个人临死前的心情，我完全有感性认识。我当时心情异常平静，平静到一直到今天我都难以理解的程度。老祖和德华谁也没有发现，我的神情有什么变化。我对自己这种表现感到十分满意，我自认已经参透了生死奥秘，渡过了生死大关，而沾沾自喜，认为自己已经修养得差不多了，已经大大地有异于常人了。

然而黄铜当不了真金，假的就是假的。到了今天，三十多年已经过去了，自己竟然被上颚上的两个微不足道的小水泡吓破了胆，使自己的真相完全暴露于光天化日之下，这完全出乎我的意料。我自己辩解说，那天晚上的行动只不过是一阵不正常的歇斯底里爆发。但是正常的东西往往寓于不正常之中。我虽已经痴长九十二岁，对人生的参透还有极长的距离。今后仍须加紧努力。

皮癌的威胁

常言道："屋漏偏遭连夜雨，船破又遇打头风。"前一天夜里演了那一出极短的闹剧（melodrama）之后，第二天早晨，大夫就通知要进行B超检查。我心里咯噔一下子紧张了起来。

谁都知道，检查B超是作什么用的。在每年履行的查体中做B超检查，是应有的过程，大家不会紧张。但是，一个人如果平白无故地被提溜出来检查B超，他一定会十分紧张的。我今天就是这样。

我在三〇一医院是有"前科"的。去年年底来住院，曾被怀疑有膀胱癌。后来经过彻底检查，还了我的清白。今年手脚上又长了这一堆丑类，不痛不痒，却蕴含着神秘的危害性。我看，大概有的大夫就把这现象同皮癌联系上了，于是让我进行彻底的B超检查。B超大夫在我的小腹上对准膀胱所在的地方，使劲往下按。我就知道，他了解我去年的情况。经过十分认真的检查，结论是，我与那种闻之令人战栗的绝症无关。这对我的精神无疑是一个极大的解脱。

奇迹的出现

按照以李、冯两位主任为代表的皮肤科的十分小心谨慎的医风，许多假设都被否定，现在能够在我手脚上那种乱哄哄的无序中找出了头绪，抓住了真实的要害，可以下药了。但是，他们又考虑到我的年龄。药量大了，怕受不了；小了，又怕治不了病，再三斟酌才给定下了药量。于是立即下药，药片药丸粒粒像金刚杵、照妖镜，打在群丑身上，使它们毫无遁形的机会，个个缴械投降，把尾巴垂了下来。水泡干瘪了，干瘪了的结成了痂。在不到几天的时间内，黑痂脱落，又恢复了我原来手脚的面目。我伸出了自己的双手，看到细润光泽，心中如饮醍醐。

奇迹终于出现了。我这一次总算是没有找错地方。常言道："大难不死，必有后福。”这一次我的难多大，我说不清楚，反正总算是一难，这是毫无疑问的。年属耄耋，还能够有后福可享，我心旷神怡，乐不可支。

院领导给我留下的印象

这个奇迹发生在三〇一医院。这是一所有上万工作人员的大医院。让这样一所庞大的机构循规蹈矩、按部就班地每天起劲工作，一定要有原动力的，而这原动力只能来自院领导身上。

我进院以后不久，出差刚回来而又做了三小时报告的朱士俊院长就来看我，还有几个院领导陪同。以后又见到了院政委范银瑞同志，以及几位副院长秦银河、苏元福、王树峰、林运昌等。他们的外貌当然各不相同，应对进退的动作和神态也有差异。但是，在一刹那间，我忽然有了一个“天才”的发现，我发现他们有共同之处。这情况若是落到哲学家手中，他们一定会努力分析，分析，再分析，还不知道要创造出多少新奇的术语，最后给人一个大糊涂，包括他们自己在内。而我呢，还是采用中国传统的办法，使用形象的语言。我杜撰了八个字：形神恢宏，英气逼人。中国古人说：“运筹帷幄之内，决胜千里之外。”三〇一医院没有千里之遥；然而，到了今天这样复杂的社会中，决胜五里，也并不容易的。解放军任用这样的干部来管理这样庞大的一所医院，全军放心，全体人民放心。

病房里的日常生活

上面谈的都可以算作大事，现在谈一些细事。

关于我现在住的病房，上面已经写了简要的介绍，这里不再重复了。我现在只谈一谈我的日常生活。

我活了九十多岁，平生搬迁颇多，适应环境的能力因而也颇强。不管多么陌生的环境，我几乎立刻就能适应。现在住进了病房，就好像到了家一样。这里的居住条件、卫生条件等等，都是绝对无可指责的。我也曾住过，看过一些北京大医院的病房，只是卫生一个条件就相形见绌。我对这里十分满意，自然就不在话下了。

在十八间病房里住的真正的首长，大都是解放军的老将军，年龄都低于我，可是能走出房间活动的只不过寥寥四五人。偶尔碰上，点头致意而已。但是，我对他们是充满了敬意的。解放军是中国人民的"新的长城"，又是世界和平的忠诚的保卫者。在解放军中立过功的老将，对他们我焉能不极端尊敬呢？

至于我自己的日常生活，我是一个比较保守的人，几十年形成的习惯，走到哪里也改不掉。我每天照例四点多起床，起来立即坐下来写东西。在进院初，当手足上的丑类还在飞扬跋扈的时候，我也没有停下。我的手足有问题，脑袋没有问题。只要脑袋没问题，文章就能写。实际上，我从来没有把脑袋投闲置散，我总让它不停地运转。到了医院，转动的频率似乎更强了。无论是吃饭，散步，接受治疗，招待客人，甚至在梦中，我考虑的总是文章的结构，遣词，造句等与写作有关的问题。我自己觉得，我这样做，已经超过了平常所谓的打腹稿的阶段，打来打去，打的几乎都是成稿。只要一坐下来，把脑海里缀成的文字移到纸上，写文章的任务就完成了。

七点多吃过早饭以后，时间就不能由我支配，我就不得安闲了。大夫查房，到什么地方去做体检，反正总是闲不住。但是，有时候坐在轮椅上，甚至躺在体检的病床上，脑袋里忽然一转，想的又是与写文章有关的一些问题。这情况让我自己都有点吃惊。难道是自己着了魔了吗？

在进院后，不到一个月的时间内，我写了三万字的文章，内容也有学术性很强的，也有一些临时的感受。这在家里是做不到的。

生活条件是无可指责的，一群像白衣天使般的小护士，个个聪明伶俐、彬彬有礼，同她们在一起，自己也似乎年轻了许多。

我想用两句话总结我的生活：在治病方面，我是走过炼狱；在生活方面，我是住于乐园。

第三次大会诊

奇迹发生以后，我到三〇一医院来的目的可以说是已经完全达到了，可以胜利还朝了。但是，正如我在上面已经说过的那样，我本是皮肤科的病人，可是皮肤科的病房已经满员，所以借用了呼吸道科仅余的一间病房。焉知歪打正着，我作为此科的病人，也是够格的，我患有肺气肿、哮喘等病。主治大夫大概对借房的过程不甚了了，既然进了他的领域，就是他的病人，于是也经常来查房、下药，连我的呼吸道的毛病也给清扫了一下。对我来说，这无疑是意外的收获。

我的血压，几十年来一贯正常。入院以后，服了激素，血压大概受到了影响，一度升高。这本来也算不了什么大事。但是，这里的大夫之心如新发之硎，纤细不遗。他们看出我的血压有点毛病，立即加以注意，除了天天测量以外，还进行过一次二十四小时的连续观测。最终认为没有问题，才从容罢手。

总体来看，这次大会诊的目的是：总结经验，肯定胜利，观察现状，预测未来。从院领导一直到每一个与我的病有关的大夫，都想把我躯体中的隐患一一扫净，让原来我手足上那样的丑类永远不能再出生。他们这种用心把我感动得热烘烘的，嘴里说不出任何话来。

简短的评估

我生平不爱生病。在九十多年的寿命中，真正生病住院，这是第三次。因此，我对医生和医院了解很有限。但是，有时候也有所考虑。以我浅见所及，我觉得，医院和医生至少应该具备三个条件：医德、医术、医风。中国历代把医药事业说成是“是乃仁术”。在中国传统道德的范畴中，仁居第一位。仁者爱人，心中的仁，外在表现就是爱。现在讲“救死扶伤”，也无非是爱的表现。医生对病人要有高度的同情心，要有为他们解除病苦的迫切感。这就是医德，应该排在首位。所谓医术，如今医科大学用五六年，甚至更长的时间所学的就是这一套东西，多属技术性的，一说就明白，用不着多讲。最后一项是医风。把医德、医术融合在一起，再加以必要的慎重和谨严，就形成了医生和医院的风采、风格或风貌、风度。这三者在不同的医院里和医生身上，当然不会完全相同，高低有别，水平悬殊，很难要求统一。

以上都是空论，现在具体到三〇一医院和这里的大夫们来谈一点我个人的看法。医院的最高领导，我大概都接触过了，对他们的印象我已经写在上面。至于大夫，我接触得不多，了解得不多，不敢多谈。我只谈我接触最多的皮肤科的几位大夫。对整科的印象，我在上面也已写过。我现在在这里着重讲一个人，就是李恒进大夫。我们俩彼此接触最多，了解最深。

实话实说，李大夫最初是并不想留下我这个病人的。他是专家，他一看我得的病是险症，是能致命的，谁愿意把一块烧红的炭硬接在自己手里呢？我的学生、前副院长牟善初的面子也许起了作用，终于硬着头皮把我留下了。这中间他的医德一定也起了作用。

他一旦下决心把我留下，就全力以赴，上面讲到的两次大会诊就是他的行动表现。我自己糊里糊涂，丝毫没有感到问题的严重性。他是专家，他一眼就看出了我患的是天疱疮，一种险症。善初肯定了这个看法，遂成定论。患这样的病，如果我不是九十二，而是二十九，还不算棘手。但我毕竟是前者而非后者。下药重了，有极大危险；轻了，又治不了病。什么样的药量才算恰好，这是查遍医典也不会得到任何答案的。在这一个极难解决的问题上，李大夫究竟伤了多少脑筋，用了多大的精力，我不得而知，但却能猜想。经过了不知多少次反复思考，最终找到了恰到好处的药量。一旦服了下去，奇迹立即产生。不到一周的时间内，手脚上的水泡立即向干瘪转化。我虽尚懵里懵懂，但也不能不感到高兴了。

我同李恒进大夫素昧平生，最初只是大夫与病人的关系。但因接触渐多，我逐渐发现他身上有许多闪光的东西，使我暗暗钦佩。我感觉到，我们现在已经走上了朋友的关系。我坚信，他是一个可以信赖的朋友。

在治疗过程中，有时候也说上几句闲话。我发现李大夫是一个很有哲学头脑的人。他多次说到，治我现在的病是“在矛盾中求平衡”。事实不正是这样子吗？病因来源不一，表现形式不一，抓住要点，则能纲举目张；抓不住要点，则是散沙一盘。他和冯峥大夫等真正抓住了我这病的要点，才出现了奇迹。

我一生教书，搞科学研究，在研究方面，我崇尚考证。积累的材料越多越好，然后爬罗剔抉，去伪存真。无证不信，孤证难信。“大胆地假设，小心地求证。”这一套都完全用上。经过了六七十年这样严格的训练，自谓已经够严格慎重的了。然而，今天，在垂暮之年，来到了三〇一医院，遇到了像李大夫这样的医生，我真自愧弗如，要放下老架子，虚心向他们学习。

还有一点也必须在这里提一提，这就是预见性。初入院时，治疗还没有开始，我就不耐烦住院，问李大夫什么时候可以出院。他沉思了一会儿，说：“如果年轻五十岁，半个月就差不多了。现在则至少一个月多。”事实正是这个样子。他这种预见性是怎样来的，我说不清楚。

现在归纳起来，极其简略地说上几句我对三〇一医院和其中的一些大夫，特别是李恒进大夫的印象。在医德、医术、医风中，他们都是高水平的，可以称之为三高医院和三高大夫。都是中国医坛上的明珠。

反躬自省

我在上面，从病原开始，写了发病的情况和治疗的过程，自己的侥幸心理，掉以轻心，自己的瞎鼓捣，以致酿成了几乎不可收拾的大患，进了三〇一医院，边叙事、边抒情、边发议论、边发牢骚，一直写了一万三千多字。现在写作重点是应该换一换的时候了。换的主要枢纽是反求诸己。

三〇一医院的大夫们发扬了三高的医风，熨平了我身上的创伤，我自己想用反躬自省的手段，熨平我自己的心灵。

我想从认识自我谈起。

每一个人都有一个自我，自我当然离自己最近，应该最容易认识。事实证明正相反，自我最不容易认识。所以古希腊人才发出了Knowthyself的惊呼。一般的情况是，人们往往把自己的才能、学问、道德、成就等等评估过高，永远是自我感觉良好。这对自己是不利的，对社会也是有害的。许多人事纠纷和社会矛盾由此而生。

不管我自己有多少缺点与不足之处，但是认识自己，我是颇能做到一些的。我经常剖析自己，想回答"自己究竟是一个什么样的人？"这样一个问题。我自信能够客观地、实事求是地进行分析的。我认为，自己绝不是什么天才，绝不是什么奇才异能之士，自己只不过是一个中不溜丢的人；但也不能说是蠢材。我说不出，自己在哪一方面有什么特别的天赋。绘画和音乐我都喜欢，但都没有天赋。在中学读书时，在课堂上偷偷地给老师画像，我的同桌同学画得比我更像老师，我不得不心服。我羡慕许多同学都能拿出一手儿来，唯独我什么也拿不出。

我想在这里谈一谈我对天才的看法。在世界和中国历史上，确实有过天才；我都没能够碰到。但是，在古代，在现代，在中国，在外国，自命天才的人却层出不穷。我也曾遇到不少这样的人。他们那一副自命不凡的天才相，令人不敢向迩。别人嗤之以鼻，而这些“天才”则岿然不动，挥斥激扬，乐不可支。此种人物列入《儒林外史》是再合适不过的。我除了敬佩他们的脸皮厚之外，无话可说。我常常想，天才往往是偏才。他们大脑里一切产生智慧或灵感的构件集中在某一个点上，别的地方一概不管，这一点就是他的天才之所在。天才有时候同疯狂融在一起，画家梵高就是一个好例子。

在伦理道德方面，我的基础也不雄厚和巩固。我绝没有现在社会上认为的那样好，那样清高。在这方面，我有我的一套“理论”。我认为，人从动物群体中脱颖而出，变成了人。除了人的本质外，动物的本质也还保留了不少。一切生物的本能，即所谓“性”，都是一样的，即一要生存，二要温饱，三要发展。在这条路上，倘有障碍，必将本能地下死力排除之。根据我的观察，生物还有争胜或求胜的本能，总想压倒别的东西，一枝独秀。这种本能人当然也有。我们常讲，在世界上，争来争去，不外名利两件事。名是为了满足求胜的本能，而利则是为了满足求生。二者联系密切，相辅相成，成为人类的公害，谁也铲除不掉。古今中外的圣人贤人们都尽过力量，而所获只能说是有限。

至于我自己，一般人的印象是，我比较淡泊名利。其实这只是一个假象，我名利之心兼而有之。只因我的环境对我有大裨益，所以才造成了这一个假象。我在四十多岁时，一个中国知识分子当时所能追求的最高荣誉，我已经全部拿到手。在学术上是中国科学院学部委员，即后来的院士。在教育界是一级教授。在政治上是全国政协委员。学术和教育我已经爬到了百尺竿头，再往上就没有什么阶梯了。我难道还想登天做神仙吗？因此，以后几十年的提升提级活动我都无权参加，只是领导而已。假如我当时是一个二级教授——在大学中这已经不低了，我一定会渴望再爬上一级的。不过，我在这里必须补充几句。即使我想再往上爬，我决不会奔走、钻营、吹牛、拍马，只问目的，不择手段。那不是我的作风，我一辈子没有干过。

写到这里就跟一个比较抽象的理论问题挂上了钩：什么叫好人？什么叫坏人？什么叫好？什么叫坏？我没有看过伦理教科书，不知道其中有没有这样的定义。我自己悟出了一套看法，当然是极端粗浅的，甚至是原始的。我认为，一个人一生要处理好三个关系：天人关系，也就是人与大自然的关系；人人关系，也就是社会关系；个人思想和感情中矛盾和平衡的关系。处理好了，人类就能够进步，社会就能够发展。好人与坏人的问题属于社会关系。因此，我在这里专门谈社会关系，其他两个就不说了。

正确处理人与人的关系，主要是处理利害关系。每个人都有自己的利益，都关心自己的利益。而这种利益又常常会同别人有矛盾。有了你的利益，就没有我的利益。你的利益多了，我的就会减少。怎样解决这个矛盾就成了广大芸芸众生最棘手的问题。

人类毕竟是有思想能思维的动物。在这种极端错综复杂的利益矛盾中，他们绝大部分人都能有分析评判的能力。至于哲学家所说的良知和良能，我说不清楚。人们能够分清是非善恶，自己处理好问题。在这里无非是有两种态度，既考虑自己的利益，为自己着想，也考虑别人的利益，为别人着想。极少数人只考虑自己的利益，而又以残暴的手段攫取别人的利益者，视为害群之马，国家必绳之以法，以保证社会的安定团结。

这也是衡量一个人好坏的基础。地球上没有天堂乐园，也没有小说中所说的“君子国”。对一般人民的道德水平不要提出过高的要求。一个人除了为自己着想外能为别人着想的水平达到百分之六十，他就算是一个好人。水平越高，当然越好。那样高的水平恐怕只有少数人能达到了。

大概由于我水平太低，我不大敢同意“毫不利己，专门利人”这种提法，一个“毫不”，再加上一个“专门”，把话说得满到不能再满的程度。试问天下人有几个人能做到。提这个口号的人怎样呢？这种口号只能吓唬人，叫人望而却步，绝起不到提高人们道德水平的作用。

至于我自己，我是一个谨小慎微、性格内向的人。考虑问题有时候细入毫发。我考虑别人的利益，为别人着想，我自认能达到百分之六十。我只能把自己划归好人一类。我过去犯过许多错误，伤害了一些人。但那绝不是有意为之，是为我的水平低、修养不够所支配的。在这里，我还必须再做一下“老王”，自我吹嘘一番。在大是大非问题面前，我会一反谨小慎微的本性，挺身而出，完全不计个人利害。我觉得，这是我身上的亮点，颇值得骄傲的。总之，我给自己的评价是：一个平平常常的好人，但不是一个不讲原则的滥好人。

现在我想重点谈一谈对自己当前处境的反思。

我生长在鲁西北贫困地区一个僻远的小村庄里。晚年，一个幼年时的伙伴对我说：“你们家连贫农都够不上！”在家六年，几乎不知肉味，平常吃的是红高粱饼子，白馒头只有大奶奶给吃过。没有钱买盐，只能从盐碱地里挖土煮水腌咸菜。母亲一字不识，一辈子季赵氏，连个名都没有捞上。

我现在一闭眼就看到一个小男孩，在夏天里浑身上下一丝不挂，滚在黄土地里，然后跳入浑浊的小河里去冲洗。再滚，再冲；再冲，再滚。

“难道这就是我吗？”

“不错，这就是你！”

六岁那年，我从那个小村庄里走出，走向通都大邑，一走就走了将近九十年。我走过阳关大道，也跨过独木小桥。有时候歪打正着，有时候也正打歪着。坎坎坷坷，跌跌撞撞，磕磕碰碰，推推搡搡，云里雾里。不知不觉就走到了现在的九十二岁，超过古稀之年二十多岁了。

岂不大可喜哉！又岂不大可惧哉！我仿佛大梦初觉一样，糊里糊涂地成为一位名人，现在正住在三〇一医院雍容华贵的高干病房里。同我九十年前出发时的情况相比，只有李后主的“天上人间”四个字差堪比拟于万一。我不大相信这是真的。

我在上面曾经说到，名利之心，人皆有之。我这样一个平凡的人，有了点名，感到高兴，是人之常情。我只想说一句，我确实没有为了出名而去钻营。我经常说，我少无大志，中无大志，老也无大志。这都是实情。能够有点小名小利，自己也就满足了。可是现在的情况却不是这样子。已经有了几本传记，听说还有人正在写作。至于单篇的文章数量更大。其中说的当然都是好话，当然免不了大量溢美之词。别人写的传记和文章，我基本上都不看。我感谢作者，他们都是一片好心。我经常说，我没有那样好，那是对我的鞭策和鼓励。

我感到惭愧。

常言道：“人怕出名猪怕壮。”一点小小的虚名竟能给我招来这样的麻烦，不身历其境者是不能理解的。麻烦是错综复杂的，我自己也理不出个头绪来。我现在，想到什么就写点什么，绝对是写不全的。首先是出席会议。有些会议同我关系实在不大，但却又非出席不行，据说这涉及会议的规格。在这一顶大帽子下面，我只能勉为其难了。其次是接待来访者，只这一项就头绪万端。老朋友的来访，什么时候都会给我带来欢悦，不在此列。我讲的是陌生人的来访，学校领导在我的大门上贴出布告：谢绝访问。但大多数人却熟视无睹，置之不理，照样大声敲门。外地来的人，其中多半是青年人，不远千里，为了某一些原因，要求见我。如见不到，他们能在门外荷塘旁等上几个小时，甚至住在校外旅店里，每天来我家附近一次。他们来的目的多种多样；但是大体上以想上北大为最多。他们慕北大之名；可惜考试未能及格。他们错认我有无穷无尽的能力和权力，能帮助自己。另外想到北京找工作的也有，想找我签个名照张相的也有。这种事情说也说不完。我家里的人告诉他们我不在家。于是我就不敢在临街的屋子里抬头，当然更不敢出门，我成了“囚徒”。其次是来信。我每天都会收到陌生人的几封信。有的也多与求学有关。有极少数的男女大孩子向我诉说思想感情方面的一些问题和困惑。据他们自己说，这些事连自己的父母都没有告诉。我读了真正是万分感动，遍体温暖。我有何德何能，竟能让纯真无邪的大孩子如此信任！据说，外面传说，我每信必复。我最初确实有这样的愿望。但是，时间和精力都有限。只好让李玉洁女士承担写回信的任务。这个任务成了德国人口中常说的“硬核桃”。其次是寄来的稿子，要我“评阅”，提意见，写序言，甚至推荐出版。其中有洋洋数十万言之作。我哪里有能力有时间读这些原稿呢？有时候往旁边一放，为新来的信件所覆盖。过了不知多少时候，原作者来信催还原稿。这却使我作了难，“只在此室中，书深不知处”了。如果原作者只有这么一本原稿，那我的罪孽可就大了。其次是要求写字的人多，求我的“墨宝”，有的是楼台名称，有的是展览会的会名，有的是书名，有的是题词，总之是花样很多。一提“墨宝”，我就汗颜。小时候确实练过字。但是，一入大学，就再没有练过书法，以后长期居住在国外，连笔墨都看不见，何来“墨宝”。现在，到了老年，忽然变成了“书法家”，竟还有人把我的“书法”拿到书展上去示众，我自己都觉得可笑！有比较老实的人，暗示给我：他们所求的不过“季羡林”三个字。这样一来，我的心反而平静了一点，下定决心：你不怕丑，我就敢写。其次是广播电台、电视台，还有一些什么台，以及一些报纸杂志编辑部的录像采访。这使我最感到麻烦。我也会说一些谎话的；但我的本性是有时嘴上没遮掩，有时说溜了嘴，在过去，你还能耍点无赖，硬不承认。今天他们人人手里都有录音机，“君子一言，驷马难追”，同他们订君子协定，答应删掉；但是，多数是原封不动，和盘端出，让你哭笑不得。上面的这一段诉苦已经够长的了；但是还远远不够，苦再诉下去，也了无意义，就此打住。

我虽然有这样多麻烦，但我并没有被麻烦压倒。我照常我行我素，做自己的工作。我一向关心国内外的学术动态。我不厌其烦地鼓励我的学生阅读国内外与自己研究工作有关的学术刊物。一般是浏览，重点必须细读。为学贵在创新。如果连国内外的新都不知道，你的新何从创起？我自己很难到大图书馆看杂志了。幸而承蒙许多学术刊物的主编不弃，定期寄赠。我才得以拜读，了解了不少当前学术研究的情况和结果，不致闭目塞听。我自己的研究工作仍然照常进行。遗憾的是，许多多年来就想研究的大题目，曾经积累过一些材料，现在拿起来一看，顿时想到自己的年龄，只能像玄奘当年那样，叹一口气说："自量气力，不复办此。"

对当前学术研究的情况，我也有自己的一套看法，仍然是顿悟式地得来的。我觉得，在过去，人文社会科学学者在进行科研工作时，最费时间的工作是搜集资料，往往穷年累月，还难以获得多大成果。现在电子计算机光盘一旦被发明，大部分古籍都已收入。不费吹灰之力，就能涸泽而渔。过去最繁重的工作成为最轻松的了。有人可能掉以轻心，我却有我的忧虑。将来的文章由于资料丰满可能越来越长，而疏漏则可能越来越多。光盘不可能把所有的文献都吸纳进去，而且考古发掘还会不时有新的文献呈现出来。这些文献有时候比已有的文献还更重要，万万不能忽视的。好多人都承认，现在学术界急功近利的浮躁之风已经有所抬头，剽窃就是其中最显著的表现，这应该引起人们的戒心。我在这里抄一段朱子的话，献给大家。朱子说："圣人言语，一步是一步。近来一类议论，只是跳踯。初则两三步作一步，甚则十数步作一步，又甚则千百步作一步。所以学之者皆颠狂。"(《朱子语类》，124)。愿与大家共勉力戒之。

我现在想借这个机会廓清与我有关的几个问题。

回　家

从医院里捡回来了一条命，终于带着它回家来了。

由于自己的幼稚、固执，迷信“癣疥之疾”的说法，竟走到了向阎王爷那里去报到的地步。也许是因为文件盖的图章不够数，或者红包不够丰满，被拒收，又溜达回来，住进了三〇一医院。这一所医德、医术、医风三高的医院，把性命奇迹般地还给了我，给了我一次名副其实的新生。

现在我回家来了。

什么叫家？以前没有研究过。现在忽然间提了出来，仍然是回答不上来。要说家是比较长期居住的地方，那么，在欧洲游荡了几百年的吉卜赛人住在流动不居的大车上，这算不算家呢？

我现在不想仔细研究这种介乎形而上学和形而下学之间的学问，还是让我从医院说起吧。

这一所医院是全国著名的，称之为超一流，是完全名副其实的。我相信，即使是最爱挑剔的人也绝不会挑出什么毛病来。从医疗设备到医生水平，到病房的布置，到服务态度，到工作效率，等等，无不尽如人意。就是这样一个地方，我初搬入的时候，心情还浮躁过一阵，我想到我那在燕园垂杨深处的家，还有我那盈塘季荷和小波斯猫。但是住过一阵之后，我的心情平静了，我觉得住在这里就像是住在天堂乐园里一般。一个个穿白大褂的护士小姐都像是天使，幸福就在这白色光芒里闪烁。我过了一段十分愉快的生活。约莫一个月以后，病情已经快达到了痊愈的程度。虽然我的生活仍然十分甜美，手脚上长出来的丑类已经完全消灭，笔墨照舞照弄不误，我的心情却无端又浮躁起来。我想到，此地“信美非吾土”。我又想到了我那盈塘的季荷和小波斯猫。我要回家了。

回到朗润园的时候，已是黄昏时分。韩愈诗：“黄昏到寺蝙蝠飞。”我现在是：“黄昏到园蝙蝠飞。”空中确有蝙蝠飞着。全园还没有到灯火辉煌的程度。在薄暗中，盈塘荷花的绿叶显不出绿色，只是灰蒙蒙的一片。独有我那小波斯猫，不知是从什么地方窜了出来，坐下惊愕了一阵，认出了是我，立即跳了上来，在我的两腿间蹭来蹭去，没完没了。它好像是要说：“老伙计呀！你可是到哪里去了？叫我好想呀！”我一进屋，它立即跳到我的怀里，无论如何，也不离开。

第二天早晨，我照例四点多起床。最初，外面还是一片黢黑，什么东西也看不清。不久，东方渐渐白了起来，天蒙蒙亮了。早晨锻炼的人开始出来了。一个穿红衣服的小伙子跑步向西边去了。接着就从西面走来了那一位挺着大肚子的中年妇女，跟在后面距离不太远的是那一位寡居的教授夫人。这些人都是我天天早上必先见到的人物，今天也不例外。一恍神，我好像根本没有离开过这里。在医院里的四十六天，好像是在宇宙间根本没有存在过，在时间上等于一个零。

等到天光大亮的时候，我仔细观察我的季荷。此时，绿盖满塘，浓碧盈空，看了令人精神为之一振。“心有灵犀一点通”，中国人是相信人心是能相通的。我现在却相信，荷花也是有灵魂的，它与人心也能相通的。我的荷花掐指一算，我今年当有新生之喜；于是憋足了劲儿要大开一番，以示庆祝。第一朵花正开在我的窗前，是想给我一个信号。孤零零的一大朵红花，朝开夜合，确实带给了我极大的欢悦。可是荷花万没有想到，连我自己都没有想到嘛，我突然住进了医院。听北大到医院来看我的人说，荷花先是一朵，后是几朵，再后是十几朵，几十朵，上百朵，超过一百朵，开得盈塘盈池，红光照亮了朗润园，成了燕园中一道亮丽的风景线。可惜我在医院里不能亲自欣赏，只有躺在那里玄想了。

我把眼再略微抬高了一点，看到荷塘对岸的万众楼，依然雕梁画栋，金碧辉煌。楼名是我题写的。因为楼是西向的，我记得过去只有在夕阳返照中才能看清楚那三个金光闪闪的大字。今天，朝阳从楼后升起，楼前当然是黑的；但不知什么东西把阳光反射了回去，那三个大字正处在光环中，依然金光闪闪。这是极细微的小事，但是，我坐在这里却感到有无穷的逸趣。

与万众楼隔塘对峙是一座小山，出我的楼门，左拐走十余步就能走到。记得若干年前，一到深秋，山上的树丛叶子颜色一变，地上的草一露枯黄相，就给人以萧瑟凄清的感觉，这正是悲秋的最佳时刻。后来栽上了丰花月季，据说一年能开花 10 个月。前几年，一个初冬，忽然下起了一场大雪。小山上的树枝都变成了赤条条毫无牵挂。长在地上的东西都被覆盖在一片茫茫的白色之下。令我吃惊的是，我瞥见一枝月季，从雪中挺出，顶端开着一朵小花，鲜红浓艳，傲雪独立。它仿佛带给我了灵感，带给我了活力，带给我了无穷无尽的希望。我一时狂欢不能自禁。

小山上，树木丛杂，野草遍地，是鸟类的天堂。当前全世界人口爆炸，人与鸟兽争夺生存空间。燕园这一大片地带，如果从空中下看的话，一定是一片浓绿，正是鸟类所垂青的地方。因此，这里的鸟类相对来说是比较多的。每天早晨，最先出现的往往是几只喜鹊，在山上、塘边、树枝间跳来跳去，兴高采烈。接着出场的是成群的灰喜鹊，也是在树枝间蹦蹦跳跳，兴高采烈。到了春天，当然会有成群的燕子飞来助兴。此时，啄木鸟也必然飞来凑趣，把古树敲得砰砰作响，好像要给这一场万籁齐鸣的音乐会敲起鼓点儿。空中又响起了布谷鸟清脆的鸣声，由远到近，又由近到远，终于消逝在天空中。我感到遗憾的是，以前每天都看到乌鸦从城里飞向远郊，成百上千，黑压压一片。今天则片影无存了。我又遗憾见不到多少麻雀。20 世纪 50 年代被某一个人无端定为四害之一的麻雀，曾被全国人民群起而攻之，酿成了举世闻名的闹剧。现在则濒于灭绝。在小山上偶尔见到几只，灰头土脑，然而却惊为奇宝了。

幼时读唐诗，读了“西塞山前白鹭飞”“两个黄鹂鸣翠柳，一行白鹭上青天”，曾向往白鹭青天的境界，只是没有亲眼看见过。一直到 1951 年访问印度，曾在从加尔各答乘车到国际大学的路上，在一片浓绿的树木和荷塘上面的天空里，才第一次看到白鹭上青天的情景，顾而乐之。第二次见到白鹭是在前几年游广东佛山的时候。在一片大湖的颇为遥远的对岸上，绿树成林，树上都开着白色的大花朵。最初我真以为是花。然而不久却发现，有的花朵竟然飞动起来，才知道不是花朵而是白鸟。我又顾而乐之。其实就在我入医院前不久，我曾瞥见一只白鸟从远处飞来，一头扎进荷叶丛中，不知道在里面鼓捣了些什么，过了许久，又从另一个地方飞出荷叶丛，直上青天，转瞬就消逝得无影无踪了。我难道能不顾而乐之吗？

现在我仍然枯坐在临窗的书桌旁边，时间是回家的第二天早上。我的身子确实没有挪窝儿，但是思想却是活跃异常。我想到过去，想到眼前，又想到未来，甚至神驰万里想到了印度。时序虽已是深秋，但是我的心中却仍是春意盎然。我眼前所看到的，脑海里所想到的东西，无一不笼罩上一团玫瑰般的嫣红，无一不闪出耀眼的光芒。记得小时候常见到贴在大门上的一副对联：“万物静观皆自得，四时佳兴与人同。”现在朗润园中的万物，鸟兽虫鱼，花草树木，无不自得其乐。连这里的天都似乎特别蓝，水都似乎特别清。眼睛所到之处，无不令我心旷神怡；思想所到之处，无不令我逸兴遄飞。我真觉得，大自然特别可爱，生命特别可爱，人类特别可爱，一切有生无生之物特别可爱，祖国特别可爱，宇宙万物无有不可爱者。欢喜充满了三千大千世界。

现在我十分清醒地意识到，我是带着捡回来的新生回家来了。

我的家是一个温馨的家。

2002 年 10 月 14 日

“三进宫”

有道是“天有不测风云，人有旦夕祸福”。阴差阳错，不知是哪一路神灵规定了 2001~2002 年是我的患病年。对三〇一医院来说，我已经唱过一次“二进宫”，现在又“三进宫”了。

这一次“进宫”，同“二进宫”一样，是属于抢救性质的。但是，抢救的是什么病，学说则颇多。有人说是小中风。我虽然没有中过风，但我对此说并不相信。

要想把事情的原委说明白，话必须从 2002 年 11 月 23 日说起。在那一天之前，我一切正常。晚饭时吃了一大碗凉拌大白菜心。当时就觉得吃得过了量；但因为嘴馋，还是吃了下去。吃完看电视新闻时，突然感到浑身发冷，仿佛掉进了冰窟窿里一样，身体抖个不停，上下牙关互相撞击，铿锵有声。身边的人赶快把我抱到床上。在迷迷糊糊中，我听到校医院的保健大夫来了，另外还来了几位大夫，我就说不清楚究竟是谁了。

第二天，也就是 11 月 24 日，一整天躺在床上，水米不曾沾牙。25 日，有好转，但仍然不能吃东西。26 日，大有好转。新江送来俄罗斯学者 Litvinsky（李特文斯基）的《东土耳其斯坦佛教史》，这无异于雪中送炭，我顺便翻阅了几页。27 日，我的学生刘波特别从西藏请来了一位活佛，为我念咒祈福。对此，我除了感谢刘波的真挚的师生情谊之外，不敢赞一辞。刘波坐在我身边，再三说：“你的身体没有问题！”他的话后来兑了现，否则我连这篇《“三进宫”》也写不成了。当天我的情况很好。但是，到了28日，情况突变。于是玉洁和杨锐，又同“二进宫”一样，硬是把我裹挟到了三〇一医院。有了两次“进宫”的经历，我在这里已经成了熟人。一进门，二话没说，就进行抢救。我此时高烧三十九度四，对一个九十多岁的老人来说，这是相当高的高烧。我迷迷糊糊，只看到屋子里人很多，有人拿来冰枕，还有人拿来什么，我就感觉不到了。后来听说，是注射了一针值一千多元的药水，这大概起了作用，在短短的四五个小时之内，温度就降到了三十六度多，基本上正常了。抢救于是胜利结束。

我被安排在南楼三楼十五号病房中。主治大夫是张晓英、段留法、朱兵，护士长是邢云片，责任组长是赵桂景，看护勇琴歌。在以后一个月多一点的时间内，同我打交道的基本上就是这些人。

住进来的目的，据说是为了观察。我想，观察我几天，如果没有重大问题，我就可以打道回府了。可是事实上却不是这样，进房间的第二天就开始输液，有人信口称之为吊瓶子。输液每天三次：上午一次，下午一次，晚上八点钟以后一次。在平常日子，我不久就要上床睡觉了，现在却开始输液，有时候一直输到十点。最初，我还以为晚上输液只是偶一为之，到了晚上还向护士小姐打听输不输液，意思是盼望躲过一次。后来才知道，每晚必输，打听也白搭了，我就听之任之。

我现在几乎完全是被动的。没有哪一个大夫告诉我，我究竟患的是什么病。这绝不是大夫的怠慢或者懒惰。经过短期的观察，我认为我的三位主治大夫，同大多数的三〇一医院的大夫一样，在医德、医术、医风三个方面水平确是高的。但是，为什么对我实行的“政策”却好像是“病人可使由之，不可使知之”呢？是不是因为知之了以后，不利于疾病的治疗呢？不管怎样，他们的善意我是绝对相信的。我现在唯一合理的做法就是老老实实接受大夫的治疗，不应该胡思乱想。

但是，这并不容易。有输液经验的人都知道，带着针头的那一只手是不能随便乱动的。一不小心，针头错了位，就可能出问题。试想，一只手，以同样的姿势，一动不动地摆在床边上，半小时，能忍受；一个小时，甚至也能忍受。但是，一超过一小时，就会觉得手酸臂痛，难以忍受了。再抬眼看上面架子上吊的装药水的瓶子，还有些药水没有滴完。此时自己心中的滋味真正是不足为外人道也。只有一次，瓶子吊上，针头扎上，我随即蒙眬睡去，等我醒来时，瓶子里的药水刚好滴完，手没有酸，臂没有痛，而竟过了一天，十分满意。可惜这样的经验后来再没有过。我也只有听之任之了。

我自己也想出了一些排遣的办法，比如背诵过去背过的古代诗、词和古文。最初还起点作用，后来逐渐觉得乏味，就不再背诵了。

但是，我总得想些办法来排遣那些万般无奈的输液时间。药水放在上面吊的瓶子中，下面有一条长管把药水输入我的体内，长管中间有一个类似中转站的构件，一个小长方盒似的玻璃盒；在这里面，上面流下来的药水一滴一滴地滴入下面的管子内，再输流下来。在小方盒内，一滴药水就像是一颗珍珠，有时还闪出耀目的光芒。我无端想起了李义山的诗，“沧海月明珠有泪”。其间不能说没有一点联系。

有一回，针头扎在右手上，只许规规矩矩，不许乱说乱动。正在十分无聊之际，耳边忽然隐约响起了京剧《空城计》诸葛亮在城门楼上那一段有名的唱腔。马连良、谭富英、高庆奎、杨宝森、奚啸伯等著名的须生，大概都唱过《空城计》。我对京剧有点欣赏水平，但并不高。几个大家之间当然会有区别的，我也略能辨识一二。但是，估计唱词是会相同的。此时在我耳边回荡的不是诸葛亮的全部唱词，而只是其中几句：“先帝爷，下南阳，御驾三聘；算就了，汉家业，鼎足三分。”这与我当前的处境毫无联系。为什么单单是这几句唱词在我耳边回荡，我自己也说不清楚。既然事实是这样，我也只有这样写了。

又有一次，在输液时，耳边忽然回荡起俄罗斯《伏尔加船夫曲》的旋律，我已经几十年没有听这首我特别喜爱的歌曲了。胡为乎来哉！我却真是大喜过望，沉醉在我自己幻想的旋律中，久久不停。我又浮想联翩，上下五千年，纵横十万里，无边无际地幻想起来。我想到俄罗斯这个民族确实有点令人难解。它一半在欧洲，一半在亚洲，论文化渊源，应该属于欧洲体系。然而同欧洲又有所不同。它在历史上崭露头角，时间并不长，却是一出台就光彩夺目。彼得大帝就不像一个平常的人。在他以后的一二百年内，俄罗斯出了多少伟大的文学家、艺术家、科学家等等。像门捷列夫那样的化学家，欧洲就几乎没有人能同他媲美的。谈到文学，专以长篇小说而论。我们都很熟悉的法国和英国那几部大名垂宇宙的长篇小说，一提到它们，大家大都赞不绝口。但是，倘若仔细推敲起来，它们却像花木店里陈列的盆景，精心修剪，玲珑剔透，颇能招人喜爱。如果再仔细观察思考，却难免有 superficial 之感。回头再看俄罗斯的几部长篇小说，托尔斯泰的《战争与和平》固无论矣。即以陀思妥耶夫斯基的几部长篇而论，一谈起来，读者就像钻进了原始大森林，枝柯蔽天，蔓藤周匝；没有一点人工的痕迹，却令人感到有一种巨大的原始活力腾涌其中，令人气短，又令人鼓舞。这与法英的长篇小说形成了鲜明的对比。音乐方面，俄罗斯和西方的差异更为显著。不管是民歌，还是音乐家的其他创作，歌声一起，就给人以沉郁顿挫之感。这一首《伏尔加船夫曲》可以作为代表。我幻想中的旋律给了我极大的愉快，使我暂时忘记了输液的麻烦。

我自己很清楚，吊瓶输液是治病必不可少的手段。但是，吊得一多，心里的怪话就蠢蠢欲动。最后掠寻李后主写了两句词：

春花秋月何时了？

吊瓶知多少。

这诗谑而不虐，毫无恶意。我对三位老中青主治大夫十分尊敬，他们的话我都认真遵守，决不怠慢。

大家都知道，三〇一医院是人民解放军的总医院，院长、政委、副院长统统由将军担任。医院的规模极大，机构繁多，人员充实；内外科别，应有尽有。设备之先进、之周全，国内罕有其匹。这样一个庞大的医德、医术、医风三高的医疗机构，在几位将军院长的领导下，在全体医护人员和勤杂人员的真诚无私的配合下，一年一天也不间断地运作着，有条不紊，一丝不苟，令行禁止，雷厉风行，为成千上万的广大的军民群众救死扶伤，从而赢得了广泛的赞誉。在我三次"进宫"长达一百天的停留中，我真感到，能在这里工作是光荣的，是幸福的。能在这里做一名病人，也是光荣的，也是幸福的。

我已经九十二岁了。全身部件都已老化，这里有点酸，那里有点痛，可以说是正常的。有时候我漫不经心地流露出一点来，然而说者无心，听者有意，这瞒不了全心全意为病人服务的三位主治大夫。有一天，我偶尔谈到，我的牙在口腔内常常咬右边的腮帮子；到了医院以后，并没有专门去治，不知怎样一来，反而好了，不咬了。正如上面所说的，言者无心，听者有意。不知是哪一位大夫听到了"牙"字，认为我的牙有点问题，立即安排轮椅，把我送到牙科主任大夫的手术室中。那一位女大夫仔仔细细检查了我的牙齿，并立即进行补治，把没有必要的尖儿磨掉，用的时间相当久。旁边坐着一位魁梧的军人，可能是一位将军，在等候治疗。我占了这么多时间，感到有点内疚。又有一次我谈到便秘和外痔，不到一个小时，就来了一位泌尿科的大夫，给我检查有关的部位。所有这一切都让我既感动又不安。

从此以后，我学得乖了一点，我决不再说身上这里痛那里酸。大夫和病人从而相安无事。偶尔还吊一次瓶子，但这已是比较罕见的事，我再没有“春花秋月何时了？”这样的牢骚了。

时间早已越过了十二月，向岁末逼近了。我觉得自己的身体已经恢复得差不多了。我常把自己的身体比作一只用过了九十二年的老表，怀表和手表都一样。九十二年不是一个短时期，表的部件都早已老化。现在进了医院，大夫给除去了油泥，擦上了润滑油，这些老化的部件又能比较顺畅地运作起来。但是，所有这一切都只能治标。怎样治本呢？治本我认为就是返老还童，那是根本做不到的事情。世界上万事万物都不能返老还童。可是根据我的观察，我的三位主治大夫目前的努力方向正是这一件根本做不到的事情。他们想把我身上的大小病痛统统除掉，还我一个十全十美的健全的体格。这情况，我看在眼中，感在心中，使我激动得无话可说。

但是，我想回家。病已经治得差不多了，2002 年即将结束。我不愿意尝“一年将尽夜，万里未归人”的滋味。虽然不是“万里”，但究竟不在家中，我愿意在家里过年。况且家中不知已积压了多少工作等待我去处理。我想出院，心急如焚。张大夫告诉我，我出院必须由我七十年前的老学生、三〇一医院的老院长牟善初批准，牟早已离休，不管这些事了；但是，对于我他却非管不行。为此我曾写过两封信，但都没有递交本人。有一天，张大夫告诉我，两天后我可以出院了。心中大喜。但是，过了不久，张大夫又告诉我，牟院长不同意，我只好收回喜悦，潜心静候。实际上，善初的用意同张大夫一样，是希望我多住几天，需要检查的地方都去检查一下，最后以一个健康人的姿态走出医院。这一切都使我激动而且感动。一直到 2002 年 12 月 31 日下午我才离开了三〇一，完成了“三进宫”。

我国有十三亿人口，但是三〇一只有一所。能住进普通病房，已属不易。像我这样一个文职人员竟能住进南楼，权充首长，也许只有我这一份儿。其困难程度可想而知。我可是万万没有想到，想离开这里比进来还要难上加难。原因完全是善意的，已如上述。

写到这里，我的“三进宫”算是唱完了。不管我是多么怀念三〇一，不管我是怎样感激三〇一，不管我是多么想念那里的男女老少朋友们，我也不想像前三次“进宫”那样再来一次“四进宫”。

笑着走

走者，离开这个世界之谓也。赵朴初老先生，在他生前曾对我说过一些预言式的话。比如，1986 年，朴老和我奉命陪班禅大师乘空军专机赴尼泊尔公干。专机机场在大机场的后面。当我同李玉洁女士走进专机候机大厅时，朴老对他的夫人说："这两个人是一股气。"后来又听说，朴老说：别人都是哭着走，独独季羡林是笑着走。这一句话给我留下了很深的印象。我认为，他是十分了解我的。

现在就来分析一下我对这一句话的看法。应该分两个层次来分析：逻辑分析和思想感情分析。

先谈逻辑分析。

江淹的《恨赋》最后两句是："自古皆有死，莫不饮恨而吞声。"第一句话是说，死是不可避免的。对待不可避免的事情，最聪明的办法是，以不可避视之，然后随遇而安，甚至逆来顺受，使不可避免的危害性降至最低点。如果对生死之类的不可避免性进行挑战，则必然遇大灾难。"服食求神仙，多为药所误。"秦皇、汉武、唐宗等等是典型的例子。既然非走不行，哭又有什么意义呢？反不如笑着走更使自己洒脱满意愉快。这个道理并不深奥，一说就明白的。我想把江淹的文章改一下：既然自古皆有死，何必饮恨而吞声呢？

总之，从逻辑上来分析，达到了上面的认识，我能笑着走，是不成问题的。

但是，人不仅有逻辑，还有思想感情。逻辑上能想得通的，思想感情上未必能接受。而且思想感情的特点是变动不居。一时冲动，往往是靠不住的。因此，想在思想感情上承认自己能笑着走，必须有长期的磨炼。

在这里，我想，我必须讲几句关于赵朴老的话。不是介绍朴老这个人。“天下谁人不识君”，朴老是用不着介绍的。我想讲的是朴老的“特异功能”。很多人都知道，朴老一生吃素，不近女色，他有特异功能是理所当然的。他是虔诚的佛教徒，一生不妄言。他说我会笑着走，我是深信不疑的。

我虽然已经九十五岁，但自觉现在讨论走的问题，为时尚早。再过十年，庶几近之。

2006年3月19日

第二辑　流年碎影

寸草心

小引

我已至望九之年，在这漫长的生命中，亲属先我而去的，人数颇多。俗话说："死人生活在活人的记忆里。"先走的亲属当然就活在我的记忆里。越是年老，想到他们的次数越多。想得最厉害的偏偏是几位妇女。因为我是一个激烈的女权卫护者吗？不是的。那么究竟原因何在呢？我说不清。反正事实就是这样，我只能说是因缘和合了。

我在下面依次讲四位妇女。前三位属于"寸草心"的范畴，最后一位算是借了光。

大奶奶

我的上一辈，大排行，共十一位兄弟。老大、老二，我叫他们"大大爷""二大爷"，是同父同母所生。父亲是个举人，做过一任教谕，官阶未必入流，却是我们庄最高的功名、最大的官，因此家中颇为富有。兄弟俩分家，每人还各得地五六十亩。后来被划为富农。老三、老四、老五、老六、老八、老十，我从未见过，他们父母生身情况不清楚，因家贫遭灾，闯了关东，黄鹤一去不复归矣。老七、老九、老十一，是同父同母所生，老七是我父亲。从小父母双亡，我从来没有见过我的祖父母。贫无立锥之地，十一叔送给了别人，改了姓。九叔也万般无奈被迫背井离乡，流落济南，好歹算是在那里立定了脚跟。我六岁离家，投奔的就是九叔。

所谓“大奶奶”，就是举人的妻子。大大爷生过一个儿子，也就是说，大奶奶有过一个孙子。可惜在娶妻生子后就夭亡了。我从来没有见过他。因此，在我上一辈十一人的子嗣中，男孩子只有我这一个独根独苗。在旧社会“不孝有三，无后为大”的环境中，我成了家中的宝贝，自是意中事。可能还有一些别的原因，在我六岁离家之前，我就成了大奶奶的心头肉，一天不见也不行。

我们家住在村外，大奶奶住在村内。有很长一段时间，我每天早晨一睁眼，滚下土炕，一溜烟就跑到村内，一头扑到大奶奶怀里。只见她把手缩进非常宽大的袖筒里，不知从什么地方拿出半个或一整个白面馒头，递给我。当时吃白面馒头叫作吃“白的”，全村能每天吃“白的”的人，屈指可数，大奶奶是其中一个，季家全家是唯一的一个。对我这个连“黄的”（指小米面和玉米面）都吃不到，只能凑合着吃“红的”（红高粱面）的小孩子，“白的”简直就像是龙肝凤髓，是我一天望眼欲穿地最希望享受到的。

按年龄推算起来，从能跑路到离开家，大约是从三岁到六岁，是我每天必见大奶奶的时期，也是我一生最难忘怀的一段生活。我的记忆中往往闪出一株大柳树的影子。大奶奶弥勒佛似的端坐在一把奇大的椅子上。她身躯胖大，据说食量很大。有一次，家人给她炖了一锅肉。她问家里的人：“肉炖好了没有？给我盛一碗拿两个馒头来，我尝尝！”食量可见一斑。可惜我现在怎么样也挖不出吃肉的回忆。我不会没吃过的。大概我的最高愿望也不过是吃点“白的”，超过这个标准，对我就如云天渺茫，连回忆都没有了。

可是我终于离开了大奶奶。以古稀或耄耋的高龄失掉我这块心头肉，大奶奶内心的悲伤完全可以想象。“可怜小儿女，不解忆长安。”我只有六岁，稍有点不安，转眼就忘了。我第一次从济南回家的时候，是送大奶奶入土的。从此我就永远失掉了大奶奶。

大奶奶永远活在我的记忆中。

我的母亲

我是一个最爱母亲的人，却又是一个享受母爱最少的人。我六岁离开母亲，以后有两次短暂的会面，都是由于回家奔丧，最后一次是分离八年以后，又回家奔丧。这次奔的却是母亲的丧。回到老家，母亲已经躺在棺材里，连遗容都没能见上。从此，人天永隔，连回忆里母亲的面影都变得迷离模糊，连在梦中都见不到母亲的真面目了。这样的梦，我生平不知已有多少次。直到耄耋之年，我仍然频频梦到面目不清的母亲，总是老泪纵横，哭着醒来。就享受母亲的爱来说，我注定是一个永恒的悲剧人物了。奈之何哉！奈之何哉！

关于母亲，我已经写了很多，这里不想再重复。我只想写一件我绝不相信其为真而又热切希望其为真的小事。

在清华大学念书时，母亲突然去世。我从北平赶回济南，又赶回清平，送母亲入土。我回到家里，看到的只是一个黑棺材，母亲的面容再也看不到了。有一天夜里，我正睡在里间的土炕上，一叔陪着我。中间隔一片枣树林的对门的宁大叔，径直走进屋内，绕过母亲的棺材，走到里屋炕前，把我叫醒，说他的老婆宁大婶"撞客"了——我们那里把鬼附人体叫作"撞客"——撞的客就是我母亲。我大吃一惊，一骨碌爬起来，跌跌撞撞，跟着宁大叔，穿过枣林，来到他家。宁大婶坐在炕上，闭着眼睛，嘴里却不停地说着话，不是她说话，而是我母亲。一见我（毋宁说是一"听到我"，因为她没有睁眼)，就抓住我的手，说："儿啊！你让娘想得好苦呀！离家八年，也不回来看看我。你知道，娘心里是什么滋味呀！"如此刺刺不休，说个不停。我仿佛当头挨了一棒，懵懵懂懂，不知所措。按理说，听到母亲的声音，我应当号啕大哭。然而，我没有，我似乎又清醒过来。我在潜意识中，连续问着自己：这是可能的吗？这是真事吗？我心里酸甜苦辣，搅成了一锅酱。我对“母亲”说：“娘啊！你不该来找宁大婶呀！你不该麻烦宁大婶呀！”我自己的声音传到我自己的耳朵里，一片空虚，一片淡漠。然而，我又不能不这样，我的那一点“科学”起了支配的作用。“母亲”连声说：“是啊！是啊！我要走了。”于是宁大婶睁开了眼睛，木然、愣然坐在土炕上。我回到自己家里，看到母亲的棺材，伏在土炕上，一直哭到天明。

我不能相信这是真的，但是希望它是真的。倚闾望子，望了八年，终于“看”到了自己心爱的独子，对母亲来说不也是一种安慰吗？但这是多么渺茫，多么神奇的一种安慰呀！

母亲永远活在我的记忆里。

我的婶母

这里指的是我九叔续弦的夫人。第一位夫人，虽然是把我抚养大的，我应当感谢她，但是，留给我的却不都是愉快的回忆。我写不出什么文章。

这一位续弦的婶母，是在 1935 年夏天，我离开济南以后才同叔父结婚的，我并没见过她。到了德国写家信，虽然“敬禀者”的对象中也有“婶母”这个称呼，却对我来说是一个空洞的概念，一直到 1947 年，也就是说十二年以后，我从北平乘飞机回济南，才把概念同真人对上了号。

婶母（后来我们家里称她为“老祖”）是绝顶聪明的人，也是一个有个性、有脾气的人。我初回到家，她是斜着眼睛看我的。这也难怪，结婚十几年了，忽然凭空冒出来了一个侄子。“他是什么人呢？好人？坏人？好不好对付？”她似乎有这样多问号。这是人之常情，不能怪她。

我却对她非常尊敬。她不是个一般的人。在我离家十二年期间，我在欧洲经历了第二次世界大战，她在国内经历了日军占领和抗日战争。我是亲老、家贫、子幼，可是鞭长莫及。有五六年，音讯不通。上有老，下有小，叔父脾气又极暴烈，甚至有点乖戾，极难侍奉。有时候，经济没有来源，全靠她一个人支撑。她摆过烟摊；到小市上去卖衣服家具；在日军刺刀下去领混合面；骑着马到济南南乡里去勘查田地，充当地牙子，赚点钱供家用；靠自己幼时所学的中医知识，给人看病。她以“少妻”的身份，对付难以对付的“老夫”。她的苦心至今还催我下泪。在这万分艰苦的情况下，她没让孙女和孙子失学，把他们抚养成人。总之，一句话，如果没有老祖，我们的家早就完了。我回到家里来恐怕也只能看到一座空房，妻离子散，叔父归天。

我自认还不是一个浑人。我极重感情，决不忘恩。老祖的所作所为，我看到眼里，记在心中。回北平以后，给她写了一封长信，称她为“老季家的功臣”。听说，她很高兴。见了自己的娘家人，详细通报。从此，她再也不斜着眼睛看我了，我们两人之间的关系十分融洽，互相尊重。我们全家都尊敬她，热爱她，“老祖”这一个朴素简明的称号，就能代表我们全家人的心。

叔父去世以后，老祖同我的妻子彭德华从济南迁来北京。我们一起生活了将近三十年，从没有半点龃龉，总是你尊我敬。自从我六岁到济南以后，六七十年来，我们家从来没有吵过架，这是极为难得的。我看进入吉尼斯世界纪录，也不为过。老祖到我们家以后，我们能这样和睦，主要归功于她和德华二人，我在其中起的作用，微乎其微。以八十多的高龄，老祖身体健康，精神愉快，操持家务，全都靠她。我们只请了做小时工的保姆。老祖天天背着一个大黑布包，出去采买食品菜蔬，成为朗润园的美谈。老祖是非常满意的，告诉自己的娘家人说：“这一家子都是很孝顺的。”可见她晚年心情之一斑。我个人也是非常满意的，我安享了二三十年的清福。老祖以九十岁的高龄离开人世。我想她是含笑离开的。

老祖永远活在我的记忆里。

1995 年 6 月 24 日

我的妻子

我在上面说过：德华不应该属于“寸草心”的范畴。她借了光，人世间借光的事情也是常有的。

我因为是季家的独根独苗，身上负有传宗接代的重大任务，所以十八岁就结了婚。父母之命，媒妁之言，自不在话下。德华长我四岁。对我们家来说，她真正做到了“毫不利己，专门利人”，一辈子勤勤恳恳，有时候还要含辛茹苦。上有公婆，下有稚子幼女，丈夫十几年不在家。公公又极难侍候，家里又穷，经济朝不保夕。在这些年，她究竟受了多少苦，她只是偶尔对我流露一点，我实在说不清楚。

德华天资不是太高，只念过小学，大概能认千八百字。当我念小学的时候，我曾偷偷地看过许多旧小说，什么《西游记》《封神演义》《彭公案》《施公案》《济公传》《七侠五义》《小五义》等等都看过。当时这些书对我来说是“禁书”，叔叔称之为“闲书”。看“闲书”是大罪状，是绝对不允许的。但是，不但我，连叔父的女儿秋妹都偷偷地看过不少。她把小说中常见的词儿“飞檐走壁”念成“飞胆（膽）走壁”，一时传为笑柄。可是，德华一辈子也没有看过任何一部小说，别的书更谈不上了。她没有给我写过一封信，她根本拿不起笔来。到了晚年，连早年能认的千八百字也都大半还给了老师，剩下的不太多了。因此，她对我一辈子搞的这一套玩意儿根本不知道是什么东西，有什么意义，她似乎从来也没有想知道过。在这方面，我们俩毫无共同的语言。

在文化方面，她就是这个样子。然而，在道德方面，她却是超一流的。上对公婆，她真正尽上了孝道；下对子女，她真正做到了慈母应做的一切；中对丈夫，她绝对忠诚，绝对服从，绝对爱护。她是一个极为难得的孝顺媳妇，贤妻良母。她对待任何人都是忠厚诚恳，从来没有说过半句闲话。她不会撒谎，我敢保证，她一辈子没有说过半句谎话。如果中国将来要修《二十几史》，而其中又有什么“妇女列传”或“闺秀列传”的话，她应该榜上有名。

1962 年，老祖同德华从济南搬到北京来，我过单身汉生活数十年，现在总算是有了一个家。这也是德华一生的黄金时期，也是我一生最幸福的时候。我们家里和睦相处，你尊我让，从来没有吵过嘴。有时候家人朋友团聚，食前方丈，杯盘满桌，烹饪往往由她们二人主厨。饭菜上桌，众人狼吞虎咽，她们俩却往往是坐在一旁，笑眯眯地看着我们吃，脸上流露出极为怡悦的表情。对这样的家庭，一切赞誉之词都是无用的，都会黯然失色的。

我活到了八十多，参透了人生真谛。人生无常，无法抗御。我在极端的快乐中，往往心头闪过一丝暗影：天下无不散的筵席。我们家这一出十分美满的戏，早晚会有煞戏的时候。果然，老祖先走了。去年德华又走了。她也已活到超过米寿，她可以瞑目了。

德华永远活在我的记忆里。

1995 年 7 月

寻 梦

夜里梦到母亲，我哭着醒来。醒来再想捉住这梦的时候，梦却早不知道飞到什么地方去了。

我瞪大了眼睛看着黑暗，一直看到只觉得自己的眼睛在发亮。眼前飞动着梦的碎片，但当我想把这些梦的碎片捉起来凑成一个整体的时候，连碎片也不知道飞到什么地方去了。眼前剩下的就只有母亲依稀的面影……

在梦里向我走来的就是这面影。我只记得，当这面影才出现的时候，四周灰蒙蒙的，母亲仿佛从云堆里走下来。脸上的表情同平常有点不一样，像笑，又像哭。但终于向我走来了。

我是在什么地方呢？连我自己也有点弄不清楚。最初我觉得自己是在现在住的屋子里。母亲就这样一推屋角上的小门，走了进来。橘黄色的电灯罩的穗子就罩在母亲头上。于是我又想了开去，想到哥廷根的全城：我每天去上课走过的两旁有粗得惊人的橡树的古旧的城墙，斑驳陆离的灰黑色的老教堂，教堂顶上的高得有点古怪的尖塔，尖塔上面的晴空。

然而，我的眼前一闪，立刻闪出一片芦苇，芦苇的稀薄处还隐隐约约地射出了水的清光。这是故乡里屋后面的大苇坑。于是我立刻觉到，不但我自己是在这苇坑的边上，连母亲的面影也是在这苇坑的边上向我走来了。我又想到，当我童年还没有离开故乡的时候，每个夏天的早晨，天还没亮，我就起来，沿了这苇坑走去，很小心地向水里面看着。当我看到暗黑的水面下有什么东西在发着白亮的时候，我伸下手去一摸，是一只白而且大的鸭蛋。我写不出当时快乐的心情。这时再抬头看，往往可以看到对岸空地里的大杨树顶上正有一抹淡红的朝阳——两年前的一个秋天，母亲就静卧在这杨树的下面，永远地，永远地。现在又在靠近杨树的坑旁看到她生前八年没见面的儿子了。

但随了这苇坑闪出的却是一枝白色灯笼似的小花，而且就在母亲的手里。我真想不出故乡里什么地方有过这样的花。我终于又想了回来，想到哥廷根，想到现在住的屋子，屋子正中的桌子上两天前房东曾给摆上这样一瓶花。那么，母亲毕竟是到哥廷根来过了，梦里的我也毕竟在哥廷根见过母亲了。

想来想去，眼前的影子渐渐乱了起来。教堂尖塔的影子套上了故乡的大苇坑。在这不远的后面又现出一朵朵灯笼似的白花。在这一些的前面若隐若现的是母亲的面影。我终于也不知道究竟在什么地方看到母亲了。我努力压住思绪，使自己的心静了下来，窗外立刻传来潺潺的雨声，枕上也觉得微微有寒意。我起来拉开窗幔，一缕清光透进来。我向外怅望，希望发现母亲的足踪。但看到的却是每天看到的那一排窗户，现在都沉在静寂中，里面的梦该是甜蜜的吧！

但我的梦却早飞得连影儿都没有了，只在心头有一线白色的微痕，蜿蜒出去，从这异域的小城一直到故乡大杨树下母亲的墓边；还在暗暗地替母亲担着心：这样的雨夜怎能跋涉这样长的路来看自己的儿子呢？此外，眼前只是一片空蒙，什么东西也看不到了。

天哪！连一个清清楚楚的梦都不给我吗？我怅望灰天，在泪光里，幻出母亲的面影。

1936 年 7 月 11 日于哥廷根

怀念母亲

我一生有两个母亲：一个是生我的那个母亲，一个是我的祖国母亲。我对这两个母亲怀着同样崇高的敬意和同样真挚的爱慕。

我六岁离开我的生母，到城里去住。中间曾回故乡两次，都是奔丧，只在母亲身边待了几天，仍然回到城里。最后一别八年，在我读大学二年级的时候，母亲弃养，只活了四十多岁。我痛哭了几天，食不下咽，寝不安席。我真想随母亲于地下。我的愿望没能实现。从此我就成了没有母亲的孤儿。一个缺少母爱的孩子，是灵魂不全的人。我怀着不全的灵魂，抱终天之恨。一想到母亲，就泪流不止，数十年如一日。如今到了德国，来到哥廷根这一座孤寂的小城，不知道是为什么，母亲频来入梦。

我的祖国母亲，我这是第一次离开她。离开的时间只有短短几个月，不知道是为什么，我这个母亲也频来入梦。

为了保存当时真实的感情，避免用今天的情感篡改当时的感情，我现在不加叙述，不作描绘，只从初到哥廷根的日记中摘抄几段：

1935 年 11 月 16 日

不久外面就黑起来了。我觉得这黄昏的时候最有意思。我不开灯，只沉默地站在窗前，看暗夜渐渐织上天空，织上对面的屋顶。一切都沉在朦胧的薄暗中。我的心往往在沉静到不能再沉静的氛围里，活动起来。这活动是轻微的，我简直不知道有这样的活动。我想到故乡，故乡里的老朋友，心里有点酸酸的，有点凄凉。然而这凄凉却并不同普通的凄凉一样，是甜蜜的，浓浓的，有说不出的味道，浓浓地糊在心头。

11月18日

从好几天以前，房东太太就向我说，她的儿子今天从学校回家来，她高兴得不得了……但儿子一直不来，她的神色有点沮丧。她又说，晚上还有一趟车，说不定他会来的。我看了她的神气，想到自己的在故乡地下卧着的母亲，我真想哭！我现在才知道，古今中外的母亲都是一样的！

11月20日

我现在还真是想家，想故国，想故国里的朋友。我有时简直想得不能忍耐。

11月28日

我仰在沙发上，听风声在窗外过路。风里夹着雨。天色阴得如黑夜。心里思潮起伏，又想到故国了。

12月6日

近几天来，心情安定多了。以前我真觉得两年太长；同时，在这里无论衣食住行哪一方面都感到不舒服，所以这二年简直似乎无论如何也忍受不下来了。

从初到哥廷根的日记里，我暂时引用这几段。实际上，类似的地方还有不少，从这几段中也可见一斑了。总之，我不想在国外待。一想到我的母亲和祖国母亲，就心潮腾涌，惶惶不可终日，留在国外的念头连影儿都没有。几个月以后，在1936年7月11日，我写了一篇散文，题目叫《寻梦》，开头一段是：

> 夜里梦到母亲，我哭着醒来。醒来再想捉住这梦的时候，梦却早不知道飞到什么地方去了。

下面描绘在梦里见到母亲的情景。最后一段是：

> 天哪！连一个清清楚楚的梦都不给我吗？我怅望灰天，在泪光里，幻出母亲的面影。

我在国内的时候，只怀念，也只有可能怀念一个母亲。现在到国外来了，在我的怀念中就增添了一个祖国母亲。这种怀念，在初到哥廷根的时候，异常强烈。以后也没有断过。对这两位母亲的怀念，一直伴随着我度过了在德国的十年，在欧洲的十一年。

我的家

我曾经有过一个温馨的家。那时候，老祖和德华都还活着，她们从济南迁来北京，我们住在一起。

老祖是我的婶母，全家都尊敬她，尊称之为老祖。她出身中医世家，人极聪明，很有心计，从小学会了一套治病的手段。有家传治白喉的秘方，治疗这种十分危险的病，十拿九稳，手到病除。因自幼丧母，没人替她操心，耽误了出嫁的黄金时刻，成了一位山东话称之为“老姑娘”的人。年近四十，才嫁给了我叔父，做续弦的妻子。她心灵中经受的痛苦之剧烈，概可想见。然而她是一个十分坚强的人，从来没有对人流露过。实际上，作为一个丧母的孤儿，又能对谁流露呢？

德华是我的老伴，是奉父母之命，通过媒妁之言同我结婚的。她只有小学水平，认了一些字，也早已还给老师了。她是一个真正善良的人，一生没有跟任何人闹过对立，发过脾气。她也是自幼丧母的，在她那堂姊妹兄弟众多的、生计十分困难的大家庭里，终日愁米愁面，当然也受过不少的苦，没有母亲这一把保护伞，有苦无处诉，她的青年时代是在愁苦中度过的。

至于我自己，我虽然不是自幼丧母，但是，六岁就离开母亲，没有母爱的滋味，我尝得透而又透。我大学还没有毕业，母亲就永远离开了我，这使我抱恨终天，成为我的“永久的悔”。我的脾气，不能说是暴躁，而是急躁。想到干什么，必须立即干成，否则就坐卧不安。我还不能说自己是个坏人，因为，除了为自己考虑外，我还能为别人考虑。我坚决反对曹操的“宁教我负天下人，休教天下人负我”。

就是这样三个人组成了一个家庭。

为什么说是一个温馨的家呢？首先是因为我们家六十年来没有吵过一次架，甚至没有红过一次脸。我想，这即使不能算是绝无仅有，也是极为难能可贵的。把这样一个家庭称之为温馨不正是恰如其分吗？其中也不是没有原因的。

我们全家都尊敬老祖，她是我们家的功臣。正当我们家经济濒于破产的时候，从天上掉下一个馅饼来：我获得一个到德国去留学的机会。我并没有什么凌云的壮志，只不过是想苦熬两年，镀上一层金，回国来好抢得一只好饭碗，如此而已。焉知两年一变而成了十一年。如果不是老祖苦苦挣扎，摆过小摊，卖过破烂，勉强让——一老，我的叔父；二中，老祖和德华；二小，我的女儿和儿子——能够有一口饭吃，才得度过灾难，否则，我们家早已家破人亡了。这样一位大大的功臣，我们焉能不尊敬呢？

如果真有“毫不利己，专门利人”的人的话，那就是老祖和德华。她们忙忙碌碌买菜、做饭，等到饭一做好，她俩却坐在旁边看着我们狼吞虎咽，自己只吃残羹剩饭。这逼得我不由不从内心深处尊敬她们。

我们曾经雇过一个从安徽来的年轻女孩子当小时工。她姓杨，我们都管她叫小杨，是一个十分温顺、诚实、少言寡语的女孩子。每天在我们家干两小时的活，天天忙得没有空闲时间。我们家的两个女主人经常在午饭的时候送给小杨一个热馒头，夹上肉菜，让她吃了当午饭，立即到别家去干活。有一次，小杨背上长了一个疮，老祖是医生，懂得其中的道理。据她说，疮长在背上，如凸了出来，这是良性的，无大妨碍。如果凹了进去，则是民间所谓的大背疮，古书上称之为疽，是能要人命的。当年范增“疽发背死”，就是这种疮。小杨患的也恰恰是这种疮。于是，小杨每天到我们家来，不是干活，而是治病，主治大夫就是老祖，德华成了助手。天天挤脓、上药，忙完整整两小时，小杨再到别家去干活。最后，奇迹出现了，过了几个月，小杨的疽完全好了。老祖始终没有告诉她这种疮的危险性。小杨离开北京回到安徽老家以后，还经常给我们来信，可见我们家这两位女主人之恩，使她毕生难忘了。

我们的家庭成员，除了“万物之灵”的人以外，还有几个并非万物之灵的猫。我们养的第一只猫，名叫虎子，脾气真像是老虎，极为暴烈。但是，对我们三个人却十分温顺，晚上经常睡在我的被子上。晚上，我一上床躺下，虎子就和另外一只名叫猫咪的猫，连忙跳上床来，争夺我脚头上那一块地盘，沉沉地压在那里。如果我半夜里醒来，觉得脚头上轻轻的，我知道，两只猫都没有来，这时我往往难再入睡。在白天，我出去散步，两只猫就跟在我后面，我上山，它们也上山；我下来，它们也跟着下来。这成为燕园中一条著名的风景线，名传遐迩。

这难道不是一个温馨的家庭吗？

然而，光阴如电光石火，转瞬即逝。到了今天，人猫俱亡，我们的家庭只剩下了我一个人，形单影只，过了一段寂寞凄苦的生活。

然而，天无绝人之路。隔了不久，我的同事，我的朋友，我的学生，了解到我的情况之后，立刻伸出了爱援之手，使我又萌生了活下去的勇气。其中有一位天天到我家来“打工”，为我操吃操穿，读信念报，招待来宾，处理杂务，不是亲属，胜似亲属。让我深深感觉到，人间毕竟是温暖的，生活毕竟是“美丽的”（我讨厌这个词儿，姑一用之）。如果没有这些友爱和帮助，我恐怕早已登上了八宝山，与人世“拜拜”了。

那些非万物之灵的家庭成员如今数目也增多了。我现在有四只纯种的从家乡带来的波斯猫，活泼、顽皮，经常挤入我的怀中，爬上我的脖子。其中一只，尊号毛毛四世的小猫，正在爬上我的脖子，被一位摄影家在不到半秒钟的时间内抢拍了一个镜头，赫然登在《人民日报》上，受到了许多人的赞扬，成为蜚声猫坛的一只世界名猫。

眼前，虽然我们家只剩下我一个孤家寡人，你难道能说这不是一个温馨的家吗？

2000年11月15日

母与子

一想到故乡，就想到一个老妇人。我自己也觉得奇怪：干皱的面纹，霜白的乱发，眼睛因为流泪多了镶着红肿的边，嘴瘪了进去。这样一张面孔，看了不是该令人很不适意的吗？为什么它总霸占住我的心呢？但是再一想到，我是在怎样的一个环境里遇到了这老妇人，便立刻知道，她不但现在霸占住我的心，而且要永远地霸占住了。

现在回忆起来，还恍如眼前的事。去年的初秋，因为母亲的死，我在火车里闷了一天，在长途汽车里又颠荡了一天以后，又回到八年没曾回过的故乡去。现在已经不能确切地记得是什么时候，只记得才到故乡的时候，树丛里还残留着一点浮翠；当我离开的时候就只有淡远的长天下一片凄凉的黄雾了。就在这浮翠里，我踏上印着自己童年游踪的土地。当我从远处看到自己的在烟云笼罩下的小村的时候，想到死去的母亲就躺在这烟云里的某一个角落里，我不能描述我的心情。像一团烈焰在心里烧着，又像严冬的厚冰积在心头。我迷惘地撞进了自己的家。在泪光里看着一切都在浮动。我更不能描述当我看到母亲的棺材时的心情。几次在梦里接受了母亲的微笑，现在微笑的人却已经睡在这木匣子里了。有谁有过同我一样的境遇么？他大概知道我的心是怎样地绞痛了。我哭，我一直哭到不知道自己是在哭。渐渐地听到四周有嘈杂的人声围绕着我，似乎都在劝解我。都叫着我的乳名，自己听了，在冰冷的心里也似乎得到了点温热。又经过了许久，我才睁开眼。看到了许多以前熟悉现在都变了但也还能认得出来的面孔。除了自己家里的大娘婶子以外，我就看到了这个老妇人：干皱的面纹，霜白的乱发，眼睛因为流泪多了镶着红肿的边，嘴瘪了进去……

她就用这瘪了进去的嘴，一凹一凹地似乎对我说着什么话。我只听到絮絮地扯不断拉不断仿佛念咒似的低声，并没有听清她对我说的什么。等到阴影渐渐地从窗外爬进来，我从窗棂里看出去，小院里也织上了一层朦胧的暗色。我似乎比以前清醒了点。看到眼前仍然挤着许多人。在阴影里，每个人摆着一张阴暗苍白的面孔，却看不到这一凹一凹的嘴了。一打听，才知道，她就是同村的算起来比我长一辈的、应该叫作大娘之流的、小时候也曾抱我玩过的一个老妇人。

以后，我过的是一种极端痛苦的日子。母亲的死使我对一切都灰心。以前也曾自己吹起过幻影：怎样在十几年的漂泊生活以后，回到故乡来，听到母亲的一声含有温热的呼唤，仿佛饮一杯甘露似的，给疲惫的心加一点生气，然后再冲到人世里去。现在这幻影终于证实了是个幻影，我现在是处在怎样一个环境里呢？寂寞冷落的屋里，墙上满布着灰尘和蛛网。正中放着一个大而黑的木匣子。这匣子装走了我的母亲，也装走了我的希望和幻影。屋外是一个用黄土堆成的墙围绕着的天井。墙上已经有了几处倾地的缺口，上面长着乱草。从缺口里看出去是另一片黄土的墙，黄土的屋顶，黄土的街道，接连着枣树林里的一片淡淡的还残留着点绿色的黄雾，枣林的上面是初秋阴沉的也有点黄色的长天。我的心也像这许多黄的东西一样地黄，也一样地阴沉。一个丢掉希望和幻影的人，不也正该丢掉生趣吗？

我的心，虽然像黄土一样地黄，却不能像黄土一样地安定。我被圈在这样一个小的天井里：天井的四周都栽满了树。榆树最多，也有桃树和梨树。每棵树上都有母亲亲自砍伐的痕迹。在给烟熏黑了的小厨房里，还有母亲没死前吃剩的半个茄子、半棵葱。吃饭用的碗筷、随时用的手巾，都印有母亲的手泽和口泽。地上的每一块砖、每一块土，母亲在活着的时候每天不知道要踏过多少次。这活着，并不邈远，一点都不，只不过是十天前。十天算是怎样短的一个时间呢？然而不管怎样短，就在十天后的现在，我却只看到母亲躺在这黑匣子里。看不到，永远也看不到母亲的身影再在榆树和桃树中间，在这砖上，在黄的墙，黄的枣林，黄的长天下游动了。

虽然白天和夜仍然交替着来，我却只觉到有夜。在白天，我有颗夜的心。在夜里，夜长，也黑，长得莫名其妙，黑得更莫名其妙，更黑的还是我的心。我枕着母亲枕过的枕头，想到母亲在这枕头上想到她儿子的时候不知道流过多少泪，现在却轮到我枕着这枕头流泪了。凄凉零乱的梦萦绕在我的四周，我睡不熟。在蒙眬里睁开眼睛，看到淡淡的月光从门缝里流进来，反射在黑漆的棺材上的清光。在黑影里，又浮起了母亲的凄冷的微笑。我的心在战栗，我渴望着天明。但夜更长，也更黑，这漫漫的长夜什么时候过去呢？我什么时候才能看到天光呢？

时间终于慢慢地走过去——白天里悲痛袭击着我，夜间里黑暗压住了我的心。想到故都学校里的校舍和朋友，恍如回望云天里的仙阙，又像捉住了一个荒诞的古代的梦。眼前仍然是一片黄土色。每天接触到的仍然是一张张阴暗灰白的面孔。他们虽然都用天真又单纯的话和举动来对我表示亲热，但他们哪能了解我这一腔的苦水呢？我感觉到寂寞。

就在这时候，这老妇人每天总到我家里来看我。仍然是干皱的面纹，霜白的乱发，眼睛镶着红肿的边，嘴瘪了进去。就用瘪了进去的嘴一凹一凹地絮絮地说着话，以前我总以为她说的不过是同别人一样的劝解我的话，因为我并没曾听清她说的什么。现在听清了，才知道从这一凹一凹的嘴里发出的并不是我想的那些话。她老向我问着外面的事情，尤其很关心地问着军队的事情。对于我母亲的死却一句也不提。我觉得很奇怪。我不明了她的用意。我在当时那种心情之下，有什么心绪同她闲扯呢？当她絮絮地扯不断拉不断地仿佛念咒似的说着话的时候，我仍然看到母亲的面影在各处飘，在榆树旁，在天井里，在墙角的阴影里。寂寞和悲哀仍然霸占住我的心。我有时也答应她一两句。她于是就絮絮地说下去，说她怎样有一个儿子，她的独子，三年前因为在家没有饭吃，偷跑了出去当兵。去年只接到了他的一封信，说是不久就要开到不知道哪里去打仗。到现在有一年没信了。留下一个媳妇和一个孩子（说着指了指偎在她身旁的一个肮脏的拖着鼻涕的小孩）。家里又穷，几年来年成又不好，媳妇时常哭……问我知道不知道他在什么地方。说着，在叹了几口气以后，晶莹的泪珠顺着干皱的面纹流下来，流过一凹一凹的嘴，落到地上去了。我知道，悲哀怎样啃着这老妇人的心。本来需要安慰的我也只好反过头来，安慰她几句，看她领着她的孙子沿着黄土的路踽踽地走去的渐渐消失的背影。

接连着几天的过午，她总领着她孙子来看我。她这孙子实在不高明，肮脏又淘气。他死死地缠住她，但是她却一点都不急躁。看着她孙子拖着鼻涕的面孔，微笑就浮在她这瘪了进去的嘴旁。拍着他，嘴里哼着催眠曲似的歌。我知道，这单纯的老妇人怎样在她孙子身上发现了她儿子。她仍然絮絮地问着我，关于外面军队里的事情。问我知道她儿子在什么地方不。我也很想在谈话间隔的时候，问她一问我母亲活着时的情形，好使我这八年不见面的渴望和悲哀的烈焰消熄一点。她却只“唔唔”两声支吾过去，仍然絮絮地扯不断拉不断地仿佛念咒似的自己低语着，说她儿子小的时候怎样淘气：有一次，他打碎一个碗，她打了他一巴掌，他哭得真凶呢。大了怎样不正经做活。说到高兴的地方，也有一线微笑掠过这干皱的脸。最后，又问我知道她儿子在什么地方不。我发现了这老妇人出奇地固执。我只好再安慰她两句。在黄昏的微光里，送她出去。眼看着她领着她的孙子在黄土道上踽踽地凄凉地走去。暮色压在她的微驼的背上。

就这样，有几个寂寞的过午和黄昏就度过了。间或有一两天，这老妇人因为有事没来看我。我自己也受不住寂寞的袭击，常出去走走。紧靠着屋后是一个大坑，汪洋一片水，有外面的小湖那样大。是秋天，前面已经说过。坑里丛生着的芦草都顶着白茸茸的花，望过去，像一片银海。芦花的里面是水。从芦花稀处，也能看到深碧的水面。我曾整个过午坐在这水边的芦花丛里，看水面反射的静静的清光。间或有一两条小鱼冲出水面来唼喋着。一切都这样静。母亲的面影仍然浮动在我眼前。我想到童年时候怎样在这里洗澡；怎样在夏天里，太阳出来以前，水面还泛着蓝黑色的时候，沿着坑边去摸鸭蛋；倘若摸到一个的话，拿给母亲看的时候，母亲的微笑怎样在当时的童稚的心灵里开成一朵花；怎样又因为淘气，被母亲在后面追打着，当自己被逼紧了跳下水去站在水里回头看岸上的母亲的时候，母亲却因了这过分顽皮的举动，笑了，自己也笑……然而这些美丽的回忆，却随了母亲给死吞噬了去。只剩了一把两把的眼泪。我要问，母亲怎么会死了？我究竟是什么东西？但一切都这样静。我眼前闪动着各种幻影。芦花流着银光，水面上反射着青光，夕阳的残晖照在树梢上发着金光：这一切都混杂地搅动在我眼前，像一串串金星，又像迸发的火花。里面仍然闪动着母亲的面影，也是一串串地……我忘记了自己，忘记了一切，像浮在一个荒诞的神话里，踏着暮色走回家了。

有时候，我也走到场里去看看。豆子谷子都从田地里用牛车拖了来，堆成一个个小山似的垛。有的也摊开来在太阳里晒着。老牛拖着石碾在上面转，有节奏地摆动着头。驴子也摇着长耳朵在拖着车走。在正午的沉默里，只听到豆荚在阳光下开裂时毕剥的响声和柳树下老牛的喘气声。风从割净了庄稼的田地里吹了来，带着土的香味。一切都沉默。这时候，我又往往遇到这个老妇人领着她的孙子，从远远的田地里顺着一条小路走了来，手里间或拿着几支玉蜀黍秸。霜白的发被风吹得轻微地颤动着。一见了我，红肿的眼睛里也仿佛立刻有了光辉。站住便同我说起话来。嘴一凹一凹地说过了几句话以后，立刻转到她的儿子身上。她自己又低着头絮絮地扯不断拉不断地仿佛念咒似的说起来。又说到她儿子小的时候怎样淘气。有一次他摔碎了一个碗。她打了他一巴掌，他哭得真凶呢。他大了又怎样不正经做活。说到高兴的地方，干皱的脸上仍然浮起微笑。接着又问到我外面军队上的情形，问我知道他在什么地方、见过他没有。她还要我保证，他不会被人打死的。我只好再安慰安慰她，说我可以带信给他，叫他回家来看她。我看到她那一凹一凹的干瘪的嘴旁又浮起了微笑。旁边看的人，一听到她又说这一套，早走到柳荫下看牛去了。我打发她走回家去，仍然让沉默笼罩着这正午的场。

这样也终于没能延长多久，在由一个乡间的阴阳先生按着什么天干地支找出的所谓“好日子”的一天，我从早晨就穿了白布袍子，听着一个人的暗示。他暗示我哭，我就伏在地上咧开嘴号啕地哭一阵，正哭得淋漓的时候，他忽然暗示我停止，我也只好立刻收了泪。在收了泪的时候，就又可以从泪光里看来来往往的各样的吊丧的人，也就号啕过几场，又被一个人牵着东走西走。跪下又站起，一直到自己莫名其妙，这才看到有几十个人去抬母亲的棺材了……这里，我不愿意，实在是不可能，说出我看到母亲的棺材被人抬动时的心痛。以前母亲的棺材在屋里，虽然死仿佛离我很远，但只隔一层木板，里面就躺着母亲。现在却被抬到深的永恒黑暗的洞里去了。我脑筋里有点糊涂。跟了棺材沿着坑走过了一段长长的路，到了墓地。又被拖着转了几个圈子……不知怎样脑筋里一闪，却已经给人拖到家里来了。又像我才到家时一样，渐渐听到四周有嘈杂的人声围绕着我，似乎又在说着同样的话。过了一会儿，我才听到有许多人都说着同样的话，里面杂着絮絮地扯不断拉不断的仿佛念咒似的低语。我听出是这老妇人的声音，但却听不清她说的什么，也看不到她那一凹一凹的嘴了。

在我清醒了以后，我看到的是一个变过的世界。尘封的屋里，没有了黑亮的木匣子。我觉得一切都空虚寂寞。屋外的天井里，残留在树上的一点浮翠也消失到不知哪儿去了。草已经都转成黄色，耸立在墙头上，在秋风里打战。墙外一片黄土的墙更黄；黄土的屋顶、黄土的街道也更黄；尤其黄的是枣林里的一片黄雾，接连着更黄更阴沉的秋的长天。但顶黄顶阴沉的却仍然是我的心。一个对一切都感到空虚和寂寞的人，不也正该丢掉希望和幻影吗？

又走近了我的行期。在空虚和寂寞的心上，加上了一点绵绵的离情。我想到就要离开自己漂泊的心所寄托的故乡。以后，闻不到土的香味，看不到母亲住过的屋子、母亲的墓，也踏不到母亲曾经踏过的地。自己心里说不出是什么味。在屋里觉得窒息，我只好出去走走，沿着屋后的大坑踱着。看银耀的芦花在过午的阳光里闪着光，看天上的流云，看流云倒在水里的影子。一切又都这样静。我看到这老妇人从穿过芦花丛的一条小路上走了来。霜白的乱发，衬着霜白的芦花，一片辉耀的银光。极目苍茫微明的云天在她身后伸展出去，在云天的尽头，还可以看到一点点的远村。这次她没有领着她的孙子。神气也有点匆促，但掩不住干皱的面孔上的喜悦。手里拿着有一点红颜色的东西，递给我，是一封信。除了她儿子的信以外，她从没接到过别人的信。所以，她虽然不认字，也可以断定这是她儿子的信。因为村里人没有能念信的，于是赶来找我。她站在我面前，脸上充满了微笑；红肿的眼里也射出喜悦的光，瘪了进去的嘴仍然一凹一凹地动着，但却没有絮絮地念咒似的低语了。信封上的红线因为淋过雨扩成淡红色的水痕。看邮戳，却是半年前在河南南部一个作过战场的县城里寄出的。地址也没写对，所以经过许多时间的辗转，但也居然能落到这老妇人手里。我的空虚的心里，也因了这奇迹，有了点生气。拆开看，寄信人却不是她儿子，是另一个同村的跑去当兵的。大意说，她儿子已经阵亡了，请她找一个人去运回他的棺材……我的手战栗起来。这不正给这老妇人一个致命的打击吗？我抬眼又看到她脸上抑压不住的微笑。我知道这老人是怎样切望得到一个好消息。我也知道，倘若我照实说出来，会有怎样一幅悲惨的景象展开在我眼前。我只好对她说，她儿子现在很好，已经升了官，不久就可以回家来看她。她欢喜得流下眼泪来，嘴一凹一凹地动着，她又扯不断拉不断地絮絮地对我说起来。不厌其详地说到她儿子各样的好处，怎样她昨天夜里还做了一个梦，梦着他回来。我看到这老妇人把信揣在怀里转身走去的渐渐消失的背影，我能再说什么话呢？

第二天，我便离开我故乡里的小村。临走，这老妇人又来送我。领着她的孙子，脸上堆满了笑意。她不管别人在说什么话，总絮絮地扯不断拉不断地仿佛念咒似的自己低语着。不厌其详地说到她儿子的好处，怎样她昨天夜里还做了一个梦，梦见她儿子回来，她儿子已经升成了官了。嘴一凹一凹地急促地动着。我身旁的送行人的脸色渐渐有点露出不耐烦，有的也就躲开了。我偷偷地把这信的内容告诉别人，叫他在我走了以后慢慢地转告给这老妇人，或者简直就不告诉她。因为，我想，好在她不会再有许多年的活头，让她抱住一个希望到坟墓里去吧。当我离开这小村的一刹那，我还看到这老妇人的眼睛里的喜悦的光辉，干皱的面孔上浮起的微笑……

不一会儿，回望自己的小村，早在云天苍茫之外，触目尽是长天下一片凄凉的黄雾了。

在颠簸的汽车里，在火车里，在驴车里，我仍然看到这圣洁的光辉，圣洁的微笑，那老妇人手里拿着那封信。我知道，正像装走了母亲的大黑匣子装走了我的希望和幻影，这封信也装走了她的希望和幻影。我却又把这希望和幻影替她拴在上面，虽然不知道能拴得久不。

经过了萧瑟的深秋，经过了阴暗的冬，看死寂凝定在一切东西上。现在又来了春天。回想故乡的小村，正像在故乡里回想到故都一样。恍如回望云天里的仙阙，又像捉住了一个荒诞的古代的梦了。这个老妇人的面孔总在我眼前盘桓：干皱的面纹，霜白的乱发，眼睛因为流泪多了镶着红肿的边，嘴瘪了进去。又像看到她站在我面前，絮絮地扯不断拉不断地仿佛念咒似的低语着，嘴一凹一凹地在动。先仿佛听到她向我说，她儿子小的时候怎样淘气，怎样有一次他摔碎了一个碗，她打了他一巴掌，他哭。又仿佛看到她手里拿着一封雨水渍过的信，脸上堆满了微笑，说到她儿子的好处，怎样她做了一个梦，梦着他回来……然而，我却一直没接到故乡里的来信。我不知道别人告诉她她儿子已经死了没有，倘若她仍然不知道的话，她愿意把自己的喜悦说给别人，却没有人愿意听。没有我这样一个忠实的听者，她不感到寂寞吗？倘若她已经知道了，我能想象，大的晶莹的泪珠从干皱的面纹里流下来，她这瘪了进去的嘴一凹一凹地，她在哭，她又哭晕了过去……不知道她现在还活在人间没有？……我们同样都是被厄运踏在脚下的苦人，当悲哀正在啃着我的心的时候，我怎忍再看你那老泪浸透你的面孔呢？请你不要怨我骗你吧，我为你祝福！

1934 年 4 月 1 日

烽火连八岁，家书抵亿金

逸趣虽然有，但环境日益险恶，也是不可否认的事实。

随着形势的日益险恶，我的怀乡之情也日益腾涌。这比刚到哥廷根时的怀念母亲之情，其剧烈的程度不可同日而语了。

这种怀乡之情并不是由于受了德国方面的什么刺激而产生的。正相反，看了德国人的沉着冷静的神态，使我颇感安慰。他们该干什么，就干什么，看不出什么紧张。比如说，就拿轰炸来说吧。我原以为，轰炸到了铺地毯的程度，已经是蔑以复加矣。然而不然。原来还有更高的层次。最初，敌机飞临德国上空时，总要拉响警笛的。警笛也有不同的层次，以敌机距离本城的远近来划分。敌机一飞走，警报立即解除。我们都绝对要听从警笛的指挥，不敢稍有违反。在这里也表现出德国人遵守纪律、热爱秩序的特点。但是，到了后来，东线战争毫无进展，德国从四面受到包围。防空能力一度吹嘘得像神话一般，现在则完全垮了台。敌机随时可以飞临上空，也不论白天和夜晚，愿意投弹则投弹；不愿意投弹，则以机关枪向地面扫射。警笛无法拉响，警报无法发出。因为一天 24 小时，时时刻刻都在警报中，警笛已经是英雄无用武之地了。到了此时，我们出门，先抬头看一看天空，天上有飞机，则到街道旁边的房檐下躲一躲。飞机一过，立即出来，该干什么干什么。常常听到人说，什么地方的村庄和牛被敌机上的机关枪扫射了，子弹比平常的枪弹要大得多。听到这些消息，再加上空中的机声，然而人们丝毫也不紧张，而有点处之泰然了。

再拿食品来说吧。日益短缺，这自在意料之中，不足为怪。奇怪的倒是德国人，他们也是处之泰然的，不但没有怪话，而且有时还颇有些幽默感。我曾在一张报纸上看到一幅漫画，画的是一家在吃饭。舅舅用叉子叉着一块兔子肉，嘴里连声称赞："真好吃呀！"而坐在对面的小外甥，则低头垂泪。这兔子显然是小孩豢养大的。从城里来的舅舅只知道肉好吃，全然不理解小孩的心情。德国人给人的印象是严肃、认真、淳朴，他们的彻底性是有口皆碑的。他们似乎不像英国人那样欣赏幽默。然而在食品缺乏到可怕的程度的时候，他们居然并不缺少幽默。我提到的这一幅漫画不是一个绝好的证明吗？

德国人这种对待轰炸和饥饿的超然泰然的态度，当然会感染了我。但是我身处异域，离开自己的祖国和亲人有千山万水之遥。比起德国人祖国和亲人就在眼前，当然感受完全不同。我是一个"老外"，是在异域受"洋罪"。自己的一些牢骚、一些想法，平常日子无法宣泄，自然而然地就在梦中表现出来。我不是庄子所谓的"至人无梦"的"至人"，我的梦非常多。我的一些希望在梦中肆无忌惮地得到了满足。我梦的最多的是祖国的食品。我这个人素无大志，在食品方面亦然。我从来没有梦到过什么燕窝、鱼翅、猴头、熊掌，这些东西本来就与我缘分不大。我做梦梦到最多的是吃炒花生米和锅饼（北京人叫"锅盔"）。这都是小时候常吃而直到今天耄耋之年仍然经常吃的东西。每天平旦醒来，想到梦中吃的东西，怀乡之情如大海怒涛，奔腾汹涌，无论如何也抑制不住。

此时，大学的情况，也真让人触目伤心。大战爆发以后，有几年的时间，男生几乎都被征从军，只剩下了女生，奔走于全城各研究所之间，哥廷根大学变成一个女子大学。无论走进哪一间教室或实验室，都是粉白黛绿，群雌粥粥，仿佛到了女儿国一般。等到战争越过了最高峰逐渐走向结束的时候，从东部俄国前线上送回来了大量的德国伤兵，一部分就来到了哥廷根。这时候，在大街上奔走于全城各研究所之间的，除了女生以外，就是缺胳膊断腿的拄着双拐或单拐，甚至乘坐轮椅的伤残大学生。在上课的大楼中，在洁净明亮的走廊上，拐杖触地的清脆声，处处可闻。这种声音回荡在粉白黛绿之间，让人听了，不知应当作何感想。德国的大音乐家还没有哪一个谱过拐声交响乐。我这个外乡人听了，真是欲哭无泪。

同德国伤兵差不多同时涌进哥廷根城的是苏联、波兰、法国等国的俘虏，人数也是很多的。既然是俘虏，最初当然有德国人看管。后来大概是由于俘虏太多，而派来看管的德国男人则又太少了，我看到好多俘虏自由自在地在大街上闲逛。我也曾在郊外农田里碰到过俄国俘虏，没有看管人员，他们就带了锅，在农田挖掘收割剩下的土豆，挖出来，就地解决，找一些树枝，在锅里一煮，就狼吞虎咽地吃开了。他们显然是饿得够呛的。俘虏中是有等级的，苏联和法国俘虏级别似乎高一点；而波兰的战俘和平民，在法西斯眼中是亡国之民，受到严重的侮辱性的歧视，每个人衣襟上必须缝上一个写着 P 字的布条，有如印度的不可接触者，让人一看就能够分别。法显《佛国记》中说是“击木以自异”，在现代德国是“挂条以自异”。有一天，我忽然在一个我每天必须走过的菜园子里，看到一个襟缝 P 字的波兰少女在那里干活，圆圆的面孔，大大的眼睛，非常像八九年前我在波兰火车上碰到的 Wala。难道真会是她吗？我不敢贸然搭话。从此我每天必然看到她在菜地里忙活。“同是天涯沦落人”，我首先想到的就是这一句话。我心里痛苦万端，又是欲哭无泪。经过长期酝酿，我写成了那一篇《Wala》，表达了我的沉痛心情。

我当时的心情就是这个样子。

此时，我同家里早已断了书信。祖国抗日战争的情况也几乎完全不清楚。偶尔从德国方面听到一点消息，由于日本是德国盟国，也是全部谎言。杜甫的诗说：“烽火连三月，家书抵万金”；我想把它改为“烽火连八岁，家书抵亿金”，这样才真能符合我的情况。日日夜夜，不知道有多少事情揪住了我的心。祖国是什么样子了？家里又怎样了？叔父年事已高，家里的经济来源何在？婶母操持这样一个家，也真够她受的。德华带着两个孩子，日子不知是怎样过的？“可怜小儿女，未解忆长安。”我想，他们是能够忆长安的。他们大概知道，自己有一个爸爸在很远很远的地方。家里还有一条名叫“憨子”的小狗，在国内时，我每次从北京回家，一进门就听到汪汪的吠声；但一看到是我，立即摇起了尾巴，憨态可掬。这一切都是我时刻想念的。连院子里那两棵海棠花也时来入梦。这些东西都使我难以摆脱。真正是抑制不住的离愁别恨，数不尽的不眠之夜！

我经常想到母亲。初到哥廷根时思念母亲的情景，上面已经谈过了。当我同祖国和家庭完全断掉联系的时候，我思母之情日益剧烈。母亲入梦，司空见惯。但可恨的是，即使在梦中看到母亲的面影，也总是模模糊糊的。原因很简单，我的家乡是穷乡僻壤，母亲一生没照过一张相片。我脑海里那一点母亲的影子，是我在十几岁时离开她用眼睛摄取的，是极其不可靠的。可怜我这个失母的孤儿，连在梦中也难以见到母亲的真面目，老天爷不是对我太残酷了吗？

忆念荷姐

如果统领宇宙的造物主愿意展示他那宏大无比的法力的话，愿他让我那在济南的荷姐仍然活着，她只比我大两岁。

最近一个时期以来，经常想到荷姐。一转眼，她的面影就在我眼前晃动，莞尔而笑。在仪态上，她虽然比不了自己的胞姐小姐姐的花容月貌，但是光艳动人，她还是当之无愧的。

话头一开，就要回到七八十年前去。当时我们家同荷姐家同住一个大院，她住后院，我们住前院。我当时是一个十七八岁的毛头小伙子，语不惊人，貌不逮众，寄人篱下，宛如一只小癞蛤蟆，没有几个人愿意同我交谈的。只有两个人算是例外。一个是小姐姐，一个就是荷姐。这一件事我永远不会忘记。

到了 1929 年，我十八岁了。叔父母为了传宗接代，忙活着给我找个媳妇。谈到媳妇，我有我的选择。我的第一选择对象就是荷姐。她是一个难得的好媳妇：漂亮、聪明、伶俐、温柔。但是，西湖月老祠对联的原一联是：是前生注定事莫错过姻缘。我同荷姐的事情大概是前生没有注定，终于错过了姻缘。

1935 年，我以交换研究生的名义赴德国留学。时间原定只有两年。但是，1937 年，日寇发动了全面对华侵略战争，我无法回国。1939 年，第二次世界大战爆发，我有国难归，一住就是十年。幸蒙哈隆教授（Gustav Haloun）垂青，任命我为汉学讲师，避免成为饿殍。我是一个闲不住的人。我借这个机会，学习了梵文、巴利文、吐火罗文。于1941年获得哲学博士学位。主系是印度学，两个副系，一个是斯拉夫语言学，一个是英国语言学。博士拿到手，我仍然毫不懈怠，开电灯以继晷，恒兀兀以穷年，结果写成了几篇论文，颇有一些新见解、新发现。论文都是用德文写成的。其中一篇讲语尾变为u或o的问题。是一篇颇有意义的文章。Sieg教授一看，大为欣赏，立即送哥廷根科学院院刊发表。一个外国青年学者在科学院院刊上发表文章，是一件非同小可的事情。

1945年秋天，我离开了德国到瑞士去。在那里参加了庆祝国庆的盛会。对中国（那时是国民党）外交官有了初步的感性认识。

1946年，我离开瑞士，乘运载法国兵的英国巨轮，到了越南西贡。在那里住了几个月。又乘轮出发，经香港到了上海。出国十年，现在一旦回到祖国母亲的怀抱里，心中激动万分，很想跪下亲吻土地。但是，一想到国内官僚正在乘日寇高官撤走，国内大汉奸纷纷被镇压之际大耍五子登科的把戏，我立即气馁，心虚，不想采取什么行动了。

这一年的夏天，我一半住在上海，一半住在南京。在上海，晚上就睡在克家的榻榻米上。在南京，晚上就睡在长之在国内编译馆的办公桌上。实际上是过着流浪的生活。心情极不稳定，切盼自己有朝一日能有自己的一间小房。

这年秋天，我从上海乘轮船到达秦皇岛。下船登车，直抵北京。当时烽火遍地。这一段铁路由美国兵把守，能得畅通。我离故都已经十年。这一次老友重逢，丝毫没有欢欣鼓舞的感觉。正相反，节令正值深秋，秋水吹昆明（湖），落叶满长安（街），一片荒寒肃杀之气。古文"悲哉，秋之为气也"，恰能表达我的心情于万一。

我被安排到五四时期名建筑红楼上去住。红楼早已过了自己辉煌的童年、青年和壮年，现在已经是一位耄耋老翁了。它当然是一个无生命的东西。然而，在我的心目中，它却是活的东西。静心观万物，冷眼看世界，积累了大量的智慧和见识，我住在里面，仿佛都能享受一份。甚可乐也。可是，还有另外一方面的情况。此时，四层大楼一百多间房子，只住着包括我在内的四五个人。走廊上路灯昏黄，电灯只开了几盏。楼下地下室在日寇占领期间是日本宪兵队刑讯中国革命者的地方，也是他们杀人的地方。据说，到现在还能听到鬼叫。我居德国十年，心中鬼神的概念已经荡然无存。即使是这样，我现在住在这一座空荡荡的大楼里，只感到鬼影憧憧，鬼气森森，我不禁毛发直竖。

第二天，我去见汤用彤先生。由陈寅恪先生推荐，汤用彤先生接受，我受聘为北京大学教授。这次去见汤先生，由代校长傅斯年陪伴。校长胡适正在美国。在路上，傅斯年先生一个劲儿地给我做思想工作。说在国外获得博士学位以后，回国到北大都必须先当两年的副教授，然后才能转为正教授。这是多年的规定，不允许有例外。我洗耳恭听，一言不发。见到汤先生以后，他明确无误地告诉我：聘我为北京大学正教授，先做一个礼拜的副教授，表示并不是无端跳过了这一个必经的阶段。我当然感激之至。这是我在六十年前进入北大时的一段佳话。

这一年和下一年——1947年，我都在北大教书。一直到1948年，我才得到一个机会，搭乘飞机，飞回济南。我已经离家十三年了。这一次回来，也可以说是一享家人父子之乐吧。

荷姐当然见到了。她漂亮如故，调皮有加。一见我，先是高声呼叫“季大博士”。这我并不奇怪，我们从小互相开玩笑惯了。但是，她接着左一个“季大博士”，右一个“季大博士”，说个不停。这就引起了我的疑心。我悚然听之，我猛然发现，在她的内心深处蕴藏着一点凄凉，一点寂寞，一点幽怨，还有一点悔不当初。一谈到悔不当初，我就必须说，这是我们自己酿成的一杯苦酒，必须由我们自己来品尝。在这里，主要当事人是荷姐本人，我一点责任都没有。

从此以后，就同荷姐失去了联系，到现在已经快六十年了。其间，我曾由李玉洁陪伴回济南一次，目的是参加山大校庆。来去匆匆，没有时间去探寻荷姐的行踪。到了今天，又已经过去了几年。看来，要想见到荷姐，只有梦中团圆了。

2006 年 4 月 8 日

忆念宁朝秀大叔

我六岁以前，住在山东省清平县（后归临清）官庄。我们的家是在村外，离开村子还有一段距离。我家的东门外是一片枣树林，林子的东尽头就是宁大叔的家，我们可以说是隔林而居。

宁家是贫农，大概有两三亩地。全家就以此为生。人口只有三人：宁大叔、宁大婶和宁大姑。至于宁大姑究竟多大，要一个六岁前的孩子说出来，实在是要求太高了。宁家三口我全喜欢，特别喜欢宁大姑，因为我同她在一起的时候最多。我当时的伙伴，村里有杨狗和哑巴小。只要我到村里去，就一定找他俩玩。实际上也没有什么可玩的，无非是在泥土地里滚上一身黄泥，然后跳入水沟中去练习狗爬游泳。如此反复几次，终于尽欢而散。

实际上，我最高兴同宁大姑在一起。大概从我三四岁起，宁大姑就带我到离开官庄很远的地方去拾麦穗。地主和富农土地多，自己从来不下地干活，而是雇扛活的替他们耕种，他们坐享其成。麦收的时候，宁大姑就带我去拾麦穗。割过的麦田里间或有遗留下来的小麦穗。所谓“拾麦子”，就是指捡这样的麦穗。我像煞有介事似的提一个小篮子，跟在宁大姑身后捡拾麦穗。每年夏季一个多月，也能拾到十斤八斤麦穗。母亲用手把麦粒搓出来，可能有斤把。数量虽小，可是我们家里绝对没有的。母亲把这斤把白面贴成白面糊饼（词典上无此词），我们当时只能勉强吃红高粱饼子，一吃白面，大快朵颐，是一年难得的一件大事。有一年，不知道母亲是从哪里弄来了一块月饼。这当然比白面糊饼更好吃了。

夏天晚上，屋子里太热，母亲和宁大婶、宁大姑，还有一些住在不远的地方的大婶们和大姑们，凑到一起，坐在或躺在铺在地上的苇子席上，谈些张家长李家短的琐事。手里摇着大蒲扇驱逐蚊虫。宁大姑和我对谈论这些事情都没有兴趣。我们躺在席子上，眼望着天。乡下的天好像是离地近，天上的星星也好像是离人近，它们在不太辽远的天空里向人们眨巴眼睛。有时候有流星飞过，我们称之为"贼星"，原因不明。

西面离开我们不太远，有一棵大白杨树，大概已有几百年的寿命了。浓荫匝地，枝头凌云，是官庄有名的古树之一。我母亲现在就长眠在这棵大树下。愿她那在天之灵能够得到幸福，能看到自己的儿子，她的儿子没有给她丢人。

我在过去七八十年中写过很多篇怀念母亲的文章。但是，对母亲这个人还从来没有介绍过。现在我想借忆念宁朝秀大叔的机会来介绍一下我的母亲。

母亲姓赵，五里长屯人，离官庄大概有五里路。根据一个五六岁的孩子的观察，赵老娘家大概很穷。我从来不记得她给过我什么好吃的东西。她家的西邻是一家专门杀牛卖酱牛肉的屠户。我只记得，一个冬天，从赵老娘家提回来了一罐子结成了冻儿的牛肉汤。我生平还没有吃过肉，一旦吃到这样的牛肉汤，简直可以比得上龙肝凤髓了。母亲只是尝了一小口，其余全归我包圆儿了。我自己全不体会母亲爱子之情，一味地猛吃猛喝。母亲活了一辈子，连个名字都没捞到，临走时还是一个季赵氏。可怜我那可怜的母亲，可怜兮兮地活了一辈子，最远的长途旅行是从官庄到五里长屯，共五华里，再远的地方没有到过。至于母亲是什么模样，很惭愧，即使我是画家，我也拿不出一幅素描来。1932年母亲去世的时候，我痛不欲生，曾写过一副类似挽联的东西："为母子一场，只留得面影迷离，入梦浑难辨，茫茫苍天，此恨曷极！"可见当时已经不清楚了。现在让我全部讲清楚，不亦难乎？但是，有一点我是完全可以肯定的。在八十多年以前，在清平官庄夏季之夜里，母亲抱着我，一个胖墩墩的男孩，从场院里抱回家里放在炕头上睡觉。此时母亲的心情该是多么愉快，多么充实，多么自傲，又是多么丰盈。然而好景不长，过了没有几年，她这一个宝贝儿子就被"劫持"到了济南。这是母亲完全没有料到的，也是完全无能为力的。此后，由于家里出了丧事，我回家奔丧，曾同母亲小住数日。最后竟至八年没有见面。我回家奔母亲之丧时，棺材盖已经钉死，终于也没有能见到母亲一面，抱恨终天矣。我只知道儿子想念母亲的痴情，何曾想到母亲倚闾望子之痴情。我把宝押在大学毕业上。只要我一旦毕业，立即迎养母亲进城。古人说："树欲静而风不止，子欲养而亲不待。"正应到我身上。我在外面是有工作的，不能够用全部时间来怀念母亲，而母亲是没有活可干的。她几乎是用全部时间来怀念儿子。看到房门前的大杏树，她会想到，这是儿子当年常爬上去的。看到房后大苇坑里的水，她会想到，这是儿子当年洗澡的地方。回顾四面八方，无处不见儿子的影子。然而这个儿子却如海上蓬莱三山之外的仙山，不可望不可即了。奈之何哉！奈之何哉！

我曾写过很多篇怀念母亲的文章，自谓一个做儿子的所应做的事情，我都已做到了。现在才知道，我对母亲思子之情并不了解。现在才稍稍开了点窍。

上面我借写宁朝秀大叔的机会，介绍了一下我的母亲。

现在仍然回头来写宁大叔。

我在上面已经说过，宁大叔家是贫农，只有两三亩地。宁大婶和宁大姑都是妇道人家，参加不了种地的活。所有种地的活都靠宁大叔一个人。耕地要牛，人之常识。但是，有牛又谈何容易。官庄前街有牛的人家屈指可数。首先是大地主张家楼张家，住在一条胡同里，家里有五头牛。主人从来不走出家门。其次一家就是我的二大爷，是举人的第二个儿子，属于富农，有两头牛和一个扛活的。至于杨家和马家是否有牛，我就不清楚了。

反正宁大叔家里只有他，没有牛。在这种情况下，只有把人变成牛，才能种庄稼。“锄禾日当午，汗滴禾下土。谁知盘中餐，粒粒皆辛苦。”至于宁大叔是怎么操作的，我没有看到过，不敢乱说。

不知是由于什么原因，也不知是从什么时候起，我们家长期保留着三分地。早先是怎么耕种，我不清楚。自我父亲去世到我母亲去世长达八年的时间内，耕种都由宁大叔一人承担，这是非常清楚的。在这八年内，母亲一文钱的收入也没有，靠的就是这三分地。如果我是一个脑筋灵活的人，每年给母亲寄三四十元钱，这能力我还是有的。可怜我的脑筋是一个死木头疙瘩，把希望统统放在大学毕业上，真是其愚不可及也。

在农民中，我们家算是什么成分呢？我一直不清楚。土改时，宁大叔当时是贫协主席，还给我们家分了地，对我母亲和我而言，我认为，这是公正的。但是，对是家长的我父亲而言，却是不公正的。

我现在就来谈一谈我的父亲。我不奉行那种为尊者讳，为贤者讳的教条。反正你不说，人家也都知道。这些事情都已经成了历史，历史是无法改变的。我在官庄的上一辈，大排行十一人。只有一、二、七、九、十一留在关内，其余六人全因穷下了关东。我的父亲排行七，济南的叔父行九，与行十一的一叔是同母所生。一叔生下后，父母双亡，他被送了人，改姓刁。父亲和叔父，无父无母，留在官庄，饿得只能以捡掉在地上的干枣果腹。日子实在无法过下去，便商量到济南去闯荡。二人大概很受了不少的苦，当过巡警，扛过大件。最终叔父在济南立定了脚跟。兄弟二人便商议，父亲回家，好好务农。叔父留在济南挣钱，寄回家去。有朝一日，二人衣锦荣归，消泯胸中那一团郁闷之气。完全出人意料，这样的机会不久就得到了。叔父在东北中了湖北水灾头奖，十分之一共三千元。在当时，三千元是一个极大的数目。当时我还没有出生。后来听说，雇人用车往官庄推制钱。可见钱之多。现在兄弟俩真是衣锦还乡了，好不神气！父亲要盖大宅子。碰巧当时附近砖瓦窑都没有开窑。父亲便昭告天下：有谁拆了自己的房子，出卖砖瓦，他将用十倍的价钱来收购。结果宅子盖成了：五间北房，东西房各三间，大门朝南，极有气派。一时颇引起了轰动，弟兄俩算是露了脸。但是，时隔没有多久，父亲把能挥霍的都挥霍光了，最后只能打房子的主意。整个地卖，没有人买得起；分开来卖，没有人买。于是自留西房三间，其余北房五间，东房三间统统拆掉，卖砖卖瓦，没有人买，只好把价钱降到最低，等于破砖烂瓦。

我讲到父亲的挥霍，其实他既不酗酒嗜赌，也不嫖、吃，自己没有什么嗜好。据我观察，他的唯一嗜好是充大爷。有点孟尝君的味道。他能在庙会上大言宣布："今天到会的，我都请客！"他去世的时候，我奔丧回家，为他还账，只是下酒吃的炸花生米钱就有一百多元。那时候一百元是个大数目。大学助教每月工资八十元，这些东西当然都不是他自己吃的，而是他那些酒友。

父亲认字，能读书，年幼的时候，他那中了举的大伯大概教他和九叔念书认字。他在农村算是什么成分，我说不清。他反正从来也没有务过农，没有干过庄稼活。我到了济南以后，有很多年，他在农村把钱挥霍光了，就进城找叔父要钱。直到有一年，他又进城来要钱。他坐在北屋里，婶母在西屋里使用了中国旧式妇女传统的办法，扬声大喊，指桑骂槐，把父亲数落了一阵。父亲没有办法，只有走人，婶母还当面挽留。从此父亲就几乎不到济南来了。他在农村怎样过日子，我不知道。我自己寄人篱下，想什么都没有用了。

父亲卧病的时候，叔父还让我陪他回官庄一趟。此时，父亲已经不能说话，难兄难弟，只能相对而泣而已。我叔父对他这一位败家能手的哥哥，尽悌道可谓尽到了百分之百。这给我留下了毕生难忘的印象，认为是常人难以做到的。

这一篇文章本来是写宁朝秀大叔的，结果是鹊巢鸠占，大部分篇幅都让老季家占了。我在这里介绍了我的母亲，介绍了我的父亲，介绍了父亲和叔父的关系，把一个宁大叔不知挤到哪里去了。事实上，我奔父丧回家的时候，天天见到宁大叔，还有宁大婶和宁大姑。离开官庄以后，直到母亲逝世长达八年的时间内，我不但没能看到宁家一家人，连想到他们的时间也几乎没有。我奔母丧回到官庄，当然天天同宁家一家见面。宁大姑特别怀念当年挎一个小篮子随着她去拾麦穗的情景，想不到我一转眼竟变成了大人。当时我们家已经没有了主妇，事情大概都由宁大婶操办。

我离开官庄后，在欧洲待了十年多。回国后不久，就迎来了解放。家乡的情况极不清楚。一直到今大，自己已经九十多岁了。但是想到宁大叔一家的时间却越来越多。宁大叔一家将永远活在我的记忆中。

2003 年 7 月 7 日于三〇一医院

一双长满老茧的手

有谁没有手呢？每个人都有两只手。手，已经平凡到让人不再常常感觉到它的存在了。

然而，一天黄昏，当我乘公共汽车从城里回家的时候，一双长满了老茧的手却强烈地引起了我的注意。我最初只是坐在那里，看着一张晚报。在有意无意之间，我的眼光偶尔一滑，正巧落在一位老妇人的一双长满老茧的手上。我的心立刻震动了一下，眼光不由得就顺着这双手向上看去：先看到两手之间的一个胀得圆圆的布包；然后看到一件洗得挺干净的褪了色的蓝布褂子；再往上是一张饱经风霜布满了皱纹的脸，长着一双和善慈祥的眼睛；最后是包在头上的白手巾，银丝般的白发从里面披散下来。这一切都给了我极好的印象。但是给我印象最深的还是那一双长满了老茧的手，它像吸铁石一般吸住了我的眼光。

老妇人正在同一位青年学生谈话，她谈到她是从乡下来看她在北京读书的儿子的，谈到乡下年成的好坏，谈到来到这里人生地疏，感谢青年对她的帮助。听着她的话，我不由得深深地陷入回忆中，几十年的往事蓦地涌上心头。

在故乡的初秋，秋庄稼早已经熟透了，一望无际的大平原上长满了谷子、高粱、老玉米、黄豆、绿豆等等，郁郁苍苍，一片绿色，里面点缀着一片片的金黄和星星点点的浅红和深红。虽然暑热还没有退尽，秋的气息已经弥漫大地了。

我当时只有五六岁，高粱比我的身子高一倍还多。我走进高粱地，就像是走进大森林，只能从密叶的间隙看到上面的蓝天。我天天早晨在朝露未退的时候到这里来掰高粱叶。叶子上的露水像一颗颗的珍珠，闪出淡白的光。把眼睛凑上去仔细看，竟能在里面看到自己的缩得像一粒芝麻那样小的面影，心里感到十分新鲜有趣。老玉米也比我高得多，必须踮起脚才能摘到棒子。谷子同我差不多高，现在都成熟了，风一吹，就涌起一片金浪。只有黄豆和绿豆比我矮，我走在里面，觉得很爽朗，一点也不闷气，颇有趾高气扬之感。

因此，我就最喜欢帮助大人在豆子地里干活。我当时除了跟大奶奶去玩以外，总是整天缠住母亲，她走到哪里，我跟到哪里。有时候，在做午饭以前，她到地里去摘绿豆荚，好把豆粒剥出来，拿回家去煮午饭。我也跟了来。这时候正接近中午，天高云淡，蝉声四起，蝈蝈儿也爬上高枝，纵声欢唱，空气中飘拂着一股淡淡的草香和泥土的香味。太阳晒到身上，虽然还有点热，但带给人暖烘烘的舒服的感觉，不像盛夏那样令人难以忍受了。

在这时候，我的兴致是十分高的。我跟在母亲身后，跑来跑去。捉到一只蚱蜢，要拿给她看一看；掐到一朵野花，也要拿给她看一看。棒子上长了乌霉，我觉得奇怪，一定问母亲为什么；有的豆荚生得短而粗，也要追问原因。总之，这一片豆子地就是我的乐园，我说话像百灵鸟，跑起来像羚羊，腿和嘴一刻也不停。干起活来，更是全神贯注，总想用最快的速度摘下最多的绿豆荚来。但是，一检查成绩，却未免令人气短：母亲的筐子里已经满了，而自己的呢，连一半还不到哩。在失望之余，就细心加以观察和研究。不久，我就发现，这里面也并没有什么奥妙，关键就在母亲那一双长满了老茧的手。

这一双手看起来很粗，由于多年劳动，上面长满了老茧，可是摘起豆荚来，却显得十分灵巧迅速。这是我以前没有注意到的事情。在我小小的心灵里不禁有点困惑。我注视着它，久久不愿意把眼光移开。

我当时岁数还小，经历的事情不多。我还没能把许多同我的生活有密切联系的事情都同这一双手联系起来，譬如说做饭、洗衣服、打水、种菜、养猪、喂鸡，如此等等。我当然更没能读到“慈母手中线，游子身上衣”这样的诗句。但是，从那以后，这一双长满了老茧的手却在我的心里占据了一个重要的地位，留下了一个不可磨灭的印象。

后来大了几岁，我离开母亲，到了城里跟叔父去念书，代替母亲照顾我的生活的是王妈，她也是一位老人。

她原来也是乡下人，干了半辈子庄稼活。后来丈夫死了，儿子又逃荒到关外去，二十年来，音讯全无。她孤苦伶仃，一个人在乡里活不下去，只好到城里来谋生。我叔父就把她请到我们家里来帮忙。做饭、洗衣服、扫地、擦桌子，家里那一些琐琐碎碎的活全给她一个人包下来了。

王妈除了从早到晚干那一些刻板工作以外，每年还有一些带季节性的工作。每到夏末秋初，正当夜来香开花的时候，她就搓麻线，准备纳鞋底，给我们做鞋。干这活都是在晚上。这时候，大家都吃过了晚饭，坐在院子里乘凉，在星光下，黑暗中，随意说着闲话。我仰面躺在席子上，透过海棠树的杂乱枝叶的空隙，看到夜空里眨着眼的星星。大而圆的蜘蛛网的影子隐隐约约地印在灰暗的天幕上。不时有一颗流星在天空中飞过，拖着长长的火焰尾巴，只是那么一闪，就消逝到黑暗里去。一切都是这样静。在寂静中，夜来香正散发着浓烈的香气。

这正是王妈搓麻线的时候。干这个活本来是听不到多少声音的，然而现在那揉搓的声音却听得清清楚楚。这就不能不引起我的注意了。我转过身来，侧着身子躺在那里，借着从窗子里流出来的微弱的灯光，看着她搓。最令我吃惊的是她那一双手，上面也长满了老茧。

这一双手看上去拙笨得很，十个指头又短又粗，像是一些老干树枝子。但是，在这时候，它却显得异常灵巧美丽。那些杂乱无章的麻在它的摆布下，服服帖帖，要长就长，要短就短，一点也不敢违抗。这使我感到十分有趣。这一双手左旋右转，只见它搓呀搓呀，一刻也不停，仿佛想把夜来香的香气也都搓进麻线里似的。

这样一双手我是熟悉的，它同母亲的那一双手是多么相像呀。我总想多看上几眼。看着看着，不知道在什么时候，竟沉沉睡去了。到了深夜，王妈就把我抱到屋里去，同她睡在一张床上。半夜醒来，还听到她手里拿着大芭蕉扇给我赶蚊子。在蒙蒙眬眬中，扇子的声音听起来好像是从很远很远的地方传来似的。

去年秋天，我随着学校里的一些同志到附近乡村里一个人民公社去参加劳动。同样是秋天，但是这秋天同我五六岁时在家乡摘绿豆荚时的秋天大不一样。天仿佛特别蓝，草和泥土也仿佛特别香，人的心情当然也就特别舒畅了。因此，我们干活都特别带劲。人民公社的同志们知道我们这一群白面书生干不了什么重活，只让我们砍老玉米秸。但是，就算是砍老玉米秸吧，我们干起来，仍然是缩手缩脚，一点也不利落。于是一位老大娘就走上前来，热心地教我们：怎样抓玉米秆，怎样下刀砍。在这时候，我注意到，她也有一双长满了老茧的手。我虽然同她素昧平生，但是她这一双手就生动地具体地说明了她的历史。我用不着再探询她的姓名、身世，还有她现在在公社所担负的职务。我一看到这一双手，一想到母亲和王妈的同样的手，我对她的感情就油然而生，而且肃然起敬，再说什么别的话，似乎就是多余的了。

就这样，在公共汽车行驶声中，我的回忆围绕着一双长满了老茧的手连成一条线，从几十年前，一直牵到现在，集中到坐在我眼前的这一位老妇人的手上。这回忆像是一团丝，愈抽愈细，愈抽愈多。它甜蜜而痛苦，错乱而清晰。在我一生中给我印象最深的三双长满了老茧的手，现在似乎重叠起来化成一双手了。它在我眼前不停地晃动，体积愈来愈扩大，形象愈来愈清晰。

这时候，老妇人同青年学生似乎发生了什么争执。我抬头一看：老妇人正从包袱里掏出来了两个煮鸡蛋，硬往青年学生手里塞，青年学生无论如何也不接受。两个人你推我让，正在争执得不可开交的时候，公共汽车到了站，蓦地停住了。青年学生就扶了老妇人走下车去。我透过玻璃窗，看到青年学生用手扶着老妇人的一只胳臂，慢慢地向前走去。我久久注视着他俩逐渐消失的背影。我虽然仍坐在公共汽车上，但是我的心却仿佛离我而去。

月是故乡明

每个人都有个故乡，人人的故乡都有个月亮，人人都爱自己故乡的月亮。事情大概就是这个样子。

但是，如果只有孤零零一个月亮，未免显得有点孤单。因此，在中国古代诗文中，月亮总有什么东西当陪衬，最多的是山和水，什么“山高月小”“三潭印月”等等，不可胜数。

我的故乡在山东西北部大平原上。我小时候从来没有见过山，也不知山为何物。我曾幻想，山大概是一个圆而粗的柱子吧，顶天立地，好不威风，以后到了济南，才见到山，恍然大悟：山原来是这个样子呀。因此我在故乡里望月，从来不同山联系。像苏东坡说的“月出于东山之上，徘徊于斗牛之间”，完全是我无法想象的。

至于水，我故乡小村却大大地有。几个大苇坑占了小村面积一多半。在我这个小孩子眼中，虽不能像洞庭湖“八月湖水平”那样有气派，但也颇有一点烟波浩渺之势。到夏天黄昏以后，我在坑边场院里躺在地上，数天上的星星。有时候在古柳下面点起篝火，然后上树一摇，成群的知了飞落下来。比白天用嚼烂的麦粒去粘要容易得多。我天天晚上乐此不疲，天天盼望黄昏早早来临。

到了更晚的时候，我走到坑边，抬头看到晴空一轮明月，清光四溢，与水里的那个月亮相映成趣。我当时虽然还不懂什么叫诗兴，但也顾而乐之，心中油然有什么东西在萌动。有时候在坑边玩很久，才回家睡觉。在梦中见到两个月亮叠在一起，清光更加晶莹澄澈。第二天一早起来，到坑边苇子丛里去捡鸭子下的蛋。白白地一闪光，手伸向水中，一摸就是一个蛋。此时更是乐不可支了。

我只在故乡待了六年，以后就离乡背井，漂泊天涯。在济南住了十多年，在北京度过四年，又回到济南待了一年，然后在欧洲住了近十一年，重又回到北京，到现在已经四十多年了。在这期间，我曾到过世界上将近三十个国家，看过许许多多月亮。在风光旖旎的瑞士莱芒湖上，在平沙无垠的非洲大沙漠中，在碧波万顷的大海中，在巍峨雄奇的高山上，我都看到过月亮，这些月亮应该说都是美妙绝伦的，我都异常喜欢。但是，看到它们，我立刻就想到我故乡中那个苇坑上面和水中的那个小月亮。对比之下，无论如何我也感到，这些广阔世界的大月亮，万万比不上我那心爱的小月亮。不管我离开故乡多少万里，我的心立刻就飞来了。我的小月亮，我永远忘不掉你！

我现在年近耄耋。住的朗润园是燕园胜地。此地有茂林修竹，绿水环流，还有几座土山，点缀其间，风光无疑是绝妙的。前几年，我从庐山休养回来，一个同在庐山休养的老朋友来看我。他看到这样的风光，慨然说：“你住在这样的好地方，还到庐山去干吗呢！”可见朗润园给人印象之深。此地既然有山，有水，有树，有竹，有花，有鸟，每逢望夜，一轮当空，月光闪耀于碧波之上，上下空蒙，一碧数顷，而且荷香远溢，宿鸟幽鸣，真不能不说是赏月胜地。荷塘月色的奇景，就在我的窗外。不管是谁来到这里，难道还能不顾而乐之吗？

然而，每值这样的良辰美景，我想到的却仍然是故乡苇坑里的那个平凡的小月亮。见月思乡，已经成为我经常的经历。思乡之病，说不上是苦是乐，其中有追忆，有惆怅，有留恋，有惋惜。流光如逝，时不再来。在微苦中实有甜美在。月是故乡明。我什么时候能够再看到我故乡里的月亮呀！我怅望南天，心飞向故里。

1989 年 11 月 3 日

赋得永久的悔

题目是韩小蕙小姐出的，所以名之曰“赋得”。但文章是我心甘情愿作的，所以不是八股。

我为什么心甘情愿作这样一篇文章呢？一言以蔽之，题目出得好，不但实获我心，而且先获我心：我早就想写这样一篇东西了。

我已经到了望九之年。在过去的七八十年中，从乡下到城里；从国内到国外，从小学、中学、大学到洋研究院，从“志于学”到超过“从心所欲不逾矩”，曲曲折折，坎坎坷坷。既走过阳关大道，也走过独木小桥；既经过“山重水复疑无路”，又看到“柳暗花明又一村”。喜悦与忧伤并驾，失望与希望齐飞，我的经历可谓多矣。要讲后悔之事，那是俯拾皆是。要选其中最深切、最真实、最难忘的悔，也就是永久的悔，那也是唾手可得，因为它片刻也没有离开过我的心。

我这永久的悔就是：不该离开故乡，离开母亲。

我出生在鲁西北一个极端贫困的村庄里。我们家是贫中之贫，真可以说是贫无立锥之地。十年浩劫中，我自己跳出来反对北大那一位倒行逆施但又炙手可热的“老佛爷”，被她视为眼中钉，必欲除之而后快。她手下的小喽啰们曾两次窜到我的故乡，处心积虑地把我“打”成地主，他们那种狗仗人势、穷凶极恶的教师爷架子，并没有能吓倒我的乡亲。我小时候的一位伙伴指着他们的鼻子，大声说：“如果让整个官庄来诉苦的话，季羡林家是第一家！”

这一句话并没有夸大，他说的是实情。我祖父母早亡，留下了我父亲等三个兄弟，孤苦伶仃，无依无靠。最小的一叔送了人。我父亲和九叔饿得没有办法，只好到别人家的枣林里去捡落到地上的干枣充饥。这当然不是长久之计。最后兄弟俩被逼背井离乡，盲流到济南去谋生。此时他俩也不过十几二十岁。在举目无亲的大城市里，必然是经过千辛万苦，九叔在济南落住了脚，于是我父亲就回到了故乡。说是农民，但又无田可耕。又必然是经过千辛万苦，九叔从济南有时寄点钱回家，父亲赖以生活。不知怎么一来，竟然寻（读作 xin）上了媳妇，她就是我的母亲。母亲的娘家姓赵，门当户对，她家穷得同我们家差不多，否则也绝不会结亲。她家里饭都吃不上，哪里有钱、有闲上学。所以我母亲一个字也不识，活了一辈子，连个名字都没有。她家是在另一个庄上，离我们庄五里路。这个五里路就是我母亲毕生所走的最长的距离。

北京大学那一位“老佛爷”要“打”成“地主”的人，也就是我，就出生在这样一个家庭里，就有这样一位母亲。

后来我听说，我们家确实也“阔”过一阵。大概在清末民初，九叔在东三省用口袋里剩下的最后五角钱，买了十分之一的湖北水灾奖券，中了奖。兄弟俩商量，要“富贵而归故乡”，回家扬一下眉，吐一下气。于是把钱运回家，九叔仍然留在城里，乡里的事由父亲一手张罗，他用荒唐离奇的价钱，买了砖瓦，盖了房子。又用荒唐离奇的价钱，置了一块带一口水井的田地。一时兴会淋漓，真正扬眉吐气了。可惜好景不长，我父亲又用荒唐离奇的方式，仿佛宋江一样，豁达大度，招待四方朋友。转瞬间，盖成的瓦房又拆了卖砖、卖瓦。有水井的田地也改变了主人。全家又回归到原来的情况。我就是在这个时候，在这样的情况下降生到人间来的。

母亲当然亲身经历了这个巨大的变化。可惜，当我同母亲住在一起的时候，我只有几岁，告诉我，我也不懂。所以，我们家这一次陡然上升，又陡然下降，只像是昙花一现，我到现在也不完全明白。这个谜恐怕要成为永恒的谜了。

不管怎样，我们家又恢复到从前那种穷困的情况。后来听人说，我们家那时只有半亩多地。这半亩多地是怎么来的，我也不清楚。一家三口人就靠这半亩多地生活。城里的九叔当然还会给点接济，然而像中湖北水灾奖那样的事儿，一辈子有一次也不算少了。九叔没有多少钱接济他的哥哥了。

家里日子是怎样过的，我年龄太小，说不清楚。反正吃得极坏，这个我是懂得的。按照当时的标准，吃“白的”（指麦子面）最高，其次是吃小米面或棒子面饼子，最次是吃红高粱饼子，颜色是红的，像猪肝一样。“白的”与我们家无缘，“黄的”（小米面或棒子面饼子颜色都是黄的）与我们缘分也不大，终日为伍者只有“红的”。这“红的”又苦又涩，真是难以下咽。但不吃又饿，我真有点谈“红”色变了。

但是，小孩子也有小孩子的办法。我祖父的堂兄是一个举人，他的夫人我喊她奶奶。他们这一支是有钱有地的。虽然举人死了，但家境依然很好。我这一位大奶奶仍然健在。她的亲孙子早亡，所以把全部的钟爱都倾注到我身上来。她是整个官庄能够吃“白的”的仅有的几个人中之一。她不但自己吃，而且每天都给我留出半个或者四分之一个白面馍馍来。我每天早晨一睁眼，立即跳下炕来向村里跑，我们家住在村外。我跑到大奶奶跟前，清脆甜美地喊上一声：“奶奶！”她立即笑得合不上嘴，把手缩回到肥大的袖子，从口袋里掏出一小块馍馍，递给我，这是我一天最幸福的时刻。

此外，我也偶尔能够吃一点“白的”，这是我自己用劳动换来的。一到夏天麦收季节，我们家根本没有什么麦子可收。对门住的宁家大婶子和大姑——她们家也穷得够呛——就带我到本村或外村富人的地里去“拾麦子”。所谓“拾麦子”就是别家的长工割过麦了，总还会剩下那么一点点麦穗，这些都是不值得一捡的，我们这些穷人就来“拾”。因为剩下的绝不会多，我们拾上半天，也不过拾半篮子，然而对我们来说，这已经是如获至宝了。一定是大婶和大姑对我特别照顾，以一个四五岁、五六岁的孩子，拾上一个夏天，也能拾上十斤八斤麦粒。这些都是母亲亲手搓出来的。为了对我加以奖励，麦季过后，母亲便把麦子磨成面，蒸成馍馍，或贴成白面饼子，让我解馋。我于是就大快朵颐了。

记得有一年，我拾麦子的成绩也许是有点“超常”。到了中秋节——农民嘴里叫“八月十五”——母亲不知从哪里弄了点月饼，给我掰了一块，我就蹲在一块石头旁边，大吃起来。在当时，对我来说，月饼可真是神奇的东西，龙肝凤髓也难以比得上的，我难得吃一次。我当时并没有注意，母亲是否也在吃。现在回想起来，她根本一口也没有吃。不但是月饼，连其他“白的”，母亲从来都没有尝过，都留给我吃了。她大概是毕生就与红色的高粱饼子为伍。到了歉年，连这个也吃不上，那就只有吃野菜了。

至于肉类，吃的回忆似乎是一片空白。我老娘家隔壁是一家卖煮牛肉的作坊。给农民劳苦耕耘了一辈子的老黄牛，到了老年，耕不动了，几个农民便以极其低的价钱买来，用极其野蛮的办法杀死，把肉煮烂，然后卖掉。老牛肉难煮，实在没有办法，农民就在肉锅里小便一通，这样肉就好烂了。农民心肠好，有了这种情况，就昭告四邻：“今天的肉你们别买！”老娘家穷，虽然极其疼爱我这个外孙，也只能用土罐子，花几个制钱，装一罐子牛肉汤，聊胜于无。记得有一次，罐子里多了一块牛肚子，这就成了我的专利。我舍不得一气吃掉，就用生了锈的小铁刀，一块一块地割着吃，慢慢地吃。这一块牛肚真可以同月饼媲美了。

“白的”、月饼和牛肚难得，“黄的”怎样呢？“黄的”也同样难得。但是，尽管我只有几岁，却也想出了办法。到了春、夏、秋三个季节，庄外的草和庄稼都长起来了。我就到庄外去割草，或者到人家高粱地里去擗高粱叶。擗高粱叶，田主不但不禁止，而且还欢迎；因为叶子一擗，通风情况就能改进，高粱长得就能更好，粮食打得就能更多。草和高粱叶都是喂牛用的。我们家穷，从来没有养过牛。我二大爷家是有地的，经常养着两头大牛。我这草和高粱叶就是给它们准备的。每当我这个不到三块豆腐高的孩子背着一大捆草或高粱叶走进二大爷的大门，我心里有所恃而不恐，把草放在牛圈里，赖着不走，总能蹭上一顿“黄的”吃，不会被二大娘“卷”（我们那里的土话，意思是“骂”）出来。到了过年的时候，自己心里觉得，在过去的一年里，自己喂牛立了功，又有了勇气到二大爷家里赖着吃黄面糕。黄面糕是用黄米面加上枣蒸成的。颜色虽黄，却位列“白的”之上，因为一年只在过年时吃一次，物以稀为贵，于是黄面糕就贵了起来。

我上面讲的全是吃的东西。为什么一讲到母亲就讲起吃的东西来了呢？原因并不复杂：第一，我作为一个孩子容易关心吃的东西；第二，所有我在上面提到的好吃的东西，几乎都与母亲无缘。除了“黄的”以外，其余她都不沾边儿。我在她身边只待到六岁，以后两次奔丧回家，待的时间也很短。现在我回忆起来，连母亲的面影都是迷离模糊的，没有一个清晰的轮廓。特别有一点，让我难解而又易解：我无论如何也回忆不起母亲的笑容来，她好像是一辈子都没有笑过。家境贫困，儿子远离，她受尽了苦难，笑容从何而来呢？有一次我回家听对面的宁大婶子告诉我说：“你娘经常说，‘早知道送出去回不来，我无论如何也不会放他走的！’”简短的一句话里面含着多少辛酸，多少悲伤啊！母亲不知有多少日日夜夜，眼望远方，盼望自己的儿子回来啊！然而这个儿子却始终没有归去，一直到母亲离开这个世界。

对于这个情况，我最初懵懵懂懂，理解得并不深刻。到了上高中的时候，自己大了几岁，逐渐理解了。但是自己寄人篱下，经济不能独立，空有雄心壮志，怎奈无法实现。我暗暗地下定了决心，立下了誓愿，一旦大学毕业，自己找到工作，立即迎养母亲。然而没有等到我大学毕业，母亲就离开我走了，永远永远地走了。古人说：“树欲静而风不止，子欲养而亲不待。”这话正应到我身上。我不忍想象母亲临终思念爱子的情况，一想到，我就会心肝俱裂，眼泪盈眶。当我从北平赶回济南，又从济南赶回清平奔丧的时候，看到了母亲的棺材，看到那简陋的屋子，我真想一头撞死在棺材上，随母亲于地下。我后悔，我真后悔，我千不该万不该离开了母亲。世界上无论什么名誉，什么地位，什么幸福，什么尊荣，都比不上待在母亲身边，即使她一个字也不识，即使整天吃“红的”。

这就是我的“永久的悔”。

1994 年 3 月 5 日

在清华大学念书的时候

我少无大志，从来没有想到做什么学者。中国古代许多英雄，根据正史的记载，都颇有一些豪言壮语，什么“大丈夫当如是也！”什么“彼可取而代也！”又是什么“燕雀焉知鸿鹄之志哉？”真正掷地作金石声，令我十分敬佩，可我自己不是那种人。

在我读中学的时候，像我这种从刚能吃饱饭的家庭出身的人，唯一的目的和希望就是——用当时流行的口头语来说——能抢到一只“饭碗”。当时社会上只有三个地方能生产“铁饭碗”：一个是邮政局，一个是铁路局，一个是盐务稽核所。这三处地方都掌握在不同国家的帝国主义分子手中。在那半殖民地社会里，“老外”是上帝。不管社会多么动荡不安，不管“城头”多么“变幻大王旗”，“老外”是谁也不敢碰的。他们生产的“饭碗”是“铁”的，砸不破，摔不碎。只要一碗在手，好好干活，不违“洋”命，则终生会有饭吃，无忧无虑，成为羲皇上人。

我的家庭也希望我在高中毕业后能抢到这样一只“铁饭碗”。我不敢有违严命，高中毕业后曾报考邮政局。若考取后，可以当一名邮务生。如果勤勤恳恳，不出娄子，干上十年二十年，也可能熬到一个邮务佐，算是邮局里的一个芝麻绿豆大的小官了；就这样混上一辈子，平平安安，无风无浪。幸乎？不幸乎？我没有考上。大概面试的“老外”看我不像那样一块料，于是我名落孙山了。在这样的情况下，我才报考了大学。北大和清华都录取了我。我同当时众多的青年一样，也想出国去学习，目的只在“镀金”，并不是想当什么学者。“镀金”之后，容易抢到一只饭碗，如此而已。在出国方面，我以为清华条件优于北大，所以舍后者而取前者。后来证明，我这一宝算是押中了。这是后事，暂且不提。

清华是当时两大名牌大学之一，前身叫留美预备学堂，是专门培养青年到美国去学习的。留美若干年镀过了金以后，回国后多为大学教授，有的还做了大官。在这些人里面究竟出了多少真正的学者，没有人做过统计，我不敢瞎说。同时并存的清华国学研究院，是一所很奇特的机构，仿佛是西装革履中一袭长袍马褂，非常不协调。然而在这个不起眼的机构里却有名闻宇内的四大导师：梁启超、王国维、陈寅恪、赵元任。另外有一名年轻的讲师李济，后来也成了大师，担任了“台湾中央研究院”的院长。这个国学研究院，与其说它是一所现代化的学堂，毋宁说它是一所旧日的书院。一切现代化学校必不可少的烦琐的规章制度，在这里似乎都没有。师生直接联系，师了解生，生了解师，真正做到了循循善诱，因材施教。虽然只办了几年，梁、王两位大师一去世，立即解体，然而所创造的业绩却是非同小可。我不确切知道究竟毕业了多少人，估计只有几十个人，但几乎全都成了教授，其中有若干位还成了学术界的著名人物。听史学界的朋友说，中国二十世纪三十年代后形成了一个学术派别，名叫“吾师派”，大概是由某些人写文章常说的“吾师梁任公”“吾师王静安”“吾师陈寅恪”等衍变而来的。从这一件小事也可以看到清华国学研究院在学术界影响之大。

吾生也晚，没有能亲逢国学研究院的全盛时期。我于 1930 年入清华时，留美预备学堂和国学研究院都已不存在，清华改成了“国立清华大学”。清华有一个特点：新生投考时用不着填上报考的系名，录取后，再由学生自己决定入哪一个系；读上一阵，觉得不恰当，还可以转系。转系在其他一些大学中极为困难——比如说现在的北京大学，但在当时的清华，却真易如反掌。可是根据我的经验：世上万事万物都具有双重性。没有入系的选择自由，很不舒服；现在有了入系的选择自由，反而更不舒服。为了这个问题，我还真伤了点脑筋。系科盈目，左右掂量，好像都有点吸引力，究竟选择哪一个系呢？我一时好像变成了莎翁剧中的Hamlet碰到了To be or not to be, that is the question。我是从文科高中毕业的，按理说，文科的系对自己更适宜。然而我却忽然一度异想天开，想入数学系，真是“可笑不自量”。经过长时间的考虑，我决定入西洋文学系（后改名外国语文系）这一件事也证明我“少无大志”，我并没有明确的志向，想当哪一门学科的专家。

当时清华大学的西洋文学系，在全国各大学中是响当当的名牌。原因据说是由于外国教授多，讲课当然都用英文，连中国教授讲课有时也用英文。用英文讲课，这可真不得了呀！只是这一条就能够振聋发聩，于是就名满天下了。我当时未始不在被振发之列，又同我那虚无缥缈的出国梦联系起来，我就当机立断，选了西洋文学系。

从1930年到现在，六十七个年头已经过去了。所有的当年的老师都已经去世了。最后去世的一位是后来转到北大来的美国的温德先生，去世时已经活过了一百岁。我现在想根据我在清华学习四年的印象，对西洋文学系做一点评价，谈一谈我个人的一点看法。我想先从古希腊找一张护身符贴到自己身上：“吾爱吾师，吾尤爱真理。”有了这一张护身符，我就可以心安理得，能够畅所欲言了。

我想简略地实事求是地对西洋文学系的教授阵容做一点分析。我说“实事求是”，至少我认为是实事求是，难免有不同的意见，这就是平常所谓的“仁者见仁，智者见智”了。我先从系主任王文显教授谈起。他的英文极好，能用英文写剧本，没怎么听他说过中国话。他是莎士比亚研究的专家，有一本用英文写成的有关莎翁研究的讲义，似乎从来没有出版过。他隔年开一次莎士比亚的课，在堂上念讲义，一句闲话也没有。下课铃一摇，合上讲义走人。多少年来，都是如此。讲义是否随时修改，不得而知。据老学生说，讲义基本上不做改动。他究竟有多大学问，我不敢瞎说。他留给学生最深的印象，是他充当冰球裁判时那种脚踏溜冰鞋似乎极不熟练的战战兢兢如履薄冰的神态。

现在我来介绍温德教授。他是美国人，怎样到清华来的，我不清楚。他教欧洲文艺复兴文学和第三年法语。他终身未娶，死在中国。据说他读的书很多，但没见他写过任何学术文章。学生中流传着有关他的许多逸闻趣事。他说，在世界上所有的宗教中，他最喜爱的是伊斯兰教，因为伊斯兰教的"天堂"很符合他的口味。学生中流传的逸闻之一就是：他身上穿着五百块大洋买来的大衣（当时东交民巷外国裁缝店的玻璃橱窗中摆出一块呢料，大书"仅此一块"。被某一位冤大头买走后，第二天又摆出同样一块，仍然大书"仅此一块"。价钱比平常同样的呢料要贵上五至十倍），腋下夹着十块钱一册的《万人丛书》（*Everyman's Library*）（某一国的老外名叫 Vetch，在北京饭店租了一间铺面，专售西书。他把原有的标价剪掉，然后以抬高四五倍的价钱卖掉），眼睛上戴着用八十块大洋配好但把镜片装反了的眼镜，徜徉在水木清华的林荫大道上，昂首阔步，醉眼蒙眬。

现在介绍翟孟生教授。他也是美国人，教西洋文学史。听说他原是清华留美预备学堂的理化教员。后来学堂撤销，改为大学，他就留在西洋文学系。他大概是颇为勤奋，确有著作，而且是厚厚的大大的巨册，在商务印书馆出版，书名叫 *A Survey of European Literature*。读了可以对欧洲文学得到一个完整的概念。但是，书中错误颇多，特别是在叙述某一部名作的故事内容中，时有张冠李戴之处。学生们推测，翟老师在写作此书时，手头有一部现成的欧洲文学史，又有一本 *Story Book*，讲一段文学发展的历史事实；遇到名著，则查一查 *Story Book*，没有时间和可能尽读原作，因此名著内容印象不深，稍一疏忽，便出讹误。不是行家出身，这种情况实在是难以避免的。我们不应苛责翟孟生老师。

现在介绍吴可读教授。他是英国人，讲授中世纪文学。他既无著作，也不写讲义。上课时他顺口讲，我们顺手记。究竟学到了些什么东西，我早已忘到九霄云外去了。他还讲授当代长篇小说一课。他共选了五部书，其中包括当时才出版不太久但已赫赫有名的《尤利西斯》和《追忆逝水年华》。此外还有托马斯·哈代的《还乡》，吴尔芙和劳伦斯各一部。第一二部谁也不敢说完全看懂。我只觉迷离模糊，不知所云。根据现在的研究水平来看，我们的吴老师恐怕也未必能够全部透彻地了解。

现在介绍毕莲教授。她是美国人。我也不清楚她是怎样到清华来的。听说她在美国教过中小学。她在清华讲授中世纪英语，也是一无著作，二无讲义。她的拿手好戏是能背诵英国大诗人 Chaucer 的 *Canterbury Tales* 开头的几段。听老同学说，每逢新生上她的课，她就背诵那几段，背得滚瓜烂熟，先给学生一个下马威。以后呢？以后就再也没有什么新花样了。年轻的学生们喜欢品头论足，说些开玩笑的话。我们说：程咬金还能舞上三板斧，我们的毕老师却只能砍上一板斧。

下面介绍两位德国教授。第一位是石坦安，讲授第三年德语。不知道他的专长何在，只是教书非常认真，颇得学生的喜爱。此外我对他便一无所知了。第二位是艾克，字锷风。他算是我的业师，他教我第四年德文，并指导我的学士论文。他在德国拿到过博士学位，主修的好像是艺术史。他精通希腊文和拉丁文，偏爱德国古典派的诗歌，对于其名最初隐而不彰后来却又大彰的诗人荷尔德林（Hölderlin）情有独钟，经常提到他。艾克先生教书并不认真，也不愿费力。有一次我们几个学生请他用德文讲授，不用英文。他便用最快的速度讲了一通，最后问我们："Verstehen sie etwas davon? "（你们听懂了什么吗？）我们瞠目结舌，敬谨答曰："No! " 从此天下太平，再也没有人敢提用德文讲授的事。他学问是有的，曾著有一部厚厚的《宝塔》，是用英文写的，利用了很丰富的资料和图片，专门讲中国的塔。这一部书在国外汉学界颇有一些名气。他的另外一部专著是研究中国明代家具的，附了很多图表，篇幅也相当多。由此可见他的研究兴趣之所在。他工资极高，孤身一人，租赁了当时辅仁大学附近的一座王府，他就住在银安殿上，雇了几个听差和厨师。他收藏了很多中国古代名贵字画，坐拥画城，享受王者之乐。1946 年，我回到北京时，他仍在清华任教。此时他已成了家，夫人是一位中国女画家，年龄比他小一半，年轻貌美。他们夫妇请我吃过烤肉。北京一解放，他们就流落到夏威夷。艾锷风老师久已谢世，他的夫人还健在。

我在上面提到过，我的学士论文是在艾锷风老师指导下写成的，是用英文写的，题目是"*The Early Poems of F.Hölderlin*"。英文原稿已经遗失，只保留下来了一份中文译文。一看这题目，就能知道是受到了艾先生的影响。现在回忆起来，我当时的德文水平不可能真正看懂荷尔德林的并不容易懂的诗句。当然，要说一点儿都不懂，那也不是事实。反正是半懂半不懂，囫囵吞枣，参考了几部《德国文学史》，写成了这一篇论文，分数是 E（excellent，优）。我年轻时并不缺少幻想力，这是一篇幻想力加学术探讨写成的论文。如果这就算学术研究的话，说它是"发轫"，也未尝不可。但是，这个"轫""发"得并不辉煌，里面并没有什么"天才的火花"。

现在再介绍西洋文学系的老师，先介绍吴宓（字雨僧）教授。他是美国留学生，是美国人文主义大师白璧德的弟子，在国内不遗余力地宣传自己老师的学说。他反对白话文，更反对白话文学。他联合了一些志同道合者，创办了《学衡》杂志，文章一律是文言。他自己也用文言写诗，后来出版了《吴宓诗集》。在中国文坛上，他属于右倾保守集团，没有什么影响。他给我们讲授两门课：一门是“英国浪漫诗人”，一门是“中西诗之比较”。在美国，他入的是比较文学系。在中国，他是提倡比较文学的先驱者之一。但是，他在这方面的文章却几乎不见。在我看来，“比较文学”这个概念当时并没有形成。如果真有文章的话，他并不缺少发表的地方，《学衡》和天津《大公报·文学副刊》都掌握在他手中。留给我印象最深的只是他那些连篇累牍的关于白璧德人文主义的论述文章。在“英国浪漫诗人”这一堂课上，我记得最清楚的是他让我们背诵那些浪漫诗人的诗句，有时候要背得很长很长。理论讲授我一点也回忆不起来了。在“中西诗之比较”这一堂课上，除了讲点西方的诗和中国的古诗之外，关于理论，我的回忆中也是一片空白。反之，最难忘的却是：他把自己一些新写成的旧诗也铅印成讲义，在堂上散发。他那有名的《空轩诗》就是在这种情况下发到我们手中的。雨僧先生生性耿直，古貌古心，却流传着许多“绯闻”。他似乎爱过追求过不少女士，最著名的一个是毛彦文。他曾有一首诗，开头两句是：“吴宓苦爱〇〇〇，三洲人士共惊闻。”隐含在三个〇里面的人名，用押韵的方式呼之欲出。“三洲”指的是亚、欧、美。这虽是诗人的夸大，知道的人确实不少，这却是事实。他的《空轩诗》被学生在小报《清华周刊》上改写为打油诗，给他开了一个不大不小的玩笑。第一首的头两句被译成了“一见亚北貌似花，顺着秫秸往上爬”。“亚北”者，指一个姓欧阳的女生。关于这一件事，我曾在发表在香港《大公报·文学副刊》上的一篇谈叶公超先生的散文中写到过，这里不再重复。回头仍然讲吴先生的“中西诗之比较”这一门课。为这一门课我曾写过一篇论文，题目忘记了，是师命或者自愿，我也忘记了。内容依稀记得是把陶渊明同一位英国浪漫诗人相比较，当然不会比出什么东西来的。我最近几年颇在一些文章和谈话中，对比较文学的“无限可比性”有所指责。X和Y，任何两个诗人或其他作家都可以硬拉过来一比，有人称之为“拉郎配”，是一个很形象的说法。焉知六十多年前自己就是一个“拉郎配”者或始作俑者。自己向天上吐的唾沫最终还是落到自己脸上，岂不尴尬也哉！然而这个事实我却无法否认。如果这样的文章也能算科学研究的“发轫”的话，我的发轫起点实在是很低的。但是，话又说了回来，在西洋文学系教授群中，讲真有学问的，雨僧先生算是一个。

下面介绍叶崇智（公超）教授。他教我们第一年英语，用的课本是英国女作家Jane Austen的《傲慢与偏见》。他的教学法非常离奇，一不讲授，二不解释，而是按照学生的座次——我先补充一句，学生的座次是并不固定的——从第一排右手起，每一个学生念一段，依次念下去。念多么长，好像也并没有一定之规，他一声令下：Stop！于是就Stop了。他问学生：“有问题没有？”如果没有，就是邻座的第二个学生念下去。有一次，一个同学提了一个问题，他大声喝：“查字典去！”一声狮子吼，全堂愕然、肃然，屋里静得能听到彼此的呼吸声。从此天下太平，再没有人提任何问题了。就这样过了一年。公超先生英文非常好，对英国散文大概是很有研究的。可惜他惜墨如金，从来没见他写过任何文章。

在文坛上，公超先生大概属于新月派一系。他曾主编过——或者帮助编过——一个纯文学杂志《学文》。我曾写过一篇散文《年》，送给了他。他给予这篇文章极高的评价，说我写的不是小思想、小感情，而是“人类普遍的意识”。他立即将文章送《学文》发表。这实出我望外，欣然自喜，颇有受宠若惊之感。为了表示自己的感激之情，兼怀有巴结之意，我写了一篇《我是怎样写起文章来的？》送呈先生。然而，这次却大出我意料，狠狠地碰了一个钉子。他把我叫了去，铁青着脸，把原稿掷给了我，大声说道：“我一个字都没有看！”我一时目瞪口呆，赶快拿着文章开路大吉。个中原因我至今不解。难道这样的文章只有成了名的作家才配得上去写？此文原稿已经佚失，我自己是自我感觉极为良好的。平心而论，我在清华四年，只写过几篇散文——《年》《黄昏》《寂寞》《枸杞树》，一直到今天，还是一片赞美声。清夜扪心，这样的文章我今天无论如何也写不出来了。我一生从不敢以作家自居，而只以学术研究者自命。然而具有讽刺意味的是：如果说我的学术研究起点很低的话，我的散文创作的起点应该说是不低的。

公超先生虽然一篇文章也不写，但是，他并非懒于动脑筋的人。有一次，他告诉我们几个同学，他正考虑一个问题：在中国古代诗歌中人的感觉——或者只是诗人的感觉的转换问题。他举了一句唐诗："静听松风寒。"最初只是用耳朵听，然而后来却变成了躯体的感受"寒"。虽然后来没见有文章写出，却表示他在考虑一些文艺理论的问题。当时教授与学生之间有明显的鸿沟：教授工资高，社会地位高，存在决定意识，由此就形成了"教授架子"这一个词儿。我们学生只是一群有待于到社会上去抢一只饭碗的碌碌青年。我们同教授们不大来往，路上见了面，也是望望然而去之，不敢用代替西方"早安""晚安"一类的致敬词儿的"国礼"——"你吃饭了吗？""你到哪里去呀？"去向教授们表示敬意。公超先生后来当了大官：台湾的"外交部长"。关于这一件事，我同我的一位师弟——一位著名的诗人有不同的看法。我曾在香港《大公报·文学副刊》上发表过的一篇文章中提到此事。此文上面已提到。

现在再介绍一位不能算是主要教授的外国女教授，她是德国人华兰德小姐，讲授法语。她满头银发，闪闪发光，恐怕已经有了一把子年纪，终身未婚。中国人习惯称之为"老姑娘"。也许正因为她是"老姑娘"，所以脾气有点变态。用医生的话说，可能就是迫害狂。她教一年级法语，像是教初小一年级的学生。后来我领略到的那种德国外语教学方法，她一点儿都没有。极简单的句子，翻来覆去地教，令人从内心深处厌恶。她脾气却极坏，又极怪，每堂课都在骂人。如果学生的卷子答得极其正确，让她无辫子可抓，她就越发生气，气得简直浑身发抖，面红耳赤，开口骂人，语无伦次。结果是把80%的学生全骂走了，只剩下我们五六个不怕骂的学生。我们商量“教训”她一下。有一天，在课堂上，我们一齐站起来，对她狠狠地顶撞了一番。大出我们所料，她屈服了。从此以后，天下太平，再也没有看到她撒野骂人了。她住在当时燕京大学南面军机处的一座大院子里，同一个美国“老姑娘”相依为命。二人合伙吃饭，轮流每人管一个月的伙食。在这一个月中，不管伙食的那一位就百般挑剔，恶毒咒骂。到了下个月，人变换了位置，骂者与被骂者也颠倒了过来。总之是每月每天必吵。然而二人却谁也离不开谁，好像吵架已经成了生活必不可缺的内容。

我在上面介绍了清华西洋文学系的大概情况，绝没有一句谎言。中国古话：为尊者讳，为贤者讳。这道理我不是不懂，但是为了真理，我不能用撒谎来讳，我只能据实直说。我也绝不是说，西洋文学系一无是处。这个系能出像钱钟书和万家宝（曹禺）这样大师级的人物，必然有它的道理。我在这里无法详细推究了。

专就我个人而论，专从学术研究发轫这个角度上来看，我认为，我在清华四年，有两门课对我影响最大：一门是旁听而又因时间冲突没能听全的历史系陈寅恪先生的“佛经翻译文学”；一门是中文系朱光潜先生的“文艺心理学”，是一门选修课。这两门不属于西洋文学系的课程，我可万没有想到会对我终生产生了深刻而悠久的影响，绝非本系的任何课程所能相比于万一。陈先生上课时让每个学生都买一本《六祖坛经》。我曾到今天的美术馆后面的某一座大寺庙里去购买此书。先生上课时，任何废话都不说，先在黑板上抄写资料，把黑板抄得满满的，然后再根据所抄的资料进行讲解分析；对一般人都不注意的地方提出崭新的见解，令人顿生石破天惊之感，仿佛酷暑饮冰，凉意遍体，茅塞顿开。听他讲课，简直是最高最纯的享受。这同他写文章的做法如出一辙。当时我对他的学术论文已经读了一些，比如《四声三问》等等。每每还同几个同学到原物理楼南边王静安先生纪念碑前，共同阅读寅恪撰写的碑文，觉得文体与流俗不同，我们戏说这是“同光体”。有时在路上碰到先生腋下夹着一个黄布书包，走到什么地方去上课，步履稳重，目不斜视，学生们都投以极其尊重的目光。

朱孟实（光潜）先生是北大的教授，在清华兼课。当时他才从欧洲学成归来。他讲“文艺心理学”，其实也就是美学。他的著作《文艺心理学》还没有出版，也没有讲义，他只是口讲，我们笔记。孟实先生的口才并不好，他不属于能言善辩一流，而且还似乎有点儿怕学生，讲课时眼睛总是往上翻，看着天花板上的某一个地方，不敢瞪着眼睛看学生。可他一句废话也不说，慢条斯理，操着安徽乡音很重的蓝青官话，讲着并不太容易理解的深奥玄虚的美学道理，句句仿佛都能钻入学生心中。他显然同鲁迅先生所说的那一类，在外国把老子或庄子写成论文让洋人吓了一跳，回国后却偏又讲康德、黑格尔的教授，完全不可相提并论。他深通西方哲学和当时在西方流行的美学流派，而对中国旧的诗词又极娴熟。所以在课堂上引东证西或引西证东，触类旁通，头头是道，毫无扞格牵强之处。我觉得，这才是真正的比较文学，比较诗学。这样的本领，在当时是凤毛麟角，到了今天，也不多见。他讲的许多理论，我终生难忘，比如 Lipps 的“感情移入说”，到现在我还认为是真理，不能更动。

陈、朱二师的这两门课，使我终生受用不尽。虽然我当时还没有敢梦想当什么学者，然而这两门课的内容和精神却已在潜移默化中融入了我的内心深处。如果说我的所谓“学术研究”真有一个待“发”的“轫”的话，那个“轫”就隐藏在这两门课里面。

记北大1930年入学考试

1930年，我高中毕业。当时山东只有一个高中，就是杆石桥山东省立高中，文理都有，毕业生大概有七八十个人。除少数外，大概都要进京赶考的。我之所谓“京”是一个形象的说法，就是指的北京，当时还叫“北平”。山东有一所大学——山东大学，但是名声不显赫，同北京的北大、清华无法并提。所以，绝大部分高中毕业生都进京赶考。

当时北平的大学很多。除了北大、清华以外，我能记得来的还有朝阳大学、中国大学、郁文大学、平民大学、辅仁大学、燕京大学等。还有一些只有校名，没有校址的大学，校名也记不清楚了。

有的同学大概觉得自己底气不足，报了五六个大学的名。报名费每校三元，有几千学生报名，对学校来说是一笔不小的收入。我本来是一个上不得台盘的人，新育小学毕业就没有勇气报考一中。但是，高中一年级时碰巧受到了王寿彭状元的奖励。于是虚荣心起了作用：既然上去，就不能下来！结果三年高中，六次考试，我考了六个第一名。心中不禁“狂”了起来。我到了北平，只报了两个学校：北大与清华。结果两校都录取了我。经过反复的思考，我弃北大而取清华。后来证明我这个判断是正确的。否则我就不会有留德十年。没有留德十年，我以后走的道路会是完全不同的。

那一年的入学考试，北大就在沙滩，清华因为离城太远，借了北大的三院作考场。清华的考试平平常常，没有什么特异之处。北大则极有特色，至今忆念难忘。首先是国文题就令人望而生畏，题目是“何谓科学方法？试分析评论之”。又要“分析”，又要“评论之”，这究竟是考学生什么呢？我哪里懂什么“科学方法”。幸而在高中读过一年逻辑，遂将逻辑的内容拼拼凑凑，写成了一篇答卷，洋洋洒洒，颇有一点神气。北大英文考试也有特点。每年必出一首旧诗词，令考生译成英文。那一年出的是“别来春半，触目愁肠断。砌下落梅如雪乱，拂了一身还满”。所有的科目都考完以后，又忽然临时加试一场英文dictation。一个人在上面念，让考生整个记录下来。这玩意儿我们山东可没有搞。我因为英文单词记得多，整个故事我听得懂，大概是英文《伊索寓言》一类书籍抄来的吧。总起来，我都写了下来。仓皇中把suffer写成了safer。

我们山东赶考的书生们经过了这几大灾难才仿佛井蛙从井中跃出，大开了眼界，了解到了山东中学教育水平是相当低的。

2003年9月28日

我爱北京的小胡同

我爱北京的小胡同，北京的小胡同也爱我，我们已经结下了永恒的缘分。

六十多年前，我到北京来考大学，就下榻于西单大木仓里面的一条小胡同中的一个小公寓里。白天忙于到沙滩北大三院去应试。北大与清华各考三天，考得我焦头烂额，筋疲力尽；夜里回到公寓小屋里，还要忍受臭虫的围攻，特别可怕的是那些臭虫的空降部队，防不胜防。

但是，我们这一帮山东来的学生仍然能够苦中作乐。在黄昏时分，总要到西单一带去逛街。街灯并不辉煌，“无风三尺土，有雨一街泥”，也会令人不快。我们却甘之若饴。耳听铿锵清脆、悠扬有致的京腔，如闻仙乐。此时鼻管里会蓦然涌入一股幽香，是从路旁小花摊上的栀子花和茉莉花那里散发出来的。回到公寓，又能听到小胡同中的叫卖声：“驴肉，驴肉。”“王致和的臭豆腐！”其声悠扬、深邃，还含有一点凄清之意。这声音把我送入梦中，送到与臭虫搏斗的战场上。

将近五十年前，我在欧洲待了十多年以后，又回到了故都。这次是住在东城的一条小胡同里：翠花胡同，与南面的东厂胡同为邻。我住的地方后门在翠花胡同，前门则在东厂胡同，据说是明朝的特务机关东厂所在地，是折磨、囚禁、拷打、杀害所谓“犯人”的地方。冤死之人极多，他们的鬼魂常常出来显灵。我是不相信什么鬼怪的，我感兴趣的不是什么鬼怪显灵，而是这一所大房子本身。它地跨两个胡同，其大可知。里面重楼复阁，四廊盘曲，院落错落，花园重叠，一个陌生人走进去，必然是如入迷宫，不辨东西。

然而，这样复杂的内容，无论是从前面的东厂胡同，还是从后面的翠花胡同，都是看不出来的。外面十分简单，里面十分复杂；外面十分平凡，里面十分神奇。这是北京城里许多小胡同共有的特点。

据说当年黎元洪大总统在这里住过。我住在这里的时候，北大校长胡适住在黎住过的房子中。我住的这个地方仅仅是这个院子的一个旮旯，在西北角上。但是这个旮旯并不小，是一个三进的院子，我第一次体会到“庭院深深深几许”的意境。我住在最深一层院子的东房中，园子里摆满了汉代的砖棺。这里本来就是北京的一所“凶宅”，再加上这些棺材，黄昏时分，总会让人感觉到鬼影幢幢，毛骨悚然。所以很少有人敢在晚上拜访我。我每日与鬼为邻，倒也过得很安静。

第二进院子里有很多树，我最初没有注意是什么树。有一个夏日的夜晚，刚下过一阵雨，我走在树下，忽然闻到一股幽香。原来这些是马樱花树，树上正开着繁花，幽香就是从这里散发出来的。这一下子让我回忆起十几年前西单的栀子花和茉莉花的香气。当时我是一个十九岁的大孩子，现在成了中年人。相距近二十年的两个我，忽然融合到一起来了。

不管是六十多年，还是五十年，都成为过去了。现在北京的面貌天天在改变，层楼摩天，国道宽敞。然而那些可爱的小胡同，却日渐消逝，被摩天大楼吞噬掉了。看来在现实中小胡同的命运和地位都要日趋消沉，这是不可抵御的，也不一定就算是坏事。可是我仍然执着地关心我的小胡同。就让他们在我的心中占一个地位吧，永远，永远。

我爱北京的小胡同，北京的小胡同也爱我。

我和北大图书馆

我对北大图书馆有一种特殊的感情，这种感情潜伏在我的内心深处，从来没有明确地意识到过。最近图书馆的领导同志要我写一篇讲图书馆的文章，我连考虑都没有，立即一口答应。但我立刻感到有点吃惊。我现在事情还是非常多的，抽点时间，并非易事。为什么竟立即答应下来了呢？如果不是心中早就蕴藏着这样一种感情的话，能出现这种情况吗？

山有根，水有源，我这种感情的根源由来已久了。

1946年，我从欧洲回国。去国将近十一年，在落叶满长安（长安街也）的深秋季节回到了北平，在北大工作，内心感情的波动是难以形容的。既兴奋，又寂寞；既愉快，又惆怅。然而我立刻就到了一个可以安身立命的地方，这就是北大图书馆。当时我单身住在红楼，我的办公室（东语系办公室）是在灰楼。图书馆就介乎其中。承当时图书馆的领导特别垂青，在图书馆里给了我一间研究室，在楼下左侧。窗外是到灰楼去的必由之路。经常有人走过，不能说是很清静，但是在图书馆这一面，却是清静异常。我的研究室左右，也都是教授研究室，当然室各有主，但是颇少见人来。所以走廊里静如古寺，真是念书写作的好地方。我能在奔波数万里扰攘十几年，有时梦想得到一张一尺见方的书桌而渺不可得的情况下，居然有了一间窗明几净的研究室，简直如坐天堂，如享天福了。当时我真想咬一下自己的手，看一看自己是否是做梦。

研究室的真正要害还不在窗明几净——这也是必要的——而在于有没有足够的书。在这一点上，我也得到了意外的满足。图书馆的领导允许我从书库里提一部分必要的书，放在我的研究室里，供随时查用。我当时是东语系的主任，虽然系非常小，没有多少学生；但是，麻雀虽小，五脏俱全，仍然有一些会要开，一些公要办，所以也并不太闲。可是我一有机会，就遁入我的研究室去，“躲进小楼成一统”，这地方是我的天下。我一进屋，就能进入角色，潜心默读，坐拥书城，其乐实在是不足为外人道也。我回国以后，由于资料缺乏，在国外时的研究工作无法进行，只能有多大碗，吃多少饭，找一些可以发挥自己的长处而又有利于国计民生的题目，来进行研究。北大图书馆藏书甲全国大学，我需要的资料基本上能找得到，因此还能够写出一些东西来。如果换一个地方，我必如车辙中的鲋鱼那样，什么书也看不到，什么文章也写不出，不但学业上不能进步，长此以往，必将索我于鲍鱼之肆了。

作为全国最高学府的北京大学，我们有悠久的爱国主义的革命历史传统，有实事求是的学术传统，这些都是难能可贵的。但是，我认为，一个第一流的大学，必须有第一流的设备、第一流的图书、第一流的教师、第一流的学者和第一流的管理。五个第一流，缺一不可。我们北大可以说是具备这五个第一流的。因此，我们有充分的基础，可以来弘扬祖国的优秀文化，为我国四化建设培养德才兼备的人才，对外为祖国争光，对内为人民立功，仰不愧于天，俯不怍于地，充满信心地走向光辉的未来。在这五个第一流中，第一流的图书更显得特别突出。北大图书馆是全国大学图书馆的翘楚。这是世人之公言，非我一个之私言。我们为此应该感到骄傲，感到幸福。

但是，我们全校师生员工却不能躺在这个骄傲上、这个幸福上睡大觉。我们必须努力学习，努力工作，像爱护自己的眼球一样，爱护北大，爱护北大的一草一木、一山一石，爱护我们的图书馆。我们图书馆的藏书盈架充栋，然而我们应该知道，一部一册来之不易，一页一张得之维艰。我们全体北大人必须十分珍惜爱护。这样，我们的图书馆才能有长久的生命，我们的骄傲与幸福才有坚实的基础。愿与全校同仁共勉之。

1991 年 11 月 6 日

追忆哈隆教授

1935年深秋，我来到了德国的哥廷根。

我曾有过一个公式：

天才 + 勤奋 + 机遇＝成功

我十分强调机遇。我是从机遇缝里钻出来的，从山东穷乡僻壤钻到今天的我。

到了德国以后，我被德国学术交换处分配到哥廷根，而乔冠华则被分配到吐平根（Tübingen）。如果颠倒一下的话，则吐平根既无梵学，也无汉学。我在那里混上两年，一无所获，连回国的路费都无从筹措。我在这里真不能不感谢机遇对我的又一次垂青。

我到了哥廷根，真是如鱼得水。到了1936年春，我后来的导师E.Waldschmidt调来哥廷根担任梵学正教授。这就奠定了我一生研究的基础。梵文研究所设在东方研究所（都不是正式的名称）内，这个研究所坐落在大图书馆对面Gauss-Weber-Haus内。这是几百年前大数学家Gauss和他的同伴Weber鼓捣电话的地方。房子极老，一层是阿拉伯研究所、巴比伦亚述研究所、古代埃及文研究所。二层是梵文研究所、斯拉夫语研究所、伊朗研究所。三层最高层则住着俄文讲师

V.Grimm 夫妇。

大学另外有一个汉学研究所，不在 Gauss-Weber-Haus 内，而在离开此地颇远的一个大院子中大楼里。院子极大，有几株高大的古橡树矗立其间，上摩青天，气象万千。大楼极大，我不知道是作什么用的，楼中也很少碰到人。在二楼，有六七间大房子，四五间小房子，拨归汉学研究所使用。同 Gauss-Weber-Haus 比较起来宽敞多了。

汉学研究所没有正教授，有一位副教授兼主任，他就是 G. 哈隆（G.Haloun）教授，这个研究所和哈隆本人都不被大学所重视。他告诉我：他是苏台德人，不为正统的德国人所尊重。事实上也确实是这样的，我从来没有见过他同德国人有什么来往。哥廷根是德国的科学重镇，有一个科学院，院士们都是正教授中之佼佼者。这同他是不沾边的。在这里，他是孤独的，寂寞的。陪伴他出出进进汉学研究所，我只看到他夫人一个人。在汉学研究所他的办公室里，他夫人总是陪他坐在那里，手里摆弄着什么针线活，教授则埋首搞自己的研究工作。好像这里就是他们的家庭。他们好像是处在一个孤岛上，形影不离，相依为命。

哈隆教授对中国古籍是下过一番苦功的。尤其是对中国古代音韵学有湛深的研究。用拉丁字母来表示汉字的发音，西方有许多不同的方法。但是，他认为，这些方法都不能真正准确地表示出汉字独特的发音，因此，他自己重新制造了一个崭新的体系，他自己写文章时就使用这一套体系。

在我到达哥廷根以前若干年中，哈隆教授研究中心问题，似与当时欧洲汉学新潮流相符合，重点研究古代中亚文明。他费了许多年的时间，写了一篇相当长的论文《论月支（化）问题》，发表在有名的《德国东方学会会刊》上，受到了国际汉学家广泛的关注。

哈隆教授能读中文书，但不会说中国话。看这个问题应该有一个历史的观点。几百年前，在欧洲传播一点汉语知识的多半是在中国从事传教活动的神甫和牧师。但是，他们虽然能说中国话，却不是汉学家。再晚一些时候，新一代汉学家成长起来了。他们精通汉语和一些少数民族的语言，但是能讲汉语者极少。比如鼎鼎大名的法国的伯希和（Paul Pelliot），我在清华念书时曾听过他一次报告，是用英语讲的。可见他汉话是不灵的。

上个世纪30年代，我到了德国，汉学家不说汉语的情况并没有改变。哈隆教授绝非例外。一直到比他再晚一代的年轻的汉学家，情况才开始改变。二战结束，到中国来去方便，年轻的汉学家便成群结队地来到了中国，从此欧洲汉学家不会讲汉语的情况便永远成为历史了。

我初到哥廷根时，中国留学生只有几个人，都是学理工的，对汉学不感兴趣。此时章士钊的妻子吴弱男（曾担任过孙中山的英文秘书）正带着三个儿子游学欧洲，只有次子章用留在哥廷根学习数学。他从幼年起就饱读诗书，能作诗。我们一见面，谈得非常痛快，他认为我是空谷足音。他母亲说，他平常不同中国留学生来往，认识我了以后，仿佛变了一个人，经常找我来闲聊，彼此如坐春风。章用同哈隆关系不太好。章曾帮助哈隆写过几封致北京一些旧书店买书的信。1935年深秋，我到了哥廷根，领我去见哈隆的记得就是章用。我同哈隆一见如故。对于哈隆教授这一代的欧洲汉学家，我有自己的实事求是的看法，他们的优缺点，我虽然不敢说是了如指掌，但是八九不离十。我们中国人首先应当尊敬他们，是他们把我国的文化传入欧美的，是他们在努力加强西方人对中国文化的了解。他们有了困难，帮助他们是我们的天职。我们没有任何理由小看他们，不尊重他们。

哈隆教授，除了自己进行研究工作以外，他最大的成绩就是努力创造了一个规模不小的汉学图书馆。他多方筹措资金，到中国北京去买书。我曾给他写过一些信给北京琉璃厂的某书店，还有东四脩绠堂等书店，按照他提出的书单，把书运往德国。哥廷根大学图书馆并不收藏汉文书籍，对此也毫无兴趣。哈隆的汉学图书馆占有五六间大房子和几间小房子。大房子中，书架上至天花板，估计有几万册。线装书最多，也有不少的日文书籍。记得还有几册明版的通俗小说，在中国也应该属于善本了。对我来讲，最有用的书极多，首先是《大正新修大藏经》一百册。这一部书是我做研究工作必不可少的。可惜在哥廷根只有 Prof.Waldschmidt 有一套，我无法使用。现在，汉学研究所竟然有一套，只供我一个人使用，真如天降洪福，绝处逢生。此外，这里还有一套长达百本的笔记丛刊。我没事时也常读一读，增加了一些乱七八糟的知识。在这样的情况下，我在哥廷根十年，绝大部分时间是在梵学研究所度过的，其余的时间则多半是在汉学研究所。

我对哈隆的汉学图书馆也可以说是做过一些贡献的。中国木版的旧书往往用蓝色的包皮装裹起来，外面看不到书的名字，这对读者非常不方便。我让国内把虎皮宣纸寄到德国，附上笔和墨。我对每一部这样的书都用宣纸写好书名，贴到书上，让读者一看就知道是什么书，非常方便，而且也美观。几个大书架上，仿佛飞满了黄色的蝴蝶，顿使不太明亮的大书库里也充满了盎然的生气。不但我自己觉得很满意，哈隆更是赞不绝口，有外宾来参观，他也怀着骄傲的神色向他们介绍，这种现象在别的汉学图书馆中也许是见不到的。

时间已经到了 1937 年，清华同德国的交换期满了，我再也拿不到每月 120 马克了。但这也并非绝路，既到了德国，总会有办法的，比如申请洪堡基金等等。但是，哈隆教授早已给我安排好了，我被聘为哥廷根大学汉语讲师，工资每月 150 马克。我的开课通知书赫然贴在大学教务处开课通知栏中，供全校上万名学生选择。在几年中确实有人报名学习汉语普通话，但过不了多久，一一都走光。在当时，汉语对德国用处不大。不管怎样，我反正已经是大学的成员之一。对我来说，在当时的政治环境下，这是非常有利的。

这时陆续有几个中国留学生来到哥廷根。他们中有的是考上了官费留学的，这在当时的中国，没有极强硬的后台是根本不可能的。据说，在两年内，他们每月可以拿到八百马克。其余的留学生中有安徽大地主的子弟，有上海财阀的子女。平时财大气粗，但是，1939 年二战一爆发，邮路梗阻，家里的钱寄不出来，立即显露出一副狼狈相。反观我这区区 150 马克，固若金汤，我毫无后顾之忧，每月到大学财务处去领我的工资。所有这一切，我当然必须感谢哈隆教授。

哈隆教授的汉学图书馆在德国、在欧洲是名声昭著的。我到图书馆去的时候，时不时地会遇到一些德国汉学家或欧洲其他国家的汉学家来这里查阅书籍，准备写博士论文或其他著作。英国的翻译家 Arthur Waley，就是我在这里认识的。

时间大概是到了 1938 年，距二战爆发还有一年的时间。有一天，哈隆教授告诉我，他已接受英国剑桥大学的邀请去担任汉语讲座教授，对他对我这都是天大的喜事。我向他表示诚挚的祝贺。他说，他真舍不得离开他的汉学图书馆，但是，现在是不离开不行的时候了。他要我同他一起到剑桥去，在那里他为我谋得了一个汉学讲师的位置。我感谢他的美意，但是，我的博士论文还没有完成。此事只好以后再提。

他去国的前几天，我同当时在哥廷根的中国留学生田德望在市政府地下餐厅设宴为他饯行。我们都准时到达。那一天晚上，我看哈隆教授是真动了感情。他坐在那里，半天不说话，最后说：“我在哥廷根十几年，没有交一个德国朋友，在去国之前，还是两个中国朋友来给我饯行。”说罢，真正流出了眼泪。从此以后，他携家走英伦。1939 年二战爆发，我的剑桥梦也随之破灭。我再也没有见到过他。

在《站在胡适之先生墓前》那一篇文章里，我曾列举了平生有恩于我的师友，在德国，我只列了两位：Sieg 和 Waldschmidt。现在看来，不够了，应该加上哈隆教授，没有他的帮助，我在哥廷根是完成不了那样多的工作的。

2003 年 6 月 30 日于三〇一医院

纪念一位德国学者西克灵教授

昨天晚上接到我的老师西克先生（Prof.Dr.Emil Sieg）从德国来的信，说西克灵教授（W.Siegling）已经于去年春天死去，看了我心里非常难过。生死本来是一种自然现象，值不得大惊小怪。但死也并不是没有差别。有的人死去了，对国家，对世界一点影响都没有。他们只是在他们亲族的回忆里还生存一个时期，终于也就渐渐被遗忘了。有的人的死却是对国家，对世界都是一个损失。连不认识他们的人都会觉得悲哀，何况认识他们的朋友们呢？

西克灵这名字，对许多中国读者大概还不太生疏，虽然他一生所从事研究的学科可以说是很偏僻的。他是西克先生的学生。同他老师一样，他也是先研究梵文，然后才转到吐火罗语去的。转变点就正在四十年前。当时德国的探险队在 Grünwedel 和 Ven Le Coq 领导之下从中国的新疆发掘出来了无量珍贵的用各种文字写的残卷运到柏林去。德国学者虽然还不能读通这些文字，但他们却意识到这些残卷的重要。当时柏林大学的梵文正教授 Pischel 就召集了许多年轻的语言学者，尤其是梵文学者，来从事研究。西克和西克灵决心合作研究的就是后来定名为吐火罗语的一种语言。当时他们有的是幻想和精力，这种稍稍带有点儿冒险意味，有的时候简直近于猜谜式的研究工作，更提高了他们的兴趣。他们日夜地工作，前途充满了光明。在三十多年以后，西克先生每次谈起来还不禁眉飞色舞，仿佛他自己又走回青春里去，当时热烈的情景就可以想见了。

他们这合作一直继续了几十年。他们终于把吐火罗语读通。在这期间，他们发表的震惊学术界的许多文章和书，除了在第一次世界大战西克灵被征从军的一个期间外，都是用两个人的名字。西克灵小心谨慎，但没有什么创造的能力，同时又因为住在柏林，在普鲁士学士院（Preussische Akadcmicder Wissenschaften）里做事情，所以他的工作就偏重在只是研究抄写 Brāhmi 字母。他把这些原来是用 Brāhmi 字母写成的残卷用拉丁字母写出来寄给西克，西克就根据这些拉丁字母写成的稿子来研究文法，确定字义。但我并不是说西克灵只懂字母而西克只懂文法。他们两方面都懂的，不过西克灵偏重字母而西克偏重文法而已。

两个人的个性也非常不一样。我已经说到西克灵小心谨慎，其实这两个形容词是不够的。他有时候小心到我们不能想象的地步。根据许多别的文字，一个吐火罗字的字义明明是毫无疑问地可以确定了，但他偏怀疑，偏反对，无论如何也不承认。在这种情形下，西克先生看到写信已经没有效用，便只好自己坐上火车到柏林用三寸不烂之舌来说服他。我常说，西克先生就像是火车头的蒸汽机，没有它火车当然不能走。但有时候走得太猛太快也会出毛病，这就用得着一个停车的闸。西克灵就是这样的一个让车停的闸。

他们俩合作第一次出版的大著是 *Tocharische Sprachreste*（1921）。两本大书充分表现了这合作的成绩。在这书里他们还很少谈到文法，只不过把原来的 Brāhmi 字母改成拉丁字母，把每个应该分开来的字都分了而已。在 1931 年出版的 *Tocharische Gram-matik* 里面他们才把吐火罗语的文法系统地整理出来。这里除了他们两个人以外，他们还约上了比较语言学大家柏林大学教授舒尔慈（Wilhelm Schulz）来合作。

结果这一本五百多页的大著就成了欧洲学术界划时代的著作。一直到现在研究中亚古代语言和比较语言的学者还不能离开它。

写到这里，读者或者以为西克灵在这些工作上都没有什么不得了的贡献，因为我上面曾说到他的工作主要是在研究抄写 Brāhmi 字母。这种想法是错的。Brāhmi 字母并不像我们知道的这些字母一样，它是非常复杂的。有时候两个字母的区别非常细微，譬如说 t 同 n，稍一不小心，立刻就发生错误。法国的梵文学家莱维（Sylvain Lévi）在别的方面的成绩不能不算大，但看他出版的吐火罗语 B（龟兹语）的残卷里有多少读错的地方，就可以知道只是读这字母也并不容易了。在这方面西克灵的造诣是非常惊人的，可以说是并世无二。

也是为了读 Brāhmi 字母的问题，我在 1942 年的春天到柏林去看西克灵。我在普鲁士学士院他的研究室里找到他。他正在那里埋首工作，桌子上摆的、墙上挂的全是些 Brāhmi 字母的残卷，他就用他特有的蝇头般的小字一行一行地抄下来。在那以前，我就听说，只要有三个学生以上，他就一句话也说不出来了。所以他一生就只在学士院里工作，只有很短的一个时间在柏林大学里教过吐火罗语，终于还是辞了职。见了面他给我的印象同传闻的一样，人很沉静，不大说话。问他问题，他却解释无遗。我从他那里学到了不少读 Brāhmi 字母的秘诀。我发现他外表虽冷静，但骨子里却是个很热情的人，正像一切良好的德国人一样。

以后，我离开柏林，回到哥廷根（Goettingen），战争愈来愈激烈，我也就再也没能到柏林去看他。战争结束后，自己居然还活着，听说他也没被炸死，心里觉得非常高兴，我也就带了这高兴在去年夏天里回了国来。一转眼就过了半年，在这期间，因为又接触了一个新环境，终天糊里糊涂的，连回忆的余裕都没有了。最近，心情方面渐渐安静下来，于是又回忆到以前的许多事情，在德国遇到的这许多师友的面影又不时在眼前晃动，想到以前过的那个幸福的时期，恨不能立刻再回到德国去。然而正在这时候，我接到西克先生的信，说西克灵已经去世了。即便我能立刻回到德国，师友里面已经少了一个了。对学术界，尤其是对我自己，这个损失是再也不能弥补的了。

我现在唯一的安慰就是在西克先生身上了。他今年已经八十多岁，但他的信上说，他的身体还很好。德国目前是既没有吃的穿的，也没有烧的。六七个人挤在一个小屋里，又以他这样的高龄，但他居然还照常工作。他四十年来的一个合作者西克灵，比他小二十多岁的一个朋友，既然先他而死了，我只希望上苍还加佑他，让他再壮壮实实多活几年，把他们未完成的大作完成了，为学术，为他死去的朋友，我替他祝福。

1947年1月29日于北平